张建设 / 绘

刘仁前，江苏兴化人，一级作家，中国作家协会会员。迄今为止，创作发表作品400余万字。曾获全国青年文学奖、施耐庵文学奖、汪曾祺文学奖、紫金山文学奖等。著有长篇小说《香河三部曲》，小说集《谎媒》《香河纪事》，散文集《楚水风物》《那时，月夜如昼》《爱上远方》等多部，主编《里下河文学流派作家丛书》多卷。长篇小说《香河》被誉为里下河版的《边城》，2017年6月被改编成同名电影搬上荧幕，获得多个国际奖项。

香河四重奏

XIANGHE SICHONGZOU

刘仁前 著

国际文化出版公司
·北京·

图书在版编目（CIP）数据

香河四重奏 / 刘仁前著. — 北京：国际文化出版公司，2020.10（2023.6重印）
ISBN 978-7-5125-1246-7

Ⅰ.①香… Ⅱ.①刘… Ⅲ.①中篇小说-小说集-中国-当代 Ⅳ.①I247.5

中国版本图书馆 CIP 数据核字（2020）第 178455 号

香河四重奏

作　　者	刘仁前
责任编辑	汤万星
封面设计	鸿儒文轩
出版发行	国际文化出版公司
经　　销	全国新华书店
印　　刷	三河市华东印刷有限公司
开　　本	650 毫米 ×940 毫米　16 开 17.5 印张　　　　200 千字
版　　次	2020 年 10 月第 1 版 2023 年 6 月第 2 次印刷
书　　号	ISBN 978-7-5125-1246-7
定　　价	68.00 元

国际文化出版公司
北京朝阳区东土城路乙 9 号　　邮编：100013
总编室：(010) 64271551　　传真：(010) 64271578
销售热线：(010) 64271187
传真：(010) 64271187-800
E-mail: icpc@95777.sina.net

目 录
CONTENTS

月城之恋   1

谎　媒   105

冤　家   179

相逢何必再相识   223

后　记   267

月城之恋

── 上　篇 ──

第一章

　　2008年4月29日晚8时许，南京禄口机场候机大厅内，灯光明亮，旅客稀少，与白天的熙熙攘攘、人声鼎沸相比，此时显得有些许冷清。

　　乘坐东方航空MU2861次航班，20点50分由南京飞往北京的旅客请赶快登机。这是本次航班最后一次广播。这是本次航班最后一次广播。

　　机场喇叭里，一个年轻女子不紧不慢的声音再度响起。虽说，她播送得不紧不慢，但所言之事，倒还是有些急迫的。尤其是那些尚未登机的旅客，听到广播着急是难免的。不信，看看迎面走来的三男一女四个人，脚步蛮匆忙的。与机场内三三两两、行动缓慢的人一对比，两者之间反差鲜明了。这通往登机口通道上的三男一女，行色匆匆，一路小跑，显然是赶着要登这即将起飞的MU2861次航班。

事实正是如此。当这三男一女在东方航空公司波音737机舱里坐定,但见其中一位高大帅气的年轻人满脸堆笑地向一位秃顶的中年人打招呼:"实在不好意思,让吴主任您赶得急了。"

"柳经理不必多礼,这是落实市长的决定,不赶怎么行呢?"被称之为"吴主任"的秃顶中年男子,表情冷淡地应付道,给自己扣上安全带。

"还好,还好。总算赶上了航班。"四人当中唯一的女性,见被称为"柳经理"的年轻人打的招呼,"吴主任"似乎并不领情,赶紧插话圆场。此女子一袭披肩长发,颇为迷人。此时,她边插话,边抽出面巾纸擦汗。在这个春夜,能让女士香汗微出,可见还真是"赶"了。

"柳经理,小钱,你们两个这次要多辛苦一点,把吴主任服务好。我们此行带着温市长的重要指示,关键工作还得吴主任出马才行。"长发女子随手捋了一下长发,顺势转身对坐在后排的两个年轻人交代道。

"请秦总放心,为吴主任和秦总做好服务,那是必须的。"高大帅气的柳经理依然满脸堆笑。与其年龄仿佛的被称为"小钱"的,也在一旁连忙表态:"有什么要求,请秦总和吴主任随时吩咐,我和柳永一定照办。"

"秦总编客气了。你我此番北京之行,可谓是受命于危难之际,能否峰回路转,把温市长的指示落实,现在还不好说,哪里谈得上什么服务不服务的话呢。"与被称之为"秦总编"的女子同坐一排的"吴主任",听得此话,脸上露出一丝不经意的笑意,侧身对身边的长发女子道。

"这场演出无论如何不能停。这是月城市政府为迎接首届半程马拉松国际赛举办的主题演出,怎么能停演呢?停下来怎么向月城的老百姓交代呢?"

虽然过了下班时间,但在市政府大楼会议室里,关于"迎接'5·1'月城首届半程马拉松国际赛大型演唱会"紧急协调会还在紧张进行着。温良弓市长手上举着北京某部委给市政府的"停演"函,不停地晃动着,表情异常严肃。

北京某部委给市政府的函,说是"迎接'5·1'月城首届半程马拉松国际赛大型演唱会"是违法行为,必须立即停止演出。这怎么行呢?现在距演唱会正式开演仅剩一天多的时间了,3万多张演唱会门票早在一周前就销售一空。当然,这主要是柳永和钱涛两家公司合力策划运作的结果。

此时取消演唱会,无疑会酿成群体性事件。这可是月城组建地级市以来的第一次啊,主办方希望通过一场大型演唱会,为首届半程马拉松国际赛热身,让这样一个国际赛事为年轻的地级市提升知名度、美誉度助力呀!倒头来变成一场骚乱,那还了得?

这一刻,身为一市之长的温良弓确实十分着急,显得焦躁不安。面对着楚楚动人的秦晓月,也失去了平日里欣赏的兴致。对于两个"嘴上无毛、办事不牢"的年轻人,更是懒得直接与之对话。而文化、公安等部门只知道查处、停演,拿不出什么解救良策,温良弓也不满意。他几乎是扫视了会议室一圈,之后对身为副秘书长、政法办主任的吴仕芒吩咐道:"吴主任,你带着他们一起跑一趟北京,一定要向北京某部委说明情况,争取理解和支持。我不管你采取什么办法,演唱会一定不能停。其他任何事情都放到演唱会举办结束之后谈。该严肃查处,一定严肃查处。该追究责任,一定追究责任。"

温市长的一番话,让一直默坐在会议室一角的柳永心头一紧。

尊敬的各位旅客,我们飞机已经起飞了,请再次确认安全带是否系好,手机电源是否关闭,座椅靠背是否调直。因航空管制导致本次航班起飞延误,我们深表歉意,感谢你们的配合和谅解。欢迎乘坐星空联盟东方航空公司MU2861次航班。本次航班由南京禄口机场飞起,飞往北京首都国际机场,空中飞行时间大约需要2小时。谢谢!

经过了短暂的机上等待之后,MU2861次航班终于起飞了。

尽管有美女相陪邻座,吴仕芒仍然正襟危坐,目不斜视。何止是目不斜视,直接就闭眼了。是闭目养神,还是借机小憩,无从分辨。这或多或少让坐在后排的两个年轻人有点儿奇怪。"吴主任"也好,"吴秘书长"也罢,其某些"爱好",柳永和钱涛在市级机关倒还是有所耳闻。

这"吴主任"此刻,虽说双目紧闭,还真有点心事呢。只不过,他的心事此时没用在邻座的秦晓月身上。此番北京之行,要想向温市长交上一份满意的答卷,并非易事。北京某部委的停演通知,可不是发着玩的。

当然,温市长既让吴仕芒带队进京,他吴仕芒也不能一点作为没有,他也在考虑从何处下手,让具体负责大型演出事务的领导体谅一下月城的实际情况。毕竟演出在即,毕竟几万张演唱会门票已经在民众手中。

身为美女加才女的秦晓月，可以说是吴诸多目标当中的首选目标之一。作为当事人的她，自然比柳永和钱涛更有发言权。此刻坐在吴的身旁，她有心给身旁之人开些"空头支票"，好让其在此次北京之行中，出力流汗，化解危机。毕竟，这次"迎接'5·1'月城首届半程马拉松国际赛大型演唱会"《月城晚报》社是两个承办单位之一，她是主要负责人，责任重大，压力山大。柳永虽然说也是承办方，可他毕竟是自己闯荡，什么职位，什么政治前途，和他根本谈不上。

此刻，吴仕芒把自己"静"成了一尊"佛"，秦晓月也不好有所动作，更何况后面还有一双眼睛在盯着自己呢。于是，秦晓月随手拿出椅背袋中的耳机戴上，想用听音乐来掩饰一下自己的情绪。就在她无意之间回转身时，看到机窗之外，冷悬着一轮残月。

第二章

北京文华大厦，坐落在北四环学院桥西北角，毗邻奥林匹克中心区，是座高达19层的现代化智能写字楼。

大楼顶上，"北京文华大厦"六个大字，四五米见方，在夜幕下闪闪发光，在阳光下熠熠生辉。正是这六个大字，有如文章之标题，一下子就从鳞次栉比的摩天楼群中"跳"了出来。醒目了，显眼了，有了开宗明义的意思。让人们一眼就看出大厦的"主题"与"内涵"。于是乎，人们经过此楼时便会不由自主地赞叹了。

六个大字中，那个来自2200多年前的篆体"文"字，变成一方"中国印"之后，不同寻常了。有了生命的气息，充满着生命的动感。

当吴仕芒一行四人来到北京文华大厦前，正是阳光洒满北京，大厦在旭日下熠熠生辉的清晨。四个人在此楼前，惊叹了，自豪了，一时间忘了来此的目的。

然而，等待是让人清醒的药方。武警礼貌地阻拦，让吴仕芒知道，这里毕竟不是月城市政府大门口的岗亭。

与上班前漫长的等待有所不同，工作人员上班之后，吴仕芒一行在接待大厅，受到意想不到的礼遇。他们此行要见的某部成权司长，也就是被柳永喊做"成叔"的，已经派人下楼来接应了。此时，柳永只好向吴主任言明，"成叔"，乃父亲曾经的老同事。

在一间并不算宽敞的办公室里，负责法律事务的一位牛姓副司长接待了月城市人民政府副秘书长吴仕芒一行四人。

吴仕芒代表月城市政府向牛副司长，就月城市"迎接'5·1'月城首届半程马拉松国际赛大型演唱会"作了一番陈述和解释。陈述中肯，态度虔诚，让牛副司长看到了月城市政府主办这样一场大型演唱会，其出发点和愿望都是好的，演唱会邀请的部分海外明星没有履行报批手续，是有客观原因的。

交谈中，牛副司长明确表示，他们对各地积极主动运用文艺形式、国际赛事形式提升地方城市的知名度、美誉度的行为和举措，都是支持和欢迎的。像月城的活动，只要处理好公益性演出和商演之间的关系，规范运作，是没有问题的。当然，人家牛副司长也指出了月城市"迎接'5·1'月城首届半程马拉松国际赛大型演唱会"出现问题的严重性。不论是谁，假借公益演出之名，售高价票，逃避海外艺人报批，其问题性质是严重的，月城方面必须吸取深刻教训。

因为有成权司长事先的关照，牛副司长并没有强行要求停止

"迎接'5·1'月城首届半程马拉松国际赛大型演唱会"。只是要求及时完善相关手续，同时把演唱会组织好，不能出任何问题。

难题就这么化解了？这让月城来的四个人感到有些意想不到，有了"轻而易举"之感觉——他们连成权司长的面还没见着呢！

这不，牛副司长告知吴仕芒一行，成权司长已经在一个叫"云腾酒肆"的地方，恭迎他们四位。

距文华大厦不算太远的"云腾酒肆"，外表上不显山，不露水，普通得很。进得店内，月城来的四位开眼界了。曲径通幽，亭台楼阁，绿树成荫，流水潺潺，酒幌飘摇，山寨风貌，让人恍若离开了繁华的京城，来到了风景迷人的云贵高原的山乡村寨。此等创意，令人有些意外。兴趣有了，胃口调起来了，甚至隐约中有了某种期待。

这顿饭，可是成权司长特意安排的。成司长说，一来庆祝一下"停演事件"顺利解决；二来为自己忙于"大型活动"相关事务，未能在文华大厦接待大家而表示歉意。

成司长的一席话，让吴主任连连拱手，感激之情溢于言表。他顿感肩头一轻，情绪高涨起来，便反客为主，主动向成司长、牛副司长敬酒。

说起来，还是秦晓月心细，对赴成司长的宴请做了精心安排。不仅无须司长埋单，还另备两份谢忱，巧妙地化解了没专请成司长、牛副司长的尴尬。

实在说来，他们在京城也不能多待。月城那边，"迎接'5·1'月城首届半程马拉松国际赛大型演唱会"不是倒计时，而是倒计分矣。

2008年，注定是一个在国人眼中大放异彩的年份。在"奥运"

之前，月城首届半程马拉松国际赛先行举办，也算是为"奥运"助威、加油矣！

"祥云飘过月城"月城首届半程马拉松国际赛万人长跑主题活动，顺利在月城举行。柳永正是从月城举行万人长跑现场，得到了灵感，发现了商机。

作为地级月城市设立以来的第一次国际赛事，月城市委、市政府高度重视，下发了专门的通知，组织和动员全市各层各级、广大市民以高度的政治责任感、使命感和光荣感、自豪感，以主人翁姿态投身迎接"月城首届半程马拉松国际赛"当中去。各层各级有事做了，纷纷印制各种赛事宣传标语、标识，组织各种迎接赛事的群众活动。月城市民兴高采烈了，过不了多久将在家门口目睹各国运动健儿在赛道上奔跑的盛况，看"祥云"从自己家门口飘过，从自己的眼前飘过，多么难得呀，还不够幸运么？

一时间，月城的大街小巷张灯结彩，国旗、赛会旗迎风飘扬。

月城大道、凤凰路、鼓楼路等"祥云飘过月城"月城首届半程马拉松国际赛万人长跑经过的主要交通要道，人山人海，彩旗招展，呐喊震天了。被组织起来的市民、学生双手挥舞着国旗、赛会旗，口中不停重复着：

月城加油——

各国运动员加油——

月城加油——

各国运动员加油——

参加万人长跑的市民们也有了运动健儿的神采，一个个精神饱满、步伐矫健。沿途围观的人群中，呐喊声此起彼伏。公安的开道车在火炬手前面不远处慢行，警灯闪烁，其灯语十分明了，秩序，请遵守秩序。随后是月城电视台的摄像车，摄像镜头众多，有一直跟踪长跑队伍中特别对象的，特别关照了应邀参加的几位外国友人，这样不是有了"国际色彩"么！也有随时调向街道两旁欢呼的群众的。其镜头语言依然十分明了，自豪，积极配合。长跑队伍后面是大型宣传彩车，本市的著名艺术家代表盛装出现在宣传彩车之上，有挥舞国旗、赛会旗的，有挥舞彩绸彩带的，一律欢天喜地的样子。再后面是保障车，以防各种特殊情况发生之后应急之需。这些车自然也作了精心的装饰，突出了首届半程马拉松国际赛的主题。

　　月城加油——
　　各国运动员加油——

　　月城加油——
　　各国运动员加油——

那震耳欲聋的呐喊声，真是声势浩大。可这呐喊声再怎么震耳欲聋，再怎么声势浩大，月城之外能听得到么？更为重要的是，这样的影响力能传之久远么？柳永的答案，无须一秒钟的思考就有了。月城之外，没有人听得到月城这震耳欲聋、声势浩大的呐喊！月城这震耳欲聋、声势浩大的呐喊，随着人们的脚步停下之后，一切都将归"零"，不可能传之久远。那么，怎样才能让月城之外也听得到月城这震耳欲聋、声势浩大的呐喊呢？怎样才能让月城这震耳欲聋、声势浩大的呐喊传之久远呢？

柳永有主意了。与央视合作，为月城首届半程马拉松国际赛，策划一场大型演唱会。那一定会盛况空前，声誉和钞票双丰收。于是，他想到了《月城晚报》，想到了秦晓月，想到了与秦晓月、与《月城晚报》社的第一次合作。

第三章

《月城晚报》在月城，是一个晚生儿。月城升格为"大市"之时，只创办了《月城日报》。而其时，月城已经有了"扬子""现代"两份都市类的报纸，为市民所熟识、认可。虽然，《月城日报》进入月城市民的视线也晚于"扬子"和"现代"，但因为有市委、市政府作坚强后盾，无须进入寻常百姓家，因而依赖市场的因素小。

而《月城晚报》不一样矣。作为本土第一份面向月城市民、面向市场的都市类报纸，晚生就是劣势。再加之，出生时发育不健全，自然无法与将月城混得个烂熟的"扬子"与"现代"相抗衡。要想争取自己的读者，无异于"虎口夺人"。这是秦晓月就任《月城晚报》总编辑时说过的话。

这"虎口夺人"，其实蛮好理解的。媒体人都知道，报纸无小事，稍有差错，都会引来成千上万读者的不满，自然马虎不得。如若疏忽大意，出了什么原则性、政治性问题，那么这报纸的总编辑就要"换人"了。因而，在业内，报纸是"纸老虎"已是共识。秦晓月新办的《月城晚报》要想在本土立足，势必要与早就进入月城的两份外来报纸争夺读者，"虎口夺人"乃实话也。

传统的媒体发展路径已经行不通。当了5年《月城晚报》总编辑之后的秦晓月，觉得必须突破常规，扩大《月城晚报》发行量，让"《月城晚报》——月城人自己的晚报"之理念成为月城人的共识。

秦晓月想到了借助有影响力的活动，提升《月城晚报》的影响力，吸引读者眼球。在研究了众多晚报扩大发行的成功经验之后，秦晓月决定，以《月城晚报》的名义举办一场有影响的大型演唱会，用大陆、港台等当红巨星来引发月城市民的兴趣，之后采取"看演出，送晚报"的办法，将《月城晚报》发行量推上去。如果演唱会有3万观众，《月城晚报》发行量就能增加3万份，一下子就能在发行上超过月城任何一家都市类的报纸。想想，秦晓月都兴奋。一场演唱会，能让自己坐上月城都市报纸的头一把交椅，何乐而不为呢？

毕竟是搞新闻的，秦晓月敏锐着呢。演唱会主题很快就从她脑袋里脱颖而出了，"喜迎月城建市10周年，《月城晚报》伴你行"。

这样才有了2007年，与柳永的合作，与柳永的"月城新势力演艺公司"的合作，才有了2007年"欢乐中国行·走进月城"大型演唱会。秦晓月策划的，不是"喜迎月城建市10周年，《月城晚报》伴你行"么？怎么变成"欢乐中国行·走进月城"了呢？俗话说，计划赶不上变化。秦晓月想搞一场大型演唱会，谈何容易。这当中，真可谓变幻莫测，变化无穷。

这真是个"英雄辈出"的时代，"英雄所见略同"的事情经常发生。

这不，《月城晚报》社策划的"喜迎月城建市10周年，《月城晚报》伴你行"大型演唱会——"欢乐中国行"项目，在市委宣传部进行"建市10周年"策划部署会上，被部领导看中，升格为全市性的"建市10周年"宣传活动，不能仅为晚报营销服务。领导意见明了得很，怎么能用"建市10周年"来为你秦晓月卖报纸呢？"建市10周年"何等严肃的主题？用一场"欢乐中国行"大型演出，来表达月城数百万人民喜迎"建市10周年"的喜悦之情，再恰当不过。且央视平台，影响大，号召力强，关注度高，这样一场演唱会，不就成了月城近年来三个文明建设成果展示会了么？意义重大，十分重大。

于是，以市委、市政府的名义成立"欢乐中国行·走进月城——喜迎建市10周年"大型演唱会领导小组，并明确市委常委、宣传部部长为组长，两名副市长为副组长，宣传、文化、公安、消防等诸多部门参加。因最初的"金点子"源于《月城晚报》总编辑秦晓月，她也以组员身份参与其中。

秦晓月只得暂时牺牲一下那3万份《月城晚报》的促销方案，放下坐上月城都市报纸头一把交椅的念头，精神饱满地，无上光荣地，去承担一项政治任务。

就在演唱会领导小组紧锣密鼓推进工作之际，市政府温良弓市长从境外考察回来了。温市长一回来，发现自己手下的两名副市长被调任副组长，竟然没有人跟自己打声招呼。这让一向温和平易的温市长，心中颇为不爽。

温市长发话了，政府不能带头"追星"。这样豪华的演唱会，动辄上千万的演出成本，市财政哪有这笔开支？不当家不知柴米贵。钱，是要用在刀刃上的。"喜迎建市10周年"，应该隆重而简朴、热烈而不奢华！搞大型演唱会，市政府不能参与。

这下，让秦晓月傻了，彻底傻在"A"和"C"之间。

大型演唱会突如其来的变化，让秦晓月措手不及。她有如吃了一块味道鲜美的"刀鱼"，品尝得津津有味之际，两根鱼刺，不硬不软，同时刺进了喉咙里，拔不掉，咽不下，难受。

　　说起来，每年清明前，倒是品尝"刀鱼"的最佳时点。被称之为"长江三鲜"之一的"刀鱼"，因其形体颇似一柄窄长扁薄的小刀，得此俗称。此鱼，鱼体银白，晶莹。每年春天，刀鱼从大海游入长江到上游去产卵前，需要囤积大量脂肪以备途中消耗，因而，此时的长江刀鱼比其他任何时候，都要味鲜、肉嫩，且营养价值高。清代李渔称之为"春馔妙物"。在月城一带，最通常的做法是"清蒸刀鱼"。

　　刀鱼多软刺，常令人望而生畏。其实，吃时只要用筷子夹住鱼头，将鱼身提起，再用筷子稍稍夹紧，沿鱼身顺势勒下，鱼肉便会从鱼骨上脱落，食客便可轻松享用。品尝时，只要不是太"猴急"，就不会有麻烦。然，每年慕名来月城品"明前刀"的外地客，总有因吃刀鱼被刺的。这鱼刺虽软，但毕竟是刺，有刺在喉，自然不会舒服。

　　秦晓月此时确如有刺在喉。这大型演唱会活动升格之后，领导小组没运行几天却瘫痪了。市委宣传部主要领导觉得自己这组长刚上任没几天，怎么能说没就没了呢？那就在自己的"一亩三分地"上做文章、想办法。于是，"月城喜迎建市10周年群众性文化活动重头戏"——"欢乐中国行·走进月城"大型演唱会方案隆重推出。

　　明眼人都知道，这无疑是"欢乐中国行·走进月城"——"喜迎建市10周年"大型演唱会的"翻版"。只不过，原来是市委、市政府牵头，现在是市委宣传部牵头；原来是市委、市政府想向全国人民汇报月城三个文明建设成果，现在是月城老百姓喜迎"建市10

周年"的群众性文化活动。更为重要的一点，原来活动责任主体是市委、市政府，承办单位是众多的机关部门，现在市委宣传部主要领导一句话，责任主体变成了《月城晚报》社，承办单位变成了晚报广告中心。

面对如此变化，秦晓月哭笑不得。然而，市委宣传部直管晚报，秦晓月唯有服从。就在秦晓月进退维谷之际，柳永挺身而出，无疑让秦晓月抓到了一根救命稻草。

第四章

"月城喜迎建市10周年群众性文化活动重头戏"——"欢乐中国行·走进月城"大型演唱会某月某日将在月城举行

中央电视台"欢乐中国行"栏目组首次走进月城，抢票热线：××××××××

周杰伦来了——

王力宏来了——

孙燕姿来了——

S.H.E 来了——

…………

众多明星大腕将来月城演出，此消息通过《月城晚报》一经推出，月城轰动了。

大街小巷，公园广场，繁华商业街区，各大商场等，有关演唱会的横幅、标语、海报各类宣传铺天盖地，强势推出。

柳永和秦晓月"八小时以外"接触频繁起来。一些关键客户，须美女老总出场。一杯红酒，一首歌，一支舞，会带来几十万、上百万的收益，秦晓月不出场也不行。为《月城晚报》这个"大家"，秦总只能暂时牺牲自己的"小家"，让丈夫充当一阵子"家庭妇男"，读小学的儿子帅帅，需要人照料呢。

看来，一个"帅"字，是秦晓月的软肋。无怪乎，她给自己儿子取名"帅帅"。柳永的"帅"，已抓住了她这个颇有些"阅历"的女子。

> 你在我身边相对无言
> 默默地许愿对爱的依恋
> 牧场的炊烟装点着草原
> 爱意像永久不变的少年
> 你在我身边把我的手牵
> 牵着我熟悉不变的誓言
> 高高的雪山祝福我们
> 爱你在这一刻永恒永远
> 爱到什么时候要爱到天长地久
> 两个相爱的人一直到迟暮时候
> 我牵着你的手哦牵着你到白头
> 牵到地老天荒看手心里的温柔

某一晚与客户酒聚之后，微有醉意的秦晓月，被邀请到了柳永的单身公寓。柳永没有开灯，而是借着窗外的月光，打开了客厅里的音响，说是先给秦姐放一首歌，再给秦姐一个惊喜。

刀郎那独有的沧桑而高亢的嗓音，如同刀子一般刺进了一个女人柔软的心房，通透了她的心扉。

柳永，你个坏小子。你是来害我的么？让你姐我心神不宁，让你姐我这些年的修行化为泡影。回答我，你回答我，坏小子。秦晓月摇晃着起身，去抓正在开红酒的柳永。

柳永见状，连忙放下红酒和开瓶器，一把将秦晓月搂进怀里。窗外，一轮月牙高悬。窗内，一床清辉。柳永轻声告诉秦晓月，上辈子就已经认识姐了。所以，他要和秦姐相恋三辈子。上辈子相识，这辈子相爱，下辈子相守……

苏华发现，儿子这些日子虽说忙着大型演唱会，回家的次数比以往明显少些，但精神状态蛮好的。

她也听丈夫说了，演唱会筹备有些曲折，但从儿子的情绪看，情况好像没丈夫说的那么严重。有时儿子回家吃顿饭，除了一如既往地不怎么和他爸爸搭讪外，苏华会主动询问一些最近的情况。柳永挂在嘴巴上，始终是一个字，"忙"。

以前，柳永的"忙"字后面，难有下文。这一阵子，柳永总会耐心接受妈妈的质询，有问必答，似乎变了一个人。

质询完毕，柳永还会告诉妈妈，忙是忙，不过"忙"得有意思。苏华看到儿子满面春风，料想演唱会推进情况肯定很不错。于是，便会责怪丈夫对儿子的事情，总是缺乏信心。苏华知道，丈夫到现在都不认可儿子"从艺"的选择。没能让柳永读上正规大学，没能让柳永干一份爷爷认可的"光宗耀祖"之事，柳成荫从心底里觉得愧对那去世多年、远在香河的爷爷。

柳永当年选择了南京的一所艺术学校，读了个大专，柳成荫非常不满意。其实，她苏华也不满意，那又有什么办法呢？

这孩子，看上去一表人才。要身材有身材，要模样有模样。

十七八岁，就一米八几的个头，眉清目秀的，大家都说柳家出了个韩国男星。柳永天生一副好嗓子，读高中时身边就有一帮女生围着团团转。

现在，柳永整天跟一些唱歌的、跳舞的艺人打交道，男男女女的，一个比一个青春靓丽，一个比一个帅气爆棚。苏华整天在心里念叨，这小子千万别惹出什么不好的事情来。

苏华还真的嗅到了柳永单身公寓里的一股味道："香奈儿。"

"欢乐中国行·走进月城"大型演唱会，作为"月城喜迎建市10周年群众性文化活动重头戏"，获得了巨大成功。柳永成了这巨大成功的最大幕后英雄。

对于他来说，演唱会成功了，秦姐得到市委市政府主要领导高度肯定，《月城晚报》美誉度大幅提升，这是他愿意看到的。台前的披红挂彩虽说轮不到他，但他收获的，也决不仅仅是兑现合同，利润分红。当然，在商言商，钱他自然是要的。这几个月来，他贡献脑力、贡献体力、贡献财力，理应有所得。

为增加一个大明星，柳永可是付出了"不可言说"之代价。这个大明星的增加，对演唱会主办方秦晓月、柳永而言，无疑是票房和招商的根本性保障。可，人家一个国际巨星，哪是你说"请"就能"请"的？花钱，用钱"砸"？你幽默了吧，人家一个国际巨星，能在乎你一场演出给出的佣金？！

这个时候，这样的大腕，重要的不是钱。当然，钱也不是完全不重要，没钱根本没什么好谈。更重要的，是关系，是人脉。《月城晚报》有这样的人脉么？秦晓月再是美女加才女，站到大明星跟前，管用么？不行，统统都不行。只有他柳永出马，辛苦一点，一趟一趟"飞"北京，找他京城演艺界的"哥们""姐们"。

花钱，是必须的。这世道，正应了那句烂话，钱不是万能的，没钱是万万不能的。没钱，谁肯为你"推磨"啊？问题是，对于柳永来说，有时还不只是"花钱"这么简单。谁让你帅气十足的呢，谁让你高大英俊的呢，那就来吧，牺牲牺牲自己吧。说不出口吧，这种事情，倒胃口得很。不错，他柳永是众多女性的梦中情人。可他只对那些少女，最好是"无知少女"感兴趣。他从来没把自己变成不挑食的"猪八戒"，只要是"母的"就流口水，垂涎三尺？那他还是柳永么？

更何况，自从跟秦姐忙这场大型演唱会，柳永变了。他愿意信守"三辈子"承诺，他也愿意"新势力"和《月城晚报》缔结成为战略合作伙伴。

某夜，当柳永把从"祥云飘过月城"万人长跑现场获得的灵感告诉秦晓月时，秦晓月没有任何迟疑，就同意了再度与"新势力"联手，举办一场大型演唱会。

第五章

就在秦晓月、柳永庆幸"迎接'5·1'月城首届半程马拉松国际赛大型演唱会"各项工作顺利推进，他俩也时不时给彼此的身体一些特殊待遇的时候，北京某部委负责法律事务部门的一封"特快公函"到了月城市政府。

正热切盼望一台大戏火热上演，好让自己再续写辉煌的温良弓，被一盆凉水从头浇到脚。北京某部委那封"特快公函"很快到了温市长手上。"特快公函"明确指出，贵市"迎接'5·1'月城首届半程马拉松国际赛大型演唱会"属非法行为。所谓"公益演出"是不存在的，有人举报主办方卖高价票、天价票，大量海外艺人根本没有履行报批手续。为尽快缩小负面影响，北京某部委负责法律事务的部门责成月城市政府立即停止相关活动，取消演唱会。

温良弓头脑"轰"地一下，炸开了。怎么会发生这样的事情？什么人如此大胆，竟敢举报到市政府头上，举报月城市政府，不就是举报我温某人么？温良弓手中的"特快公函"，真似一只烫手的山芋，扔又不是，不扔又不是。这会儿，他在办公室里直打转。

几圈转过之后，温良弓在室内洗手间用凉水洗了一把脸，好把自己冷静下来。"特快公函"让温市长心是凉了，脑袋却大了。当市长也七八年了，温良弓从没碰到过这种事情。

此事涉及"法"，让温良弓首先想到了市政府副秘书长、市政法办主任吴仕芒，此时该是他为市长分忧的时候。

在吴仕芒的建议下，秦晓月、柳永、钱涛，以及文化、公安等相关部门负责人迅速赶到市长办公室集中。很快，关于这次演唱会紧急协调会，在温市长亲自主持下紧急召开。

温良弓首先指出，市政府主办这样一场以迎接月城首届半程马拉松国际赛为主题的大型演唱会，本身没有问题，没有错。秦晓月同志和她的《月城晚报》社团队，在这场活动筹备过程中付出的劳动、取得的成效，都是值得肯定的。温良弓此番话一出，让秦晓月他们颇感意外。

秦晓月、柳永、钱涛三个人，起初一听到"举报"的消息，心中一"愣"，一股青烟，从头顶上冒出，傻了。不知这场活动如何收场，没底。

温市长竟然没有训斥他们，还对他们的工作给予了充分肯定。

一下子，他们三人的情绪稳住了，也稳住了与会者的阵脚。

温良弓当然知道，不管怎么说，也不能承认市政府筹划了一场违法演出。市政府都违法了，那他温良弓不就成了最大的违法分子？那在月城还不"百鸟朝凤"，掀起一阵浪来。这样不利的局面，断不能出现。

温市长也指出了这次活动筹划过程中存在的严重疏漏，竟然连海外艺人报批手续都没履行，"公益演出"与商演，都没把握好，这充分说明了同志们法律意识淡薄，给居心不良者有了可乘之机。现在看来，举报者也是别有用心。在演唱会仅一两天就开演的时候，狠狠地捅一下，就是想看市政府的笑话，就是想让这场演唱会办不成，就是想让买了票的人骂市政府、骂我温良弓，当然还要骂晚报，骂秦晓月，骂跟演唱会有关的所有单位、所有人。因此，一定要严惩生事者，一定要让别有用心者"用心"落空，决不能停止这场演出！

温市长在关键时刻所呈现出来的果敢、坚定，赢得了在场所有人热烈的掌声。秦晓月到底是女性，心生感激，满含泪花。她那两只柔嫩的手，恨不得拍成红痧掌。

这才有了小说开始时，读者诸君看到的，2008年4月29日晚8时许，南京禄口机场内，吴仕芒、秦晓月、柳永、钱涛三男一女四个人赶MU2861次航班的情形。

"迎接'5·1'月城首届半程马拉松国际赛大型演唱会"终于如期在月城市体育中心举行。3万多观众，有了人山人海的意思，国旗、赛会旗挥成一片旗的海洋，看上去壮观了，气派了。

为了让市政府满意，让温市长满意，让买了票的3万多观众满意，柳永下"血本"，请来了央视曾经的资深新闻男主播章主播，同时请来了凤凰卫视有"当家花旦"之誉的美女主播徐主播，二位联袂主持这台大型演唱会。章、徐二位主播，知名度极高，粉丝极多。他俩一出现在舞台上，只一句"月城的观众朋友们，大家晚上好！"台下就沸腾了，掌声雷动。

这舞台真够大，够炫。二位主播辛苦了，从高处二层移步下来，先给舞台正前方的观众问好，再转向左右两边的观众问好时，几乎是小步快跑。二位主播毕竟是"腕"级主播，真够敬业，既希望不冷落两侧观众太久，又要注意自己的舞台风度和舞台形象。

在向右台口观众问好时，还是出了点小状况。那位凤凰卫视美女徐主播，桃红色长裙的长长尾翼，被什么不明物拽住了，芳步难移。这一拽，让徐美女面色涨红，有点尴尬。就在她进退两难之际，有兄长风范的章主播绅士了，快移两步，上前帮徐美女解了围。章主播幽默了，把徐美女意外被拽，归结到"热情"上来了。他不无风趣地告诉徐美女，看来不仅月城的观众热情，月城的一草一木都热情，就连这舞台都想与徐主播亲近亲近。

一席话，让徐美女摆脱窘境，开心地笑着，连连点头。台下，更是被引发出一阵畅快的嬉笑。演出，在吕薇的一首《中国红》中拉开了序幕。顿时，分布在舞台灯光架各个不同位置上的、各种功能不同的灯，一同打开，缤纷、绚烂、炫目、梦幻。观众们一下子坠入迷人的仙界，欢呼雀跃，心花怒放。

当吕薇唱到"红，红，红遍了每片天空；红，红，红透了每张笑容；人人心中有美美的梦，那个红红火火是中国红"的时候，从舞台正前方的空中，突然飞出三条"火龙"，似离弦之箭，带着"嗖嗖"的啸叫声，扑向舞台。舞台灯光架上，烟火升腾，礼花绽放，鞭炮轰鸣。全场沸腾了。演唱会一开场，就把观众的情绪调动了起来。每个人都激情澎湃，热血奔涌，融进了现场的"欢乐"之中。

到底是以迎接月城首届半程马拉松国际赛为主题的演唱会，整个演唱会的策划与一般的演唱会不一样了。当六七个肤色各异的世界马拉松赛冠军从观众群中挥舞着一面面赛会大旗，健步奔上舞台，与汪正正一起高唱《超越梦想》时，全场观众几乎都站了起来。

> 超越梦想一起飞，
> 你我需要真心面对。
> 让生命回味这一刻，
> 让岁月铭记这一回。

> 超越梦想一起飞，
> 你我需要真心面对。
> 让生命回味这一刻，
> 让岁月铭记这一回。

在汪正正洪亮、高亢的嗓音引领下，几位冠军和数万名现场观众来了个大合唱，异口同声，气势如虹。舞台上，冠军们手中的赛会大旗熠熠生辉；舞台下，数万面国旗、赛会旗挥动不停，与台上遥相呼应。人们感受到了赛事来临的那份庄严和神圣。

终于，万众瞩目的天王巨星登场了。

舞台周围出现了一点小小的骚动，不少年轻人站到了座椅上，举着手中的相机、手机，要抓拍个现场版的"活"的"刘天王"。现场举着"刘天王"明星头像的观众情绪高涨了，拼命高举着带荧光的牌子，不停地摇摆着，嘴里高喊着，"刘天王！""刘天王！""刘天王！"有少女上台给"刘天王"献花了。哇塞，献花的踊跃了，不止一个。有姑娘大胆了，厉害了，竟然借着献花，把"刘天王"搂住了。不仅搂住了，还狠狠地亲了。亲得也太实在了，"刘天王"只好带着姑娘的唇印歌唱。

台下秩序有了点问题，有一拨年轻人挤着向舞台前涌，他们想要跟"刘天王"来个"零距离"。

刘天王我爱你！
刘天王我爱你！
刘天王我爱你！

女孩子们的呼喊声此起彼伏，形成了声浪，席卷全场，几乎淹没了"刘天王"本人的歌声。现场气氛，白热化。粉丝们手舞足蹈，声嘶力竭，着了魔，疯了狂。

此时，有一个人没有跟着激动的人群欢呼、呐喊，而是重重地吐出一口长气，有了如释重负之后的轻松。此人就是坐在贵宾席上的、《月城晚报》总编辑秦晓月。

演出前几小时，柳永告诉她，"刘天王"将缺席今晚的演唱会。那怎么得了？怎么跟观众交代？"刘天王"不来，温市长"万无一失"的要求不就泡了汤？因而，秦晓月那一瞬间，情绪有点失控，跟柳永"撂狠"了，说"绝"了。话后，虽有点儿后悔，但现在看到"刘天王"如约登台，并且把现场几乎弄了个"天翻地覆慨而慷"，高潮，接着高潮。秦晓月内心觉得"撂狠"、说"绝"，值了。自己心底的一块石头，落地矣。

演唱会顺利举办，让温良弓、秦晓月和柳永沉浸在轻松与成功的喜悦之中。这时，柳永却被公安机关带走了。

有人向省文化厅举报，"迎接'5·1'月城首届半程马拉松国际赛大型演唱会"上，天王巨星"刘天王"是假的，是冒牌货，是一场选秀节目中的模仿秀演员。

这让温良弓和秦晓月莫名惊诧了。怎么北京某部委"举报"事件刚平息，又出来一个冒牌"刘天王"呢？如果说，"举报"事件跟承办单位《月城晚报》和月城"新势力"演艺公司从根本上没什么必然的联系，两家承办单位都是受害者，那么，这个冒牌"刘天王"的出现，又是何人所为？现在公安带走柳永，是不是"新势力"演艺公司与此有关？这一来，他柳永自然脱不了干系。

其实，秦晓月内心已经有了某种不好的预感。演唱会前，她曾为"刘天王"将缺席月城演唱会跟柳永撂过"狠"、说过"绝"。她打破脑袋，也想不到柳永会干这种"偷梁换柱""瞒天过海"的事。

现在麻烦大了。你柳永竟然找了个"模仿秀"演员，来假冒"刘天王"，这怎么向3万多观众交代呢？又怎么向温市长和市政府交代呢？是脑子进水了？还是被驴踢了？

真是害人害己。被公安部门带走，能有什么"好果子"给你吃？看来，只有等着你老子"捞"你吧。

对于自己的儿子，柳成荫有太多太多的不满意。这种不满意，由来久矣。

中 篇

第六章

  金陵艺术专科学校，坐落于秦淮河畔、石头城下。虽然只是个专科学校，亦有着近百年的历史。学校占地700多亩，在校生总人数超过6000人。设有绘画、雕塑、动画、摄影、音乐、舞蹈、表演、戏剧、影视、艺术教育、录音艺术、播音与主持艺术等专业20多个。这里的一切，跟清江中学有着天壤之别。

  柳永，一进校园，满是新奇。他有如一条小鱼游进了大海，有如一匹小马驹踏进了无垠的牧场，有如一只小鸟飞上了广阔的蓝天。

  说来也不奇怪，刚刚高中毕业的他，正是恰同学少年风华正茂的年纪。虽说父亲柳成荫在省委农工部工作，但他来南京的次数并不多。在他的记忆里，还是父亲回清江看他和妈妈、外公、外婆的次数多。当然，每年也至少带着他回两次香河老家。一次是每年的清明，父亲会带着他和母亲一家三口，既看望爷爷奶奶，更主要是到香河的垛田上给太爷爷祭扫。再有一次便是，春节。父亲同样带着他和母亲一家三口，回爷爷奶奶家与爷爷奶奶团聚，过个团圆年。

  因为他和母亲平时跟外公外婆生活在一起，到过年的时候，就只好与外公外婆分开。所以，在柳永的记忆里，这团圆年，从来就不曾真正团圆过。对爷爷奶奶而言，是团圆了；对外公外婆而言，则分离了。父亲和母亲好像也曾努力让爷爷奶奶、外公外婆四位老人团聚在一起，过个真正的团圆年。但努力归努力，总是以失败告终。

年纪小的时候，柳永弄不明白，为什么那么疼爱他的爷爷奶奶就不能和那么疼爱他的外公外婆一起过个团圆年呢？上了中学之后，柳永似乎知道外公外婆家住着一栋三层小楼，当然不愿意到爷爷奶奶的乡下过年；而虽住在乡下，确一直信奉"金窝银窝不如自己的草窝"的爷爷奶奶，更不愿意离开自己的老家到百里之外的清江过什么团圆年。

作为一个中学生，柳永哪里弄得清一个县委副书记的家庭与一个普通农民家庭存在着的多重差异！

柳家和苏家显然是门不当、户不对。但是，由于柳成荫的出类拔萃，从一定程度上弥补了在家庭背景方面与苏华的差距。然而，就柳春雨和苏友良两亲家来说，见面客客气气可以，要想有什么共同语言，难了。一个农民和一个县委副书记，他们感兴趣的问题，有可能会有相同的，但更多的时候恐怕是不同。"相同"是一种偶然，"不同"则是一种必然。

这就注定了柳永父母美好愿望的落空，尝试努力的失败。对于爷爷奶奶和外公外婆而言，爷爷奶奶疼爱自己的孙子，外公外婆疼爱自己的外孙子，天理伦常，没问题；作为儿女亲家，偶尔坐在一起吃顿饭、见个面，亲情所系，也没问题。但，要住在一起七八天，过一个年，那就困难了，别扭了，大家都不自在。所以，保持各自原有的生活习惯、生活空间，反而更有利于两家客客气气、和和睦睦地相处，也少给柳成荫和苏华两口子增添不必要的烦恼。

无怪乎，人们常说，家家有本难念的"经"。

秦淮河畔的脂粉气，似乎很适合柳永。高大帅气，再加之有一副好嗓子，让他很快就成了流行音乐班备受瞩目的人物。当然也成了众多女生追求的"小王子"。

艺术学校本身就是阴阳失衡，阴盛阳衰。一个班级三四十名学生，多的十来个男生，少的，男生仅有几个，女生者众。柳永就读的流行音乐班，亦如此。这就让柳永有如宝玉进了"大观园"，整天徜徉在了花丛之中，与一群花蝴蝶、花喜鹊为伴。学校那大理石砌成的欧式门楼前，学校竖着五星红旗的主楼前，有着穹顶结构的艺术馆前，林荫道、草坪间那一块块石刻作品前，都会有他们青春朝气的留影。而一次新生的汇报演出，让柳永选择了从众多追随者中逃离。他，锁定了新的目标：田月月，一个身材娇小的苏州姑娘。

据说，田月月毕业于苏州颇为有名的木渎中学。在苏州这样一个文风极盛、教育发达的地方，木渎中学能跻身为数不多的首批国家级示范高中行列，足以说明这所中学在教育、办学等方面一定有其独到之处。在"千军万马过独木桥"的大潮中，可以说没有哪所中学能避开"高考"这样的"指挥棒"。然而，木渎中学却在学生中间倡导"砺志、崇实"的理念，就显得不一般，有点儿在鸡群里把自己变成一只鹤的意思。

想来正是由于这种理念的熏陶，田月月不仅功课好，而且身怀绝技。每次学期综合考试，她都能把自己的名字考进前三，也还拿过几次年级年度冠军呢。有如此好的学习成绩，还有一手绝好的刺绣手艺，又是学校舞蹈队的台柱子，这就难得了吧？

说起来，田月月上中学时就小小巧巧的，浑身都写满了两个字：精致。眉，眼，耳，口，鼻，在面部的分布与组合，完全符合"美丽女性"标准。人们通常认为，美丽女性的脸庞应符合以下比例：两个瞳孔间的距离应该是面部宽度的一半以下；而眼睛和嘴之间的距离则最好是额头发迹线到下颌距离长度的三分之一左右。在这两点上，田月月完全符合。她的五官分布，已经接近完美。再加之，她有一头长发，黑瀑一般，直垂腰际，轻泻而下。最是辫梢上，那只绛红的蝴蝶结儿，随着她莲步变化，或轻盈，或欢快，也跟着在身后翩翩起舞，惹得不少男生驻足，而忘了自己原本要做的事。

兴许是木渎的灵山秀水滋润和养育，田月月从小的"绣活"就在左邻右舍、街坊邻居中有了名头。花鸟鱼虫，飞禽走兽，梅兰竹菊，杨柳松柏，凡此等等，无一不能入小姑娘的绣品之中。一根细小的绣花针，几缕寻常的绣线，听凭她穿梭变化，在她灵巧的手指间，便有各种鲜活的生命滋生，便有栩栩如生的姿态出现。那可是一手正正宗宗的"苏绣"呢。

就是这样一个在父母、老师和同学眼中近乎完美的田月月，却迎来了人生花蕾初放时的第一个挫折——"高考"失利了。

本来就以"文科"见长，又有刺绣和舞蹈之特长，田月月和父母、老师的期望是一样的，考进南京大学，成为一名"南大"才女。

然而，命运跟她开了个不大不小的玩笑。临近"高考"最紧张的冲刺阶段，一次车祸让她的大学梦，多了一个字。她原本想读的"南京大学"，变成了"南京的大学"。

尽管父母、老师认为她拄着拐杖走进考场，能考进能发挥自己特长的艺术学校，已属不易。然，这个"的"字，颇似她常用的绣花针，针体虽小，却锐利得很。刺在她心尖尖上了，疼痛难忍，欲拔不能。

第七章

　　与柳永的"如鱼得水"不一样，跨进金陵艺术专科学校的田月月，把自己变成了一个孤行者。

　　她是因为自己志愿书上的"服从"二字，而进入这所"南京的大学"的。这与她原来的"南大"梦，相距还是太遥远了一些。

　　当她成为金陵艺术专科学校舞蹈班一名新生之后，她把自己在学校里的轨迹"定格"了。寝室—餐厅—课堂（练功房）—图书馆，之后再一个轮回，寝室—餐厅—课堂（练功房）—图书馆。

　　柳永是在一次新生汇报表演大会上见到田月月的。

忘不了把你搂在怀里的感觉
比藏在心中那份火热更暖一些
忘记了窗外的北风凛冽
再一次把温柔和缠绵重叠
是你的红唇粘住我的一切
是你的体贴让我再次热烈
是你的万种柔情融化冰雪
是你的甜言蜜语改变季节

2002年的第一场雪
是留在乌鲁木齐难舍的情结
你像一只飞来飞去的蝴蝶
在白雪飘飞的季节里摇曳

一首《2002年的第一场雪》，柳永把自己变成了金陵艺校的柳刀郎。在他清秀俊朗的外表下，竟然爆发出如此感性、粗犷、苍凉、高亢、奔放的嗓音，把一个男人的柔情，一个男人的沧桑，用歌声表达了出来。这场汇报表演，让柳永完成了从"贾宝玉"向"柳刀郎"的转变。这场转变，从老师和同学们的角度，归结于柳永对刀郎《2002年的第一场雪》的准确把握、精彩演绎。艺校礼堂轰动了，一些平时只是把他看成"银样镴枪头"的男生女生，惊讶了，失语了。

然而，真正促使柳永完成这场"转变"的，还有一个人和她的舞蹈。所以，有时人们常说，当局者迷，旁观者清。其实，事实情况未必事事如此。旁观者，对当局者没有一个透彻的了解，要想"清"，不易矣。

当舞蹈班的田月月登台之后，现场的师生，并没有对台上这样一个就舞蹈专业学习存在先天性不足的小个子女生寄予多大希望。然而，旋律响起，身材娇小的田月月脚步移动了，越来越快，越来越快，几乎看不脚步的移动了。随后身体不停地跃起，不停地扭转，偌大的舞台似乎都容不下她。台下不时惊呼，真的害怕她飞出舞台。小姑娘爆发了，她把自己变成了一只极速旋转的陀螺，令台下的师生们目眩神迷，心悬半空了。

一曲《白毛女》中的喜儿盼父，田月月跳得完全够得上一个词：叹为观止。喜儿在风雪交加之中的寒冷，喜儿在大年三十夜盼父归来的急切，都被田月月用娇小的身体演绎得淋漓尽致。

掌声，雷鸣般的掌声，经久不息。在台下观看的那些老艺术家都起立鼓掌，全场喧腾了，依然是雷鸣般的掌声。田月月向舞台下黑压压的一大片人群，弯腰致谢。掌声，淹没了她轻轻的哭泣，她情感的闸门此刻打开了,"高考"失利郁积在心底的委屈,借助喜儿的一支舞,倾泻了,释放了。

这一切,被守候在幕后的柳永看得一清二楚。这个平时吊儿郎当、风流潇洒的"小王子",看到这一幕,心像被什么刺了一下,酸,疼,痛,多味杂陈。

起先,他想的是,小女子才艺如此了得,同在一校,不认识一下,真是对不起自己这个名闻全校的"小王子"。看着看着,他似乎看到了她所隐藏着的故事,他似乎走进了她的内心,感觉近了,疼痛感有了。他内心的一双手,不由自主地伸向了那个抽泣着的娇小身体。

田月月的校园轨迹被柳永打乱了。

虽然,寝室—餐厅—课堂(练功房)—图书馆,这些点还存在,但多了林荫道,多了田径场,多了演剧院,多了游泳馆,多了的"点"太多,无法一一列出。更为重要的是,所有的这些"点"上,还多出一个人。

柳永的出现,田月月"孤行者"的名号功效尽失。现在的田月月,一脸的欢笑挂在嘴角,扑腾着双手飞向柳永。在柳永面前,田月月把自己变成了一只依人的小鸟。柳永一夜之间成了田月月的专属。贴身保镖、护花使者,皆为田月月私有。

这让原本簇拥在柳永身边的花蝴蝶、花喜鹊们怎受得了?她们叽叽喳喳,喳喳叽叽,缠着柳永不放。

一个平日里威风八面、趾高气扬的"小王子",为了捕获"小鸟"的芳心,向"花蝴蝶""花喜鹊"们求饶了:本公子已心有所属,此生甘为田月月贴身侍从,望各位大姐高抬贵手,放小生一条生路。

在校园附近一家酒馆，柳永乖乖"放血"，请"花蝴蝶""花喜鹊"们搓上一顿，以表诚意。酒桌上，他来了段姑娘们颇为擅长的戏曲韵白。

不行不行，我们可不能仅凭你这空口白话，就信了你。对对对，空口无凭，得有见证。你俩既然"私定终身"，当着我们面，表示表示。对，亲一个，亲一个。

这帮女生，几杯啤酒下肚，酒来疯呢。姑娘们一起哄，唤醒了柳永体内某些记忆。没等田月月反应过来，一张滚烫滚烫的唇，重叠在了她精致小巧的唇上。

田月月只感到柳永的舌，在她口中狂野地寻找，有了朝思暮想的意味。那沉睡的，封存的，被柳永唤醒了，打开了。田月月抱紧了柳永，仰面热吻着，把自己的舌变成了一条小鱼儿，与柳永的舌时而贴身而游，时而上下翻转，时而来回追逐。

原来叽喳、喧嚷的餐厅，顿时安静下来。花喜鹊们愣住了神，一对恋人深情相拥相吻，让她们感动。这场景意外了，姑娘怎么也没想到，原本开个玩笑，引发了这对恋人真情的爆发。

在田月月和柳永眼里，什么都不存在了——身边众多的玩伴，自己置身的空间，眼前有形的一切。在舌与舌相互触碰之后，他俩躯体虚化了，飘浮了。有一股东西，出窍了，升腾了。一个无穷无尽的崭新的世界，在两个相爱的人面前打开了。万里无垠，空灵宁静；碧波不兴，轻柔绵长。柳永不见了。田月月不见了。在这样一个崭新的世界里，他俩留下了各自的心。于是，仅有心与心相依，心与心相印，没有了山崩地裂，没有了奔流激荡，一切归于平和，归于安详。

当柳永和田月月从九霄云外飘然而下，回归尘世时，餐厅内已空无一人。

相爱的日子，甜蜜。分别的相思，撩人。

柳永和田月月毕竟不同专业，平常的分离，免不了。好在现在通信业突飞猛进，国人的手机普及率堪称全球之冠。电话和短信一度成了他俩的情感纽带。

分开十天半个月，问题来了。田月月发现，柳永的手机话费发卫星似的，"呼呼呼"地直往上蹿。这哪吃得消哉，两个人都是靠父母给生活费过日子的。即便家里不太在乎两人每月的开销，有钱也不能这么花哉。

和绝大多数在校生一样，柳永早就把自己的经济大权交给了田月月，两个年轻人的日常开销皆由田月月掌管。于是，田月月给柳永来了个"约法三章"。约法第一章，遇有两个人外出不在一起，双方在通常情况下，只能短信联系，违者即使打电话，也可不接；约法第二章，如遇特殊情况，确需电话联系，方可通话；约法第三章，在彼此分开的时间段内，通话的时长和次数均有限制，不能任意突破。

这下，柳永无计可施了。身为"侍从"，他对田月月的"约法三章"，只有服从。好在他心爱的月月，没对他短信联系作具体要求，这就给了他自由发挥空间。

月月：和你分开有些日子了。总算让我知道了"一日不见如隔三秋"是什么滋味。我已经十年多没见你啦，我真的有点害怕。你回来的时候，那个高大帅气的柳永不见了，站在你面前的，是个胡子拉碴的中年男人。不敢想象，你还认他么？

月月，还记得我十多年前的样子么？如果你真的忘了十多年前我的模样，我也不会怪你的。谁让我俩都十多年不见了呢！可是，我可以告诉你，我柳永这一辈子都会记住你的样子。不要说十多年不见，哪怕二十年，三十年，四十年，五十年，只要我有意识，有思维，还有大脑，我柳永就一定会记得你——我的心爱的月月。

月月，还记得我俩在一起的美好时光么，我俩在练功房排练，你纠正我的发音，我纠正你的姿势；我俩在食堂共餐，你总是把香喷喷的蘸肉往我碗里夹，我只好请你吃只大虾；我俩在林荫道漫步，你总是害羞，不敢一直牵着我的手，我只好把自己变成你的"侍从"，在身旁跟着。唉，那曾经的点点滴滴，你都还能记在心里么？

月月，我真的不愿意去想，这十年多你的身边该出现过多少追求者啊，高大帅气的，风流潇洒的，关怀体贴的，富有才华的，应有尽有吧。他们对你的"攻势"猛烈么，真担心你扛不住啊。你无论如何要坚持，坚持啊！只要你坚持，我就会"决一死战"，永不放弃！要不然，我就惨了。如果你的"堡垒"被别人"攻"下了，我只有"投降"。请告诉我老实话，你动摇过么，对谁动过心么？

月月，我真的受不了啦，你快回来吧，你快回来，把我的思念带回来，别让我对你的爱，坠入大海。

已经十多年不见你的柳永

面对柳永如此情真意切、百转千回的表白，田月月自己首先破坏了她颁布的"约法三章"。一个电话打过来："柳刀郎，你信马由缰、胡说八道什么呀，不就才三天多不见么，哪里就弄得'十年生死两茫茫'那般伤感？还有，自我标榜得有点'过'啊，就你'忠贞不渝'，我就经不住'诱惑'，离你而去了？命令你半小时之内，赶到火车站接我，迟到后果会很严重。"

　　田月月外出采风回来了！挨骂之后的柳永，乐得屁颠屁颠的，"打的"直奔火车站。要在平时，他一准会骑自行车去，这回他的"公主"发话限时了，只能提前，不能迟到。自然是"打的"保险。

第八章

　　"月上柳梢"——柳永、田月月歌舞专场，即将在月城保利大剧院上演了。这是柳永为自己心爱的姑娘准备的毕业纪念礼物。

　　金陵艺术专科学校三年的校园时光，很快将成为过去。三年间，柳永和田月月两情相悦的一千多个日日夜夜，很快将变为两个人美好的记忆。虽然，他俩还不知道离开校门之后的路怎么走，但在他俩的内心还是充满了对未来的向往，尤其是对他俩在一起共同生活、共同奋斗的那些未知岁月的向往。一想到这些，两个年轻人内心有了一种小幸福、小甜蜜。

　　其实，田月月的班主任主动找她谈了。学校希望具有舞蹈天赋的田月月能够留校。说实在的，进专业艺术团体登台表演，田月月并不具有长久的优势。毕竟她娇小的身材，对于从事舞蹈这样一种形身表演占极其重要位置的艺术样式而言，是个劣势。说得不客气一点，是个不小的缺陷。然而，留校，走上讲台，她扎实的功底，表演的天赋，对舞蹈独到的理解和把握，都不可多得，将变成她的优势。这两个"台"，不一样。舞台，无疑有光鲜亮丽的一面，也有残忍无情的一面；讲台，无疑有枯燥冷寂的一面，也有温馨美好的一面。路，究竟怎么走，决定还要靠田月月自己拿。老师的意见，只能是个参考。

田月月的班主任在跟她作了一番交流之后，还是把决定权交给了田月月自己。年轻人的心事，老师也知道。哪个年轻人不想趁着大好的青春岁月，在自己喜欢的舞台上好好地挥洒一把，光风一把呢？老师担心的是，当你把大好的青春挥洒掉了之后，光风不再的时候，自己的人生道路又该怎么走？舞台常青树太少啦，现在的艺术界，真可谓江山代有才人出，各领风骚能几年。

班主任老师的点拨，田月月听得用心。征得阿爸姆妈同意之后，田月月毕业去向也就基本定了。柳永对女友的留校当然支持。因为，他对自己的毕业去向完全是另外一种考虑，与田月月留校恰好构成一种平衡。

利用毕业实习的机会，柳永潜回月城想谋划一个歌舞专场。

尽管父亲柳成荫，一直没有看好过他的选择，对他从事流行音乐，更是把头摇成了个拨浪鼓。然而，这是柳家的内情。在月城市面上行走多年的吴梦月，自然知道柳永身后站着一位市委副书记的父亲。于是乎，吴梦月想把柳永变成一粒"饵"。

身为月城大酒店的老板，吴梦月在月城也还是有一定知名度的。虽然，她的知名度跟同城的同行月城国际、月城皇冠、月城金陵等几家豪华酒店的老总们，有一些距离，但作为一个女性，作为一个颇有点风韵的女性，吴梦月也算得上月城的一个人物。

吴梦月曾经是月城歌舞团的歌唱演员，地方民歌、通俗歌曲，还有越剧、锡剧、黄梅戏等地方戏，都能拿得出手。在团里，她吴梦月既不是台柱子，也不是有潜力的培养对象，只是普通的歌唱演员。用相关专家的话说，她的声音缺乏辨识度。说白了，嗓子没个性，不容易为观众认可。这样的歌唱演员，大众化了，要想为团里增光添彩，难。演员自身要想有所发展，其空间，有限。

吴梦月当然清楚这一点。所以，歌舞团改制时，主管部门领导动员演员们积极投身改革大潮，走向市场，迎接挑战。吴梦月积极了，毫不犹豫地选择了下海。她十分干脆地，把自己在歌舞团的工作年限，换成了一沓现钞。之后，拿着这沓现钞，割断了自己与歌舞团相连的"脐带"，潇洒地和歌舞团说了声"Bye-bye！"，各奔东西。

由"单位人"变成"社会人"的吴梦月，在月城的财富广场租了几间店铺，经营女装、女鞋和女性饰品。很快，她就将割断"脐带"换来的现钞变成了一捆捆积压的女装，一双双积压的女鞋，一箱箱积压的女性饰品。在这样的转换中，吴梦月把自己推进了"债窝"。

面对讨债者，吴梦月起初也到处奔波，想方设法寻找新的资金来源，"拆东墙补西墙"。后来发现，"拆东墙补西墙"并不是那么容易，于是转而变成东躲西藏，能拖则拖。再后来，实在是无计可施了，吴梦月只得狠狠心，来了个"三十六计"当中，众人都熟知的那一"计"。

于是，人们在财富广场那几间店铺前，见到了一则"致我们终将逝去的友情"的公开信，信中罗列了一长串人名，并坦陈因为经营不善，最终将这些友人，变成了现在的债权人。这样的角色转换，其结果便是"友情"的逝去。这让经营者内心疼痛万分，无法原谅自己，只好选择离开。公开信的署名：吴梦月。

若干年之后，赵薇女士首导了一部《致我们终将逝去的青春》的电影，很是热闹了一把。其片名之句式，与那则"公开信"标题高度一致，这倒是吴梦月做梦也不曾想到的。

吴梦月是在感受到了创业的艰难之后离开月城的。她离开之后，选择了当时颇为流行，且又适合自己的职业："KTV"服务小姐。

来到南方城市之后，吴梦月原本想发挥自己一技之长，找家"KTV"当歌手。可，试了几家，人家老板都认为，当专职"KTV"歌手可能性不大，兼职尚可考虑。有些为人实在的老板告诉吴梦月，在"KTV"陪客人唱唱歌、跳跳舞、喝喝酒，还是蛮受欢迎的。收入也不错噢，服务得好，客人喜欢，每月四位数、五位数都是"小Kiss"。

所谓适者生存，这样的道理，吴梦月自然懂。既然出来了，能有个赚钱的门路，当然不能轻易放过。于是，吴梦月做了一家"KTV"的服务小姐。不过，她跟老板签约之前，纠正了老板一个错误。她很认真地告诉老板，你说的"小Kiss"，应该是"小Case"吧？老板朝她笑笑，你说"小Case"就"小Case"的啦，无论"小Kiss"，还是"小Case"，你就等着每天数钱好的啦。老板一边说着，一边将手放在了吴梦月的大腿上。

第九章

柳永和吴梦月的第一次见面就是在月城的一家"KTV"。

我有花一朵种在我心中

　　含苞待放意幽幽

　　朝朝与暮暮我切切地等候

　　有心的人来入梦

　　女人花摇曳在红尘中

　　女人花随风轻轻摆动

　　只盼望有一双温柔手

　　能抚慰我内心的寂寞

　　我有花一朵花香满枝头

　　谁来真心寻芳踪

　　花开不多时啊堪折直须折

　　女人如花花似梦

　　月城一家"KTV"的大厅里，幽暗暧昧的灯光下，光影变幻，乐曲舒缓，一对一对的男女在舞池中缓步游走。偶或，也有三三两两的女子，相拥而舞。一曲梅艳芳的《女人花》刚唱了第一段，柳永就急切地上前献花了。

　　那女子醇厚沉稳的音调，富有磁性的哑音，与梅艳芳如出一辙，一下子抓住了内心狂野的柳永，爱怜渐生，有了去抚慰的意愿，有了"直须折"的冲动。素有"柳刀郎"之称的柳永，他自然知道冲动总是要付出代价的。听听刀郎的那首《冲动的惩罚》，一切就清楚了。

　　柳永的献花有创意了。三张微笑着的人民币，折叠成了三朵红花。尽管"花"不太红，但被献到唱歌女子面前时，柳永很绅士了。

唱歌女子颔首以示谢意,接过年轻帅哥的献"花",并没有停止自己的演唱——

> 我有花一朵长在我心中
> 真情真爱无人懂
> 遍地的野草已占满了山坡
> 孤芳自赏最心痛
> 女人花摇曳在红尘中
> 女人花随风轻轻摆动
> 只盼望有一双温柔手
> 能抚慰我内心的寂寞
> 女人花摇曳在红尘中
> 女人花随风轻轻摆动
> 若是你闻过了花香浓
> 别问我花儿是为谁红
>
> 爱过知情重醉过知酒浓
> 花开花谢终是空
> 缘分不停留像春风来又走
> 女人如花花似梦
> 缘分不停留像春风来又走
> 女人如花花似梦
> 女人如花花似梦

与第一节的演唱稍有不同,那唱歌女子在这一节的演绎中,加重了高音部分的穿透力呈现，赢得了全场热烈的掌声。就在那女子要下场时，柳永端着红酒杯，迎了上去。

几年前，吴梦月神话般地降临月城，并在第一时间，对当年月城的那些债权人的账单，进行了干净、彻底的了结。此举，成为月城人，一时热议的话题。

至于吴梦月从当年黯然离开，到现在靓丽回归，这中间究竟发生了什么？让她有如从"丑小鸭"到"白天鹅"般幸运的蜕变，柳永并不十分清楚。

一个人的成功是如何获得的，为了这成功究竟付出了什么，只有当事人自己知道。在外界看来，那些光鲜闪亮的外表之下，当事人究竟经历过怎样的煎熬，怎样的炼狱，那种残忍与不堪，多数时候是无法言说的。几乎没有哪个当事人，愿意往事再提。现已成为月城大酒店总经理的吴梦月，就是这样一个人。

往简单里说，吴梦月的这种蜕变，只是源于一个字："包。"

吴梦月在南方那些城市做服务小姐时，被某香港老板看中。结果，这个香港老板把吴梦月变成了南方不少城市传出的那些特别村中的一员，给了她一个特别的身份，让她从事着一份特别的工作。

经过在那些南方城市几年的历练，吴梦月清楚地知道自己最终的结局。于是，她对自己的一切都是作了预留与控制。在获得了一定自主权之后，吴梦月对某香港老板交付她打理的业务做了一些适度调整。

利用某香港老板的"包"，吴梦月置换出了一笔一笔的现钞。当现钞置换到了一定额度之后，吴梦月来个故伎重演——走人。

只不过，这次"走"的方向不一样。当年是"走开"，现在是

"走回"。更为要紧的是，在那些南方城市也好，在某香港老板那里也好，只是少了一个女人，一个跟吴梦月无关的女人。因为，在那些南方城市，抑或在某香港老板那里，从来就没有出现过一个叫吴梦月的女人。

然而，吴梦月很快就知道了，柳永身边有一个叫田月月的年轻女人。柳永还想和这个叫田月月的年轻女人一起办一个歌舞专场。吴梦月还知道，那个远在金陵的名叫田月月的年轻女人，才是柳永朝思暮想、真正放在心上的女人。

想想，自己的目的在彼不在此。因而，对于柳永身边的田月月，抑或李月月，吴梦月并不十分在意。

在这样一个用一个字代替的时代，吴梦月对这个字，不仅感受深切，且有切肤之痛。在她看来，尘世间芸芸众生，为这个字，寝食难安、夜不能寐者有之；为这个字，苦思冥想、脑汁绞尽者有之；为这个字，步履匆匆、奔波忙碌者有之；为这个字，背井离乡、骨肉分离者有之；为这个字，不择手段、伤害他人者有之；为这个字，不顾一切、道德沦丧者有之；为这个字，身陷囹圄、命赴黄泉者有之。

这个字，让人与人之间变得势利而庸俗。一切都明码标价，有价可询。在一个人的眼里，对方多数时候都成了那个"推磨"的角色。

不知何时起，考量一个人的尺度也只有这个字。一个人的成功与否，一个人的价值高低，一个人的贡献大小，甚至于一个人留给这个世界的，都归结于这个字，以这个字而衡量，以这个字而界定。这样的现象，在月城可谓是比比皆是。就吴梦月的人生经历而言，又何止是月城如此，她曾经打拼过的那些南方城市，哪一座又不是如此呢？

现在，吴梦月就是要为自己打造一个更为强大的"钱"的王国。

为了这个王国，她愿意掏出100万元，做一场"月上柳梢——柳永、田月月歌舞专场"。

第十章

田月月以柳永同学的身份，登门拜访了月城新区凤凰苑柳家的那栋小楼里的长辈们。

这当然是柳永的精心策划。无论是爷爷柳春雨、奶奶杨雪花，还是妈妈苏华，见了娇小可爱的田月月，都是喜上眉梢。一家人听说，这个可爱的姑娘要和柳永一起在月城举办一个"月上柳梢"歌舞专场演出，更是高兴得不得了。两个老人跟儿媳妇提出，孙子演出时他们老两口一定要去捧场。并且要求苏华，最好是能把柳成荫也拉过去。在两位老人看来，小孙子还没毕业，就能搞专场演出，有出息！这不也是件"光宗耀祖"的喜事？

本来，柳永把自己回月城运作"月上柳梢"歌舞专场的事向田月月披露之后，小姑娘是既惊喜又感动。惊喜感动得唯有用不停地亲吻来表示自己的惊喜感动。

在田月月心里，柳永不仅是自己未来的生活伴侣，更是自己今后人生路上的主心骨。她是离不开他的了。

离不开归离不开，他俩的关系目前还都没有向双方家长公开，因此田月月即便是来到月城参与"月上柳梢"歌舞专场的相关排练，也只能住在吴梦月的月城大酒店。

想想已经到了月城，跟未来的公婆近在咫尺，有了想见一见的心思。这心思变成了田月月体内的一只小虫，按捺不住了，缠得柳永只好答应。

由于田月月的到来，柳永、吴梦月、田月月三个人之间的关系微妙了。这里说微妙，实际上主要是柳永和吴梦月。这种微妙，因吴梦月与田月月之间，信息严重不对称而存在。田月月与柳永的关系，吴梦月一清二楚。吴梦月与柳永的关系，田月月一无所知。对于田月月来说，吴梦月是"月上柳梢"歌舞专场的投资人，是老板，也是她和柳永应该感谢的人。毕竟对于他俩这样的艺校生，能够有专业团队帮助策划的专场演出，机会十分难得。更何况，吴总还专门邀请了国内知名度蛮高的"孙天后"担任表演嘉宾，更是难得。吴总对柳永和她田月月两个尚未出道的新人，真是礼遇有加。

田月月哪里知晓柳永和这位吴总之间的关系，哪里知晓这位吴总投资"月上柳梢"歌舞专场的真实用意呦。

某晚，吴梦月躺在柳永身边时，终于提出来，让柳永安排他父亲到月城大酒店吃个饭，跟她见个面。当然，如果能事先沟通一下，让柳书记同意出任月城大酒店的总顾问，那就非常 OK 了。吴梦月解释说，这个总顾问只是私下的，双方之间仅凭君子一言，并无纸质文书，自然是心照不宣。柳书记大可放心。

月城大酒店一间豪华包间内，吴梦月正殷勤地给市委副书记柳成荫布菜。

"请柳书记随便吃一点，今晚只是小范围小聚，感谢柳书记赏光。"吴梦月边说边将一份秧草河豚放置在柳成荫的餐位上。

坐在主人位上的柳成荫看上去已经喝了酒，面色微红，并没有太在意吴梦月的布菜。他举杯对儿子道："来，柳永啊，爸爸陪你一起敬一下吴总,感谢她帮你搞专场演出。"

按理,柳成荫应该是主宾位,不是主人位。身为酒店总经理的吴梦月,当然不会连这点常识都不懂。吴梦月知道柳书记是楚县人,而楚县有个不成文的规矩,但凡请客,职位最高者,抑或德高望重者,一律坐主人位。服务员上菜,自然从主人位开始,而不是主宾位优先。看来,吴梦月为请柳书记赴宴,是做好了功课的。

此刻,柳成荫的这一举动,不仅让柳永感到意外,也让吴梦月有点儿受宠那个啥。在柳永的记忆里,父亲几乎没有和他一起在外面出席过什么酒席,更不用说陪他一起碰杯敬酒。即便在家里,父亲也很少问及他在校的情况。柳永心里明白,父亲其实不太看得上"唱歌"这一行。柳永在金陵艺术专科学校所进行的流行音乐学习,是根本没机会向父亲介绍的。

现在,父亲竟带着自己向吴梦月敬酒。柳永一时反应没跟上,倒是吴梦月反应快,连忙拽着柳永,下位到柳成荫跟前,我和柳永一起敬柳书记!柳书记肯赏光,月城大酒店蓬荜生辉!

吴梦月借机向柳成荫介绍,我是看准了小永和月月这对金童玉女,他们两个年轻人将来前途不可限量。

"看来,吴总将来是打算转向发展啰?那好,小田,不,我也叫月月吧,你既和柳永一同搞歌舞专场,就一起来敬一敬吴总。"柳成荫今晚全然没有市委副书记的架子,又把酒杯举向了挨柳永而坐的田月月。

田月月虽说到过凤凰苑柳家小楼几次,但没有一次遇到过柳永的父亲,她心里的"公公"。今晚借着请专场演出的导演、策划、舞美等相关专家,她是专程从南京赶过来的。

夹在吴梦月和田月月中间,又有父亲在场,柳永有点心虚。没等和吴梦月碰杯,就一仰脖子把杯中酒,干了。

"嗳,哪有你这么敬酒的?不跟吴总碰个杯,就干了?自己重新倒满,我们来个四四如意。"柳成荫今晚兴致不错,对儿子提出了严格要求。

"月月啊,叔叔还要专门和你干一杯。我听柳永妈妈说,你是苏州姑娘,难怪长得这么小巧玲珑、小家碧玉的,好!比我们月城姑娘好!"

"柳叔叔,我平时是不喝酒的。这杯红酒,我还是干了。感谢柳叔叔夸奖!"

"月月,我俩一起来敬爸爸一杯。爸,既然你如此喜欢月月,我就把她娶回家给你做儿媳妇,行吗?"柳永感到父亲今晚心情异常的好,自己也就放松了许多。心里想着,一直没有机会跟家里说明跟田月月的关系,眼下机会就来了。此事,爸爸一点头,全家就会都亮"绿灯"。

"噢,看样子你小子在你妈妈跟前没说实话?月月,你来告诉叔叔。"

柳永见父亲有此一问,心里有底了。赶紧捅捅田月月:"快说,快说愿意做爸爸的儿媳妇。"毕竟他和田月月在一起不是一天两天了,只要气候温度适宜,他俩爱情的小苗就会不由自主地往外冒。这刻儿,柳永完全像换了一个人,好像长这么大,还没有像今晚在父亲面前如此大胆。

然而,他忽视了另外一个女人的现场感受。

"月上柳梢"——柳永、田月月歌舞专场演出,没能如期举行。
尽管先前的宣传海报,已经贴得满大街都是。月城各主要商场的电子显示屏幕上，滚动字幕也都打上了。然而，空留"柳梢"，不见"月"。专场演出的主角之一的田月月，在最后关头选择了——退出。

吴梦月与柳永当初走到一起，彼此都非常清楚，各取所需。柳永毕竟还是年轻了一些。他忘记了，任何一个女人，嫉妒和复仇心理，几乎是与生俱来的。只不过，有人"潜伏"得深，不易出来；有人谈不上"潜伏"，时常出现。客观一点说，吴梦月的嫉妒和复仇，"潜伏"得还是算深的。

柳永那晚在酒桌上，由一开始面对关系僵硬的父亲和面对关系复杂的女人而心虚、不安，到后来当着一个女人的面，要和另一个女人在自己父亲跟前明确婚姻关系，显得过急、忘形，让自己从一极走向了另一极。

吴梦月当然无法忍受柳永如此不顾及她的感受。她没想到，柳永对自己竟然会如此忽视。那一次又一次的鱼水之欢，难道你柳永就一点点愉悦都没有么？精心为你策划的歌舞专场演出，花费了我多少心力和财力，你是知道的，难道你对我就没有一点点感激之意么？你竟然当着你父亲的面，跟那个小女人明订终身，你难道忘了请你父亲赴宴的目的了么？

柳永啊柳永，你为什么要点燃我心头的嫉妒之火呢？这一切都是你自找的，你柳永无情，就怪不得我吴梦月无义。你想过没有，田月月如果知道了你我之间有一特殊的存在："一腿"！而且这"一腿"已伸得够久、够深，她会有什么样的反应？你们还能像现在这样恩恩爱爱、甜甜蜜蜜、如胶似漆么？

吴梦月还是"出手"了。

田月月想破脑袋，也想不到自己心爱的男生会背叛自己。

在金陵艺术专科学校的三年时光，他俩是多么相爱，多么相融，多么令人羡慕！田月月原本以为，自己的一生将会和这样一个男生缔结在一起，牢不可分。他们会用一场联袂歌舞演出，向世人宣告彼此的爱情。

事实也是如此，她和柳永在"月上柳梢"的节目编排上费尽心思。他俩都无比用心地谋划、排练、磨合。

她要追求一种完美，她要让自己的亲人、柳永的亲人，以及关心他们的老师和同学，看到两个年轻人的结合是完美无缺的。她要让亲人们、老师和同学们看到，他俩一定会走进幸福的婚姻殿堂。她要让他们为这样两个年轻人的结合而感动，并送上发自内心的真诚祝福。

然而，如此美好的一切，瞬间化为虚无。

她和柳永之间似乎只有一座海市蜃楼，一切都是虚幻的。那排练厅的相伴，那校园内的漫步，那餐桌上的嬉闹，那短暂分别的相思，那相知相爱之后的相守，那曾经发生过的点点滴滴，甜蜜的亲吻，温暖的怀抱，醉人的交融，都没有发生过么？

怎么会这样？怎么会这样？

田月月泪流满面。她无论如何都不能接受，不能接受吴梦月陈述的一切。柳永是那么的爱自己，自己是真切而深切地感受到的。这一点，她深信，不用怀疑。她田月月，也是愿意把自己的生命交给这个叫柳永的男生的，愿意和他"执子之手，与子偕老"的。可为什么，柳永你会和另外一个女人上床呢？天哪，何止是上床，而且到目前为止，一直保持着两性关系。你有没有想过，你和那个女人行床笫之欢时，把我田月月放在哪里？有没有想过我俩的爱情？

柳永啊柳永，你竟然为自己可耻的背叛，找了个十分可笑的理由，说什么是为了我们两个的事业发展，为了"月上柳梢"专场演出顺利举办！

老天啊，难道是我田月月错了？这世界上，或许根本就不存在真正的纯洁的爱情，一切只不过是我的一厢情愿，是我幼稚而可笑的想法？或许根本就没有一个男人值得信任，没有一个男人愿意为我真情相守，更不用说托付终身？！

第十一章

月月，亲爱的，你知道我是真心爱你的。我是打心底爱你的。你才是我柳永真正爱的女人。我的心，你应该是知道的。

月月，我知道是我错了。我千不该万不该，和你相爱之后再和别的女人牵扯到一起。可你真的要相信我，我是步入了吴梦月设下的陷阱。我也是到现在才知道，最初和她在"KTV"相遇，都是她摸好我在月城的行踪，之后采取的"诱鱼上钩"之计。我承认，她是调情高手，我一下子就被她俘虏了。这是我的错，没经得住诱惑。可你要知道，一盆美味的鱼摆在跟前，哪个猫不想尝一尝的呢？

月月，我真的没骗你，我和她接近，就是想把我俩毕业前的歌舞专场搞成功。要花100万哪，离开她，我到哪里去弄这100万？而到今天我也才知道，她吴梦月为我俩花这100万，也是有目的的。不过，我还真的不懂，为了接近我父亲，怎么就值得在我俩身上花100万？所以，月月，说实在的，对于吴梦月，有时我也还是有点儿感动的。一个女人，肯为我俩花这样一笔钱，在这个金钱主宰一切的时代，太少了。不过，月月，我向你发誓，我绝对没有爱过她。在我的心里，你才是我唯一爱的人，我的爱人。

月月，看在这三年我俩如此相爱的份上，你原谅我这一次好不好？看在我劈腿也是为了"月上柳梢"歌舞专场的份上，你原谅我这一次好不好？看在我也是吴梦月这根钓竿上的一粒饵的份上，你原谅我这一次好不好？

月月，亲爱的，我求你，我求求你，原谅我，饶恕我，千万千万不要离开我。

在月城南站，一个人来人往、人群熙攘的长途汽车客运中心，大庭广众之下，柳永拦截到了准备独自离开的田月月。

他知道，听了吴梦月的陈述，田月月受到的是怎样的打击。吴梦月瞬间把自己变成了一名机枪手，愤怒的子弹，复仇的子弹，一梭接一梭喷射向田月月的柔弱心田。田月月的无辜、委屈无法诉说，田月月内心的痛和伤，亦无法诉说。

稍稍冷静之后，田月月内心对柳永更多的不再是痛，不再是伤，而是失望。失望，如一张无边无际的网，完完全全将她笼罩，她再也无法冲破，无法突围。她和柳永之间多了这样一张网，分开是唯一选择，别无他途。

于是，读者诸君才能在月城南站这样众人瞩目的情境之下，看到了一对年轻的恋人，彼此泪如雨下的哭诉；看到了高大帅气的小伙子在娇小可爱的姑娘面前，重重的一跪；看到了姑娘那痛彻心扉、伤心欲绝的哭泣。

柳永和田月月的爱情故事，在月城广为流传了。这流传的过程中，多了一个不光彩的角色：吴梦月。

与多年前一夜之间忽然多出了一帮"债权人"不同，这一次，吴梦月一夜之间成了月城市民茶余饭后津津乐道的"第三者"。吴梦月当然不会再面临众多"债权人"上门讨债的尴尬与窘迫，此次她只在感情上欠了一个人的良心债。

尽管田月月并没有跟她有太多的纠缠，在她细说了和柳永的不轨之后，田月月选择了离开。但是，吴梦月知道，这次欠下的田月月的债，一辈子都还不掉。她将背负着这笔良心债，走完自己的一生。

月城，她是不想再呆了。现在到月城大酒店，每天来吃饭的人少，想来看吴梦月长相的人多，甚而有些不三不四的男人，也找上门来。在有些月城市民嘴里，吴梦月成了一个骚货，一个不要脸的骚货。整天在人家唾沫星子里过日子，那怎么行呢？吴梦月没有想到，自己在柳永和田月月的事情上，真是偷鸡不成蚀把米。

"月上柳梢"——柳永、田月月歌舞专场，显然泡汤了。先期策划团队的费用，邀请"孙天后"担当助演嘉宾的定金，好几十万就这么扔下水了，她吴梦月连个响声都没听见，没了。不仅如此，因为柳永、田月月，闹得她在月城的正常生活也没有了。什么叫人言可畏，什么叫唾沫星子淹死人，吴梦月再次深切地尝到了。用一个女作家的话说，你别无选择！

与多年前的那次离开相比，这一次的离开，虽然没有经济上的债务，不必担心被"债权人"围追堵截，然而吴梦月心里承受的压力，一点儿也不比多年前的那次离开小，她比多年前更害怕暴露在大庭广众之前。她知道，自己在月城建立一个强大的金钱王国的梦想，不可能实现了。这一次离开之后，就再也不会回来了。这里带给她的是如此多的不堪，她要和月城彻底告别。

吴梦月把自己一个人，反锁在月城大酒店那个曾经与柳永有太多欢娱的所在。一杯红酒空对月，如许心思诉与谁。人哪，活的个什么劲儿？为什么活着？吴梦月倚窗而望，而想。夜幕深蓝如缎，一点儿也不像她灰暗的心情。

只有那一弯残月，冷寂地悬挂着，突然间令她心碎。难道这天上的月，也有什么不如意么？怎么总也不见其满月呢？

几滴无声的泪，落入吴梦月手里的杯中。

柳成荫觉得，柳永这个爱情故事中的男一号，给了自己一支水彩笔，不，一支唱戏用的油彩笔，直接把他这个做父亲的刷成了京剧里的"大花脸"。

这儿子让老子面上不好看，老子怎么会给儿子好脸色？柳成荫顿时多了样绝技——川剧里的喷火者。他这一张口，火上了柳家小楼的天花板。

柳永，你这个混球！在情感上竟然敢如此放肆。既然已经跟小田姑娘相爱了，为什么就不能好好地相爱？竟然还跟月城大酒店的女老板有那么一腿，色胆包天！也不看看那个吴梦月，是你惹得起么？自己在惹火烧身都不知道。

本来，在对儿子的看法上，柳成荫刚刚稍有转变。前不久，见到了柳永的小对象，一个娇小可爱的苏州姑娘，柳成荫这个"准公公"，打心眼里喜欢。想想他们两个又是一个学校出来的，又有共同的喜好、共同的追求，将来在一起生活、工作、学习，一定会很开心、很幸福。

哪晓得，柳永这个小混球，竟然被吴梦月钓上了床，竟然还替吴梦月牵线搭桥，打他老爸的主意，真是个混球加笨球的角色。

凤凰苑柳家小楼内，柳成荫不时进行着身份转换。此刻，他俨然一头怒狮。小狮仔柳永面临被撕成碎片的可能。望着低头挨骂的柳永，再看看柳成荫的架势，柳春雨、杨雪花再疼爱孙子，苏华再护着儿子，都开不了口。他们连在一旁听训的资格都被取消了。各自待在各自的房间，等候一家之主柳成荫向他们宣布对柳永的惩治结果。

这会儿，柳成荫的书房里，火药味浓得很，呛人。

柳永啊柳永，老子恨不得狠狠地抽你几个耳光，让你长长脑子！现在，给你一个将功补过的机会。你现在就回学校当面向月月道歉，哪怕是给她下跪，也要请求月月原谅，并保证今后再也不犯这样的错误，再也不做对不起月月的事。总之，我不管你用什么办法，一定要让月月回心转意。如果做不到这一条，就甭回来见我。

柳永这时把自己变成了一团泡沫，任父亲打不还手，骂不还口，唯有挨训。这一招，反而叫柳成荫的火气再也旺不起来了。

柳成荫打开书房门来到客厅，才感到自己喉咙里起了烟。教训了儿子大半天，差不多做一次大会的报告，竟然一口水都没喝。于是，叫了声苏华，让妻子给自己倒杯茶来。

柳春雨、杨雪花老两口听到儿子的叫声，赶忙从自己房间出来，他们也关心着犯了错的孙子会落个怎样的处罚结果呢。他们三个出来后没发现柳永，一下子都紧张起来，对柳成荫几乎是异口同声，你把柳永怎么样了？

第十二章

柳永在金陵艺术专科学校并没有能找到田月月。

他实在没有办法了,心情灰暗地回到和田月月一起的出租屋,他俩曾经的爱的小巢。他想不出,田月月会到哪儿去了呢?就在他心里乱糟糟的,根本无法冷静判断时,忽然发现床上有一封田月月留下的信。

柳永赶紧拆开,急切地想知道,田月月会对自己说些什么。

> 柳永,当你看到这封信的时候,我已经离开我俩曾经的爱的小屋,离开学校,离开了你,去了遥远的南方。柳永,你就不要再寻找了,那个曾经很爱很爱你的月月已经死了,这个世界上再也没有她了。
>
> 你是知道的,离开你是多么多么的难,是多么多么的不舍,然而,你把我伤得如此之深,我想留在你身边,都找不到理由。你告诉我,我怎样才能说服自己呢?你告诉我,让我有一个原谅你的理由。
>
> 曾经爱你那么深,结果得到的是你伤我这样深。我的心,真的很痛,很失望!我到现在都想不明白,我哪里不好,不值得你珍惜,你能不能告诉我?为什么你这么轻易地就背叛了我?
>
> 我走了,把你我曾经的美好也带走了,但愿我还能留给你一点美好的回忆。我也真心地希望你找到比我更爱你的人。祝你一切都好。
>
> 被你伤得太深太深的女人

柳永欲哭无泪。他知道,能让田月月回心转意的可能性太渺茫太渺茫了。这就意味着父亲交给自己的任务无法完成,父亲想要的儿媳妇没了。等待自己的将是什么样的惩罚,已不重要。田月月用行动让他体会到了,什么叫生不如死。

在自己和田月月爱的小巢内,柳永一个字一个字,断断续续读完心爱姑娘留下的那封信。田月月字字如泣,肝肠寸断;柳永心如刀绞,痛不欲生。

想想,自己如此深爱的姑娘,因为自己的伤害,就这样果断地斩断了与自己的情缘,离自己而去了,再也找不回了。找不回田月月,他柳永自己都不能放过自己。

柳永所选择的,是彻底的离开。离开心爱的姑娘,离开疼爱他的家人,离开这个世界。

当父母亲和年迈的爷爷奶奶在金陵艺术专科学校医院的重症监护室内,看到不省人事的柳永躺在病床上,一家人都吓哑了,说不出,哭不出。

柳永拉响了一颗晴天劈雷,不仅想了结自己,也要了全家人的命。

医生告诉柳成荫,他儿子看来是决意要离开这个世界的,服下的安眠药量实在大。医院一切抢救措施都用上了,现在仍然处在危险期。究竟能不能挽救他的生命,现在还不能断定。院方一定会尽全力抢救的,毕竟柳永还是太年轻了。眼下,最主要是看他自己生命的意志力。

不幸中的万幸是,柳永决定离开时,给自己的几个同窗好友发了一则短信,说了措辞失常、词意混乱的话。虽然,有的同学误以为风流潇洒的柳永在玩恶作剧。也有同学想着现在又不是愚人节，这样的语言游戏也不好玩。更有个别平时跟柳永走得比较近的同学，知道一点田月月与柳永分手的信息，从柳永的短信中，读到了死亡的气息。于是，赶紧向老师报告，并且带班主任老师找到了校外那间出租屋。

柳永朝思暮想的田月月终于来到了他的病床前，他原本以为这一辈子再也不可能与自己心爱的姑娘相见了。

见到躺在病床上，仍然不省人事的柳永，田月月心中的酸楚顿时涌起，泪水夺眶而出。柳永啊柳永，你怎么就这么傻呀，要离开这个世界？你怎么能在自己的人生之路刚刚起步的时候，就选择结束？你这样做，是不是太自私了？你想过像命根子一样疼你的爷爷奶奶么，让两位老人家怎么活呢？还有我没有见过面的，你的外公外婆，你可是他们二老从小一把屎一泡尿抚养大的，他们对你的疼爱并不比你的爷爷奶奶少一丝一毫，你就这么狠心地走了，让他们两位老人又怎么活呀？你这样做，最对不起的，当然是生你养你的父母亲，他们辛辛苦苦把你培育成人，你不思报答他们的养育之恩，还要让他们人到中年丧失爱子，这对他们将是怎样的打击，让他们今后的日子还怎么过？

柳永啊柳永，难道你是因为我的离开，才选择离开人世么？你知不知道，你这样做一错再错，好糊涂，好绝情啊。我们曾经是那么的相爱，可是你把持不住自己，那么轻易地和别的女人纠缠在一起，你让我情何以堪？现在，你没有好好地反思自己的过错，反而下了一着绝情的棋，让我成了逼你走上绝路的狠心人！你是要我这一生，因为离开你而导致你的离开，良心不得安宁么？你的爱怎么一下子，变得如此自私，是要让我这一生再无幸福可言？

柳永啊柳永，人们常说，山不转水转，你我只要还活在这人世间，你我的心中只要还装有彼此，说不定老天爷还会安排你我哪一年哪一天在什么地方再度相逢，这都是有可能的呀！可是，你选择了一条不归路，亲手葬送了你我再度相逢、再度相爱的机会与可能。你这样做，值得么？退一万步讲，你我今后再也不能相逢，再也不能相爱，那只能说明你我今生的情缘已尽，也就不要再有什么怨恨，更不要再有什么遗憾。命中有时终可得，命里无时莫强求。如果是这样，你就应该想开一点，这世界上好姑娘千千万万，何止我田月月一个？放弃一棵树，眼前出现的是一片森林；丢下手中花一朵，迎来眼前花满园。你怎么能如此糟蹋自己，作践自己呢？你的人生之旅才刚刚开始，阎王爷是不会收你的。你我的情缘已尽，你也就别想着让我来背负这沉重的感情债、良心债。

柳永啊柳永，别再犯糊了！我们再也不会相见了。你好自为之。

第十三章

经过持续三天三夜重症监护室抢救，柳永的生命体征已经基本稳定，虽然还处于昏迷状态，但已渡过难关，闯过了鬼门关。

学校考虑到柳成荫身份特殊，他儿子情况特殊，给安排进了干部病房单间。四个老人，加上柳成荫、苏华夫妇，还有一些前来探望的亲友，每天病房里人来人往，走马灯似的。因为是学校医院，对病人的探视不及正规医院那么严格。

苏友良老两口是在柳永脱离了生命危险之后，才接到女儿苏华打来的电话，得知外孙子服安眠药一事的。

柳永出了这么大的事，不告诉他们二老无论如何是不能够的。

但，柳永生命处在危险期时，苏华和成荫商量还是暂时不要告诉，病房里已经有了两个老人，精神上受到严重打击，不能再增加两个。万一柳永有个三长两短，那也是没有办法的事。事情实在扛不过去了，再以实情相告也不迟。一切还是未知数，告诉他们实情，也只能徒增担忧，于事无补。

好在到第三天后半夜，躺在病床上的柳永有动静了。家人听见他嘴里模模糊糊地嘟嚷着，月月，你别走，你别离开我。月月，月月，我不让你走。

一直守在柳永床头前三天三夜没合眼的苏华，见到儿子动了，听见儿子嘴里出音了，泪水哗哗哗地潮水般喷涌出来，你这个讨债鬼，细命儿终于保住了。快，快，快喊值班医生来，我儿子有救了，我儿子醒了。

听见妻子一喊，睡在旁边临时加床上的柳成荫连忙起身，去值班室叫医生。值班医生来到病房，用手摸了摸柳永的前额头，发现不发烧了。再掰开柳永的眼睛看了看，说了声病人马上要醒了，危险警报解除！简单检查过后，值班医生让病人家属跟过去，给病人重新调整用药。

果然，没过几个小时，昏迷了三天三夜的柳永终于睁开了双眼。

他这一醒，爷爷奶奶、外公外婆、爸爸妈妈全都不在他眼里，只是一个劲儿地问，月月呢，我的月月呢，刚才不还站在我的病床前跟我诉说的么，哭得泪人儿似的，好可怜，我好心疼。你们赶紧帮我把她找回来，我不可能再放她走了。我要向她赔罪，我要当着全家人的面向她赔罪，请求她的原谅。我还要向她保证，这辈子再也不做对不起她的事情，这辈子再也不会和别的女人有一丝一毫的瓜葛，这辈子只为她田月月而活着，好好爱她，好好珍惜她。

孩子啊，你刚刚醒来，其他事情以后慢慢再说。现在天大的事情，都要放在一边，你要把身体恢复过来。你知不知道，这三天三夜，你让爸爸妈妈、爷爷奶奶、外公外婆担心得差点儿把命都丢了！你真的要是有个三长两短，你让我们这一大家子怎么活呀？你这个不懂事的忤逆儿呀！你把妈妈心脏病都吓出来了呀。苏华的精神防线，这刻儿全然崩溃。她知道，儿子肯定说的是胡话，这病房里何曾来过田月月？

早已经用留在爱的小巢里的那封信，将自己与柳永情丝斩断的田月月，根本不可能在第一时间知道柳永为了她所做的选择、所经受的一切。

"安眠药事件"之后，柳永完全变了。他选择了沉默寡言，不再谈笑风生；他选择了无所事事，不再提半个"忙"字；他选择了遗忘，再也没提过那个心爱姑娘的名字。

一家人都知道，柳永把心丢在了金陵，丢在了心爱姑娘的身边。回到柳家小楼的，只是个躯壳。柳成荫、苏华急只能急在心里。他们清楚，儿子的创伤只能用时间来慢慢抚平，只能靠他的内力一点一点愈合。人世间的事，有些唯有自己去承担，他人无法代替。

柳春雨和老伴杨雪花，当然也知道，孙子的"变"，缘于自身的心结。现在在家里的，只是个"人袋子"。正如乡里人常说的，没魂了。这样子下去，日子长了还要出问题。

柳春雨想到了民间"古法"，想到了自己去世多年的父亲。于是，和老伴一商量，想带柳永回趟香河老家，去太爷爷坟上一趟，让太爷爷把宝贝重孙子的魂魄给找回来。

人常言，病急乱投医。柳永失魂落魄，内心的那个坎，跨不过去呢！柳春雨把自己的想法跟儿媳妇商量。苏华想的是，既然没什么好办法帮儿子，就听公公的吧，回老家散散心，对柳永来说也是有好处的。

本来，苏华是要请假陪儿子一块回香河的，被公婆拦住了。这次回去，他们老两口要跟孙子做点"关目"，苏华、成荫都不宜在场。一个市委副书记，一个人民教师，还信民间的那套东西，会被人家笑话的。他们老两口，两个老实农民，带着孙子怎儿弄都不要紧。即便有人想做文章，也做不出什么大文章。

柳春雨、杨雪花带着孙子回来给柳安然老先生上坟了。香河村龙巷上，村民们高兴得奔走相告。自从柳成荫在外面当了"大干部"，柳春雨和杨雪花回香河就少了。在村民们眼里，他们老两口跟着当大干部的儿子进城，过上了城里人的日子，享清福、享天伦去啰。

一提到柳家，村民们脸上分明写着两个字："羡慕。"早年间，柳安然老先生在村上开着一爿豆腐坊，生意做得活，人缘好。据说，老先生在私塾坐过馆，是个饱学之人。村民们但凡遇上难烦之事，都愿意找他请教。哪怕就是左邻右舍为点儿鸡毛蒜皮之事，争执起来也会异口同声地说，走，去找柳老先生评评理。柳安然老先生在世时，比村支书威望还高呢。

更让村民们佩服柳老先生的是，他教育出了一个好孙子——柳成荫。柳成荫不仅成了香河村子上第一个大学生，而且后来在政治上进步快，在县里、市里当上了"大干部"，不简单呢。村民们都知道，在香河当上个村支书就神气活现的了。可这"村"上头，还有"乡"；这"乡"上头，还有"县"；这"县"上头，才是"市"。乖乖隆的冬，韭菜炒大葱。这个柳成荫在"市"里当市委副书记，那该是个多大多有权的官？！

　　让村民们稍稍有点遗憾的是，这柳成荫的儿子，柳安然老先生的重孙子，并没有子承父业，走上"仕途"，而是学了什么流行音乐。多数村民还真不知"流行音乐"为何物。

　　这只是老辈人的看法和想法。村上的那些初中生、高中生们，听到家长们议论柳永时，言词中有所轻蔑的话，立马跟你急！你们懂什么，人家柳永大哥那是一种最时尚的职业，当上流行歌手，粉丝多到海里了。凭柳永大哥这么高大帅气，将来一定能成为"天王"级的人物，那就轰动了。杰克逊知道不，迈克尔·杰克逊，流行乐坛的天王，享誉全球的人物。那可是要风得风要雨得雨要什么有什么的，只可惜死得太早。如果柳永大哥成了杰克逊这样的人物，那哪是你们眼里的县长、市长能比得了的，OK！

　　香河村的垛田之上，杂草丛生，树木零乱。此处为村民安葬之所，不是清明之类的日子，少有人来。

　　柳永放眼望去，不远处的树丛间几个喜鹊窝，蛮大。有几只花喜鹊、灰喜鹊围绕着树林子，在自己窝的上方扑棱着翅膀，"喳、喳喳！"叫声不断。喜鹊们大概没弄清，柳永和爷爷奶奶来这里干什么。它们在担心，自己的窝是否存在安全隐患。

　　从香河的村庄到垛田，只有坐船。几十年过来了，一直如此。香河村，地处里下河水乡，河汊野藤似的，东一弯，西一曲的，要建造一条陆路，不容易，费钱。想来这香河村也是缺钱，要不然怎么就不能往这垛田上筑条陆路呢。看起来，这社会还真的离不了一个"钱"字。少了它，办不成事。

　　在柳永眼里，香河的模样完全变了。水面上，再也看不到小时候跟父亲回老家时常见到的菱蓬。那开着四瓣小白花的菱蓬，随着香河水一漾一漾的，柔美之极。如若碰上有人撑着小船，在长满菱蓬的水面翻菱，柳永就有口福了。吃上新鲜的菱米子，鲜嫩脆甜，那才叫"出水鲜"呢。

香河两边的圩岸上，那抚风点水的杨柳树也不见了踪影，连原本高耸蜿蜒的圩堤也几乎不存在了。现在，柳永只能看到圩堤上，那一个一个的树根，一处一处的树坑，似乎在回忆着自己曾经有过的"抚风点水"，曾经有过的"杨柳依依"。

再从垛田上望远处的香河村，哪里还有"绿树掩映"的意味。爷爷奶奶带着柳永从村子的龙巷上经过时，看到是一栋一栋直上直下的二层小楼，多倒是蛮多的，可比起原先的"人"字顶，比起原先的青砖黛瓦，现在碉堡式的小楼，怎么看都不那么顺眼，好像少点什么。究竟少了点什么，柳永他说不上来。或许他只是从小受父亲的影响，而父亲不用说又是受太爷爷的影响，先入为主了，就认为原先的村舍好看，中看。

人啊，多数时候也是一个矛盾的结合体，出现自相矛盾的情况也没必要大惊小怪。就说这柳永，一个学流行音乐的年轻人，似乎有着一颗怀旧的心，矛盾了，不好理解了。其实，人对人自身的了解，直到目前无论是医学研究，还是更宽泛的科学研究，都还非常有限，某些方面的研究甚至是"可怜"的。说到底，人并没有真正了解自己。香河也好，香河村也好，以柳永小时候见到过的模样在他大脑里进行了信息储存，根深蒂固了。你现在拿出一个新的版本来，不修改程序，就想让柳永的大脑默认，自然不行。因此，人们往往感慨，回忆是美好的。原因就在于此。

柳安然老先生的墓碑前，柳春雨为老父亲摆上了"六大碗"，一瓶洋河"梦之蓝"。这"梦之蓝",是柳成荫特意为爷爷准备的。说是爷爷在世没有喝过什么好酒,这次就专门带瓶好酒去吧。柳成荫对爷爷的感情,在柳家一大家子当中,无人能比。虽说老大柳春耕家常年在外搞运输,手头很是有点经济实力,小龙、小凤两个孩子对长辈们也还孝顺。可这种孝顺,更多地体现在物质上,没有做到像柳成荫对自己的爷爷那样,有充分的情感渗透与交融。多少也还有点知识的柳春雨,当然知道这世上并不是什么都可以用一个"钱"字来解决的。现在,自己的孙子精神上出了问题,他想求助于自己的父亲,恳求他老人家在天之灵,帮忙把孙子的魂魄给找回来。

父亲啊,小永可是你的重孙啊,柳家的香火要靠他往下延续,你老人家就帮帮他吧!

柳春雨、杨雪花和孙子柳永,三个人在柳安然坟前点烛焚香,磕头作揖,敬酒敬菜再敬饭。与此同时,专门请来的几个"民间高人",手持各式神器,焚烧着纸钱,口中念念有词,跨步夸张,晃荡不已,绕着墓地,左三圈,右三圈,转着,跳着,舞着,吟诵着。

几个时辰过去,忽然,有位"高人"轰然倒下,口吐白沫,似昏死过去一般。当中一位看似领头的,在倒下的那一位耳边神器轻摇,只听得"丁零零——""丁零零——",几声过后,倒下的那位便开口讲话了。此人不开口便罢,这一开口倒是把柳春雨、杨雪花老两口着实吓了一跳。这不是老父亲的声音吗?但见那位把柳永唤到自己跟前,悄悄耳语了一番。不可思议的是,柳永竟然不住气点头,好像是在聆听太爷爷的教诲。

这耳边细语没多长时间,那位便又轰然倒下,不省人事。其他几位"民间高人",再来一番仪注,继续绕着柳安然的墓地,左三圈,右三圈,转着,跳着,舞着,吟诵着。那领头的一位接着焚烧了一气纸钱,将坟前案上的"梦之蓝",东洒洒,西洒洒,在柳永前额弹点了三下,之后,神器轻摇,口中高喊:"诸神归位——"

其他几位"高人"快速在柳安然坟前排列整齐,倒地的那位一个鲤鱼打跳,弹跳而起,加入同伴行列。这一幕,让柳春雨和杨雪花老两口感觉有点儿紧张,连忙将柳永拉到身边。领头的"高人"交代二老,此次仪注之后,还要往当地"上方寺"敬香一月,方能保你家孙子度过此劫。

对民间"高人"所嘱,柳春雨、杨雪花自然照办,不在话下。

第十四章

人们常说,天无绝人之路。此话得信。在柳永最低迷、颓废的时候,他命运中的贵人出现,帮他指了条路。这个贵人,就是他喊了几十年的"谭叔"。谭叔告诉他,哪里跌倒,就从哪里爬起来!

柳永嘴里的"谭叔",不是别人,乃柳成荫之"发小"谭赛虎是也。说起谭赛虎,曾经是楚县房地产开发企业当中的龙头老大。在自己事业最鼎盛的时候,竟然销声匿迹,离开楚县人视野好多年,不知所踪。这突然间脱离楚县公众视线,自然给谭赛虎这个人,抹上些许传奇的色彩。

等到柳成荫成了楚县县委书记的时候,谭赛虎更是在楚县县城改造上助了他一臂之力,成功完成了楚县第一条城市道路扩建工程,为柳书记赢得了楚城市民们一致的叫好。当然,谭赛虎也坐上了楚水城建开发总公司总经理的宝座。

其后几年,谭赛虎事业发展可谓是一帆风顺。在一次长途火车上,他认识了一个叫沈燕的女子,不仅导致了他事业发展轨迹发生重大改变，而且让他的家庭进行了解构重建。这个名叫沈燕的女子，不久就成了他的第二任妻子。

说实在的，当时让谭赛虎离开楚县，他还是心有不舍。离开自己熟悉的家乡，离开与自己既有情谊又能在事业上给予帮助的"发小"，重新开辟新的天地，有那么容易么？真是有如电视广告里说的，一个人勇闯天涯。

然而，娇媚迷人的沈燕在床笫之间所给予的，真的让谭赛虎打开了作为男人的另外一片天空。这是他无法想象的美妙，这是以前若干年从家里老实巴交的老婆那里不可能得到的。他思前想后，放弃眼前的辉煌，勇闯一次天涯。有位名人不是天天在央视上劝诫大家么，做男人就是要对自己狠一点。谭赛虎当然是个男人，他需要这样去做，对自己狠一点。

在部队的那几年，谭赛虎从事着部队的三产，主营仍然是房地产这一行。他的才干，他的身份，他的漂亮妩媚的妻子，都是他成功的法宝和资本。有首歌唱得好，没有人能随随便便成功。太对了。谭赛虎成功吧，当然。可无论是他在楚县的成功，还是他移师东北的成功，是随随便便的么？当然不是。这一点，傻子都知道。

经历了一次婚姻的破裂之后，谭赛虎对夫妻感情看淡了。谁说老婆就一定是你专属的？今天是你的老婆，明天说不定就是别人的。就像沈燕，之前根本不属于他谭赛虎，一转眼就温存地睡在了他的身边。可以后呢，她会不会成为其他人的老婆呢？谭赛虎从心底里不敢下这样的结论。所以，有的时候，老婆应酬多一点，夜晚把他一个人扔在家里，他也没觉得有太多的委屈。你不是把自己原本善良本分的妻子一脚给踹了么，人家留在楚县县城和你的儿子过，就不委屈？儿子不是要拿刀杀了你的么，还不是那个老实巴交被你踹掉的女人拼着性命护着你，用死来吓唬儿子，才让你顺利过了这一关。

当然了，这几年他们娘儿俩的生活吃用一切开销，谭赛虎全包了。不仅全包了，而且每年都会给前妻一张六位数的银行卡，密码是前妻的生日。可是，你谭赛虎不要弄错了，这世界上，真的不是一个"钱"字能解决一切的。

谭赛虎自己有时也在想，这个世道究竟是怎么了，怎么人人眼里只看到"钱"，人人拼命追求的，最后也还是为了"钱"。但在实际生活中，他深切地感受到，其实人是不应该这样的，人的生活也不应该是这样的。

可事实情况是，你的感受再深切，也不能对现实有一丝一毫改变。人们似乎置身于一个庞大无比的"场"中，被某种能量支配着，驱使着，像个陀螺，转，旋转，飞速旋转，甚至疯狂旋转，不能停止，不能自拔。人们置身这样的"场"中，有如置身无边无际的"黑洞"，令人恐怖而无助。

这些，只是谭赛虎头脑中一瞬间的念头罢了。他多数时候也不会让自己独守空房的。实在不愿意在"场"中沉浮时，他偶尔也会当当"逃兵"，悄悄地，绝对保密地，回楚县县城家里看看。虽然，这里严格意义上，已经不是他的家。宽厚的前妻，依然会给他做上几样家常小菜。

谭赛虎就是某一次回来，从前妻口中得知了柳永吞食安眠药的事情。

"谭叔"的出现，带给柳永的是有如吸食"白粉"之后的兴奋。柳永的"月城新势力演艺公司"，因谭赛虎出资200万，得以顺利注册。让柳永感动的是,"谭叔"只当幕后股东,公司经营管理大小事务,一概由柳永一人打理,全权决策。

为了提升公司在月城的知名度、市场影响力,展示柳永个人的形象,打造"新势力"自己的品牌,谭赛虎再出资100万,为柳永量身打造一个"个唱"。柳永除了精心选择每一首所要演唱的歌曲之外,还给自己的"个唱"起了个富有诗意的名称:"柳梢望月"。

凤凰苑柳家小楼里,又有了开心的欢笑。

柳永回来蹭饭时,时常会带着他的"谭叔"。而"谭叔"每回来,都是大包小包的,不是水产品,就是海产品,间或也还有些老人的营养品。总之,他一直遵循着当初踏进柳家小楼时给自己订下的规矩,从不给柳副书记送任何礼物。这些家庭日常所需食物,算什么礼,自己留下不也是吃?给老人的那就更不值得说了,一个晚辈的心意罢了。当然啰,这些花销也不菲。可那又有什么,在他谭赛虎看来,钱挣来就是花的,花了才是自己的钱。那些再多的钱,躺在保险柜里,不过是一张张、一沓沓的"纸";存在银行卡上,亦或账户上,那只不过是一个个、一串串的"数字"。不是说"大商无算"么,做大事情就必然要心胸开阔,放眼长远,还有就是"不拘小节"。这"小节"之事,谭赛虎可是跟柳永交代再三,一定要"天衣无缝",只能是你知、我知,天知、地知。

自从谭赛虎来到月城,柳永跟着忙前忙后,忙得情绪高涨,让身为母亲的苏华和柳春雨、杨雪花老两口打心底里高兴。现在望起来,柳永那个"坎"总算过了。毕业时,柳永准备选择自主创业,家里也没反对。谁料想,商海里还没有遇上风浪,情海里倒狂风暴雨、惊涛骇浪,让柳永差点失了性命。

柳成荫内心挺感谢自己这个"发小"的。支持柳永搞"新势力",帮助柳永筹划"柳梢望月"个人演唱会。这一切,都是在帮柳永这个不争气的儿子跨过那个"坎"。不过,谭赛虎到现在没跟自己言明,也就没必要挑破。彼此心照不宣。机会总会有的。

  当月光洒在我的脸上
  我想我就快变了模样
  有一种叫作撕心裂肺的汤
  喝了它有神奇的力量

  闭上眼看见天堂
  那是藏着你笑的地方
  我躲开无数个猎人的枪
  赶走坟墓爬出的忧伤

  为了你我变成狼人模样
  为了你染上了疯狂
  为了你穿上厚厚的伪装
  为了你换了心肠

  我们还能不能再见面
  我在佛前苦苦求了几千年
  愿意用几世换我们一世情缘
  希望可以感动上天

  我们还能不能能不能再见面

我在佛前苦苦求了几千年
　　当我踏过这条奈何桥之前
　　让我再吻一吻你的脸

　　"柳梢望月"——新生代歌手柳永个人演唱会,终于在月城保利大剧院举办。因为有"月上柳梢"——柳永、田月月歌舞专场夭折的背景,这场"柳梢望月"柳永的个唱,更加吸引人的眼球。"新势力"正式亮相月城,柳永经历致命打击之后的处女秀,让整个月城为之轰动。

　　当柳永身披黑色长风衣出现在观众面前,那种冷中带酷的劲儿,一下子引发了全场的啸叫,尤其是对"帅""酷"防御能力为零的女孩子们,更是尖叫得炸开了花:"柳永,我爱你!""永哥,我们爱你!"

　　柳永开场的一首《求佛》,高亢亮丽中带有浓郁的忧伤,自己都唱得泪噙眼眶。他似乎看到了那张熟悉的脸庞,远远地望着舞台上的自己。此时,一个声音在他心底响起,月月,你告诉我,我们还能不能能不能再见面?求求你,月月,你告诉我,你告诉我啊,月月!

　　台下的姑娘小伙们更是抽泣不断。全场都为柳永的歌唱所感动,真的好感动。不仅仅是那些少男少女们泣不成声,观众中一位着装时尚、眉眼秀丽的女子,也轻掩芳面,擦拭着眼角的泪滴。

　　"秦总,面巾纸。给。"坐在那被叫着"秦总"女子身边的小伙子,适时递上一包面巾纸。

　　"不好意思,我被你这哥们的歌声打动了。"这个"秦总"不是别人,正是《月城晚报》美女加才女的总编辑秦晓月。

秦晓月，这个在月城被众多"猎手"追逐的目标，因其冷艳孤傲，而被视为"水中月"。后来竟然与舞台上的这位"小王子"擦碰出了火花，让她追赶了一回港女的时髦。这是此时坐在台下听柳永深情演唱的她，自己都无法预料的。

下　篇

第十五章

　　月城市领导干部大会在市政府会议中心一号会议室召开，温良弓代表市委、市政府就月城大道改造工程等几项重点市政工程建设做出了具体部署。

　　温市长在对几项重点工程的建设质量、施工进度提出了严格要求之后，特别强调了做好这几项工程的重要政治意义。这几项市政工程，就是为月城首届半程马拉松国际赛所做的准备。因此，其工程完成质量的好坏，完成进度的快慢，关系到月城以什么样的形象展现在各国运动健儿面前。

　　温市长讲得颇动感情，自己的右手在空中指了指，同志们要记住了，这可是地级月城市建市以来的第一次国际性大赛，是一个展示自己的重大机遇！何其珍贵啊，同志们！这容不得有一丝半点的闪失啊，同志们！

　　温市长很少如此真情流露的。他继续强调，我们这一届领导班子，就是要为月城的发展打基础，甘作铺路石。月城的知名度、美誉度要提升，我们没有理由不全力以赴完成好这几项重点工程。这是我们月城市目前的重中之重!

温市长的讲话,有力度,有高度,也有温度,赢得了全场长时间的热烈掌声。

温市长很是为自己的一番讲话感到满意,悠然地端起跟前的茶杯,呷了一口,神情满足地望着台下一大片负责人。这时,市政府副秘书长、市政法办主任吴仕芒从侧台走到温良弓身旁,耳语了一下。吴仕芒一出现在温市长身边,全场都注意到了。他被关注度较高,很大一部分原因来自于他的头。四周围有铁丝网,中间留块打谷场,说的就是他这种头型。台下人无从知晓吴仕芒在温市长耳边说了什么,但这些部门负责人明显感到刚才还神情悠然的温市长,一下子面色凝重了。只见温市长手一挥,跟着吴仕芒离开了主席台。

领导人随时有事情随时离开会议主席台,这属正常现象。台下的负责人自然无从知晓这会儿温市长因何离开。但是此时坐在台下的秦晓月,无端地觉得是不是那场迎奥运演唱会又生什么变故?吴仕芒最近一段时间,已经作为温市长的全权代表,在协调处理少数市民因假"刘天王"带来的不满。在秦晓月看来,《月城晚报》和"新势力"联合承办的"迎接'5·1'月城首届半程马拉松国际赛大型演唱会"真可谓是一波三折。

这场演唱会,由市政府主办,《月城晚报》和"新势力"联合承办,有市政府的授权书。当初策划这场大型演出,其出发点和根本目的都是好的,无须有一丝一毫的怀疑。关于这一点,任何时候她秦晓月都敢拍胸脯,打包票。嗐,这女同志拍胸脯好像有点儿不雅,还是打包票为好。

然而,事实并非如此。秦晓月所经历的一波三折,真的让她一个女同志如坐针毡,压力山大。虽然说,前一阵自己和吴副秘书长、柳永、钱涛四个人去了趟北京，根据温市长指示去北京某部委相关部门"公关"，柳永父子从中发挥了关键作用。北京某部委负责法律事务的部门领导，总算给予了理解、谅解和支持，演唱会于2008年5月1日晚在月城市体育中心田径场如期顺利举行，而且获得了空前成功。但是，让秦晓月不安的是，演唱会结束不久，作为承办方之一的"新势力"演艺公司总经理柳永，就被公安机关带走了。

有人举报，演唱会上"Hi"翻全场的"刘天王"只是个模仿秀演员，是个冒牌货。也真亏柳永这小子想得到这一损招，真的让秦晓月又气又恨又担心。

经过这两年大型演唱会的合作，尤其是最近一次奥运演唱会的配合，让他俩"八小时之外"走得更近、更亲。秦晓月担心呢，假"刘天王"事件还不知道究竟如何了结！眼下，吴仕芒在这么重要的会议上叫走了温市长，会不会是演唱会又出了什么"幺蛾子"？

女人的"第六感"有的时候还真是灵敏。秦晓月心里担心什么，偏偏来什么。

她很快就接到了吴仕芒副秘书长的通知，省文化厅专题调查组即将进驻《月城晚报》，对演唱会票务销售情况、广告招商情况进行全面彻底调查，希望秦晓月和晚报社要积极配合，如实反映情况，认真接受调查。

吴仕芒副秘书长特别提醒秦总编，此次省文化厅专题调查组虽然只有一位马副厅长带队，可是来头不小，是代表北京某部委而来。吴副秘书长转达了温市长的意见，让秦晓月认真对待。

幸亏当初在酝酿这场大型演唱会招商方案时，柳永为秦晓月出了一招，捆绑招商。把此次演唱会门票销售，与某一具体客户全年广告投放捆绑在一起，根据客户全年广告投放额度，确定票务返还数和广告优惠价格。当初秦晓月采纳柳永的建议，只是从整体的活动营销效果考虑，事实也已经证明这一招管用。一场演出，总收入3600万，秦晓月想着怎么"回报"柳刀郎都愿意。

现在，这3600万被人盯上了，让人眼馋了。这3600万也不是从天上掉下来的，不是什么馅儿饼。秦晓月带领着晚报社广告中心和柳永的"新势力"，经过这几个月的打拼，才有现在这样的结果。容易么，当然不容易。什么时候叫人家把自己口袋里面的钞票往你口袋里面送，是那么好送的？没有金刚钻甭揽瓷器活。做市场，做营销，怎么能指望着天上掉馅儿饼呢？天上没那么多馅儿饼往你跟前掉的。

不付出哪能就有回报？秦晓月不用说这几个月和柳永一块见客户，洽谈，应酬，出入酒店、酒吧、歌厅，有些单子不就是人家看着她秦晓月喝得艳若桃花的面子上签下的么！这是说得出口的，无关个人隐私的，还算是有"底"。还有那些说不出口的，事关个人隐私的，付出了也就付出了，事情一过飞鸟无痕，是伤是痛，个中滋味只有自己知道，找个诉说的人都没有。那又能怎么样？这太阳还不是每天照常升起？！

人们常说，事非经过不知难。这3600万不是那么容易获得的，谁要想轻而易举地从秦晓月手上拿走，也没那么容易。她脑子里念头一闪，想到了当初的捆绑招商。这样一来，秦晓月心里就有底了。

谭赛虎在月城市几项重点市政工程招标中，中了最大的"月城大道"拓宽改造工程，十几个亿的项目呢，无疑是块肥肉。

借助"月城大道"拓宽改造工程，谭赛虎巧妙地实施了他的战略转移，将重心顺利从东北转移到了月城，"赛虎路政"高调亮相月城。公司挂牌那天，可谓是高朋满座，贵客盈门。月城市四套班子主要领导、市级机关部委的主要负责人，省厅的相关领导，以及驻月媒体、地方媒体悉数到场，公司大楼前彩旗、竖标、空飘、拱门，五彩缤纷。楼前广场上舞龙舞狮的表演者，精神抖擞，龙腾狮跃，场面十分火爆，完全不同于以往月城人常见的老龄腰鼓、老龄莲湘。广场上空，四架滑翔机，发出"嗡嗡"的轰鸣声，拖着浓浓的彩烟，挂着祝贺"赛虎路政"成立的标语，时而盘旋，时而滑翔，颇为引人注目。媒体的摄影、摄像镜头，一时间都纷纷捕捉空中滑翔机的身影去了。

　　身着藏青色西服的谭赛虎，胸前别着鲜花加彩飘，剪了个军人特有的板寸头，齐整、刚毅、精神，身旁跟着的是衣着喜庆的甜妞，同样胸别鲜花加彩飘，一副小鸟依人的模样。了解情况的，知道她是"赛虎路政"的总裁助理。不了解情况的，还以为今天是谭赛虎总裁办喜事，要娶身边这娇小可人的甜妞过门呢。

　　说起来，谭赛虎还真是个干大事的。一脚踏进月城，就看中了刚歇业时间不长的月城大酒店。通过中间人，一掷6000万，将此建筑物收入囊中。并没有花太多的时间，原先的月城大酒店封门数月之后，大门重新打开，竟魔幻般地变成了一家品位、档次极高的公司。虽然这一切在外人看来近乎神奇，只有谭赛虎知道，全靠一个字：钱。有钱，可以请到顶级的设计师；有钱，可以请到顶级的施工团队；有钱，可以用上顶级的材料；有钱，可以用上先进的设施；有钱，可以有人为你日夜拼命；有钱，可以让你的梦想变为现实。6000万算什么，一个亿又算什么？为了他的战略转移，谭赛虎深知，必要的成本是要付的。央视的一则广告，近来不是很热乎么，叫什么"智慧人生，品味舍得"。没有"舍"，哪有"得"呢？这"舍""得"之间，还真是考验着一个人的"智慧"。

第十六章

柳永被公安机关带走之后，谭赛虎曾在柳成荫副书记面前表示过，不用你柳书记发话，我谭赛虎直接把此事摆平。一场演出都成功了，有人想借假"刘天王"兴风作浪，没门儿。一些观众跟着吵闹，不就是为几百块钱的门票么，补偿不就得了。俗话说，一人赚钱众人花，必要的时候，"杨柳水大家洒"，让我老谭也当一回"观世音"。

就像当年在楚县配合柳成荫搞县城第一条城市道路扩建工程那样，这一次"月城大道"拓宽改造工程，谭赛虎虽说谈不上是配合柳成荫，但是工程投资巨大，工程性质重要，不容他不拿出浑身解数。

"赛虎路政"这次对"月城大道"施工要求高了，将原来的六车道，精心设计改为了八车道。这要新增两车道从哪里来？谭赛虎实地一看，简单了，从道路绿岛上来。取消原来的道路中心绿岛，缩减道路两侧预留绿地，八车道可以说是轻而易举了。当然，这样的改造要牺牲一点道路的树木。

虽说这些树木落户时也是颇费一番周折的。这条月城市重要的对外通道，究竟栽植什么样品种的树木，是自己的市树银杏，还是当下颇为时兴的香樟？究竟是栽植高大型的，一上路就绿树成荫、枝繁叶茂，还是选择半成品，让其栽植之后有个适应生长的周期。这些都是经过市委、市政府相关专题会议研究决定的。虽然每一种决定都各有利弊，但究竟是利大于弊，还是弊大于利，则是决定做出之前要搞清楚的。

谭赛虎在路上看到的结果是，妥协。香樟和银杏分段而植，大小树木相间而栽。这么多年一直做工程的谭赛虎在心底笑了，看来当初书记市长势均力敌呀，谁也没有说服谁。不过，这一切现在看来都不重要了。谭赛虎一声令下，全部扒了。他要让"月城大道"旧貌换新颜，换上极具水乡特色的阴柔妩媚的柳树，当然树干一定要高大，柳枝一定要长，清风徐来，柳丝依依，让外地来月之人，一踏上月城就能感受到别样的柔情，留人呢。这样的选择，才能和月城相配，相融。

谭赛虎这一招高了，得到市委、市政府多位领导同志的肯定和赞许。谭赛虎并没有自满，不仅在工程建设大的方面出新出彩，亮点频现，而且在细节上精益求精，要求严格。"月城大道"两侧的路牙，原本是水泥预制品，此番改造全被换成了大理石。施工的工人都说，这谭总裁也太过讲究了，一个路牙有必要用这么高档的大理石么？

谭赛虎不这样想。人过留名，雁过留声。钱是人挣的，挣了就是要花的。虽然说，这钱花在哪儿都是花，但"花"和"花"不一样。谭赛虎此番在"月城大道"路牙上，多花几百万、上千万，值。他是要给月城留下一个标志性工程。他就是要在这样一个标志性工程上留下他谭赛虎的名字。若干年之后，人们行驶在这条大道上，提起这大理石路牙，都会竖起大拇指，自然会记得他谭赛虎。为此，花个几百万、上千万，还不值么？

省文化厅一行六人，在与月城市文化部门负责人进行过简单沟通，并向市政府分管副市长梅霞作了通报之后，直接进驻《月城晚报》社，就"迎接'5·1'月城首届半程马拉松国际赛大型演唱会"非法演出问题进行全面调查。

省文化厅马副厅长神情严肃地向秦晓月通报了相关情况，并且将关于"迎接'5·1'月城首届半程马拉松国际赛大型演唱会"非法演出举报信和相关领导的批示给秦晓月看了。报社大楼四楼总编会议室内，气氛有点紧张。

这时候，秦晓月才知道，这场大型演唱会的"非法"之说，原来是有人花了一张邮票的钱，给北京某部委写了封举报信，举报内容主要有两个方面，一是月城市这个大型演唱会不属公益性演出，属"商演"，有承办方出售的高价票为证；二是月城这场"商演"中，所有的演唱人员都没有演出许可证，而那些海外艺人的许可证，是要到北京办理的。

马副厅长这一番话，真的让秦晓月哭笑不得，当初温市长给她布置任务时就很明确，举办一场大型公益性演唱会。因为是公益性的，所以参演人员不需要办理什么演出许可手续。至于说售票，那是为了解决活动成本问题。上千万的成本费用，市政府不出一分钱，全部让我们晚报社广告中心市场化运作，不卖点票怎么行呢？马厅长您在文化厅对大型演出的情况比我们基层的同志清楚，现在哪场公益性演出不或多或少有商业行为？问题是像我们售票这样的商业行为，其目的是为了"公益"，而不是为了"商业"呀！最后给我们这场演出定性为"非法"，我真的想不通。在北京的时候，人家负责法律事务的牛副司长就跟我们讲过，要不是月城有人民来信，北京城里的演出纠纷都处理不过来，根本没有精力过问地方上演唱会的事情。

秦晓月一把抓过马副厅长手中的举报信复印件，抖了抖，情绪有点儿激动。坐在她一侧的钱涛插话说，这个举报的人真是别有用心，票的位置还是"VIP"区域的，我都能查出来是什么人举报的。如果我没记错，演出时此人还坐在那位置上看了演出的。

小钱同志，现在不是找出举报人是谁的问题。对于举报人的隐私及基本权利，我们是要保护的。你们现在最重要的是配合调查组工作，查清整个演唱会非法所得。根据相关规定，要没收全部非法收入，并处以最高十倍于收入的罚款。马副厅长用手指敲了敲桌面，示意钱涛不要在领导之间插话，更不要偏离中心话题。

这种情况下，秦晓月知道再怎么抗争也毫无用处，只有先让省文化厅的人调查，在调查的过程中寻求化解之法。

柳永从公安机关出来了。

假"刘天王"事件，毕竟没有产生更为恶劣的影响，最初反应比较强烈的观众，后来悄无声息了，网上的类似言论跟帖也不见了，一切都风平浪静。"新势力"出具正式公函给公安部门，澄清了假"刘天王"事件是在柳永总经理不知情的情况下，一位公司副总擅自做主所出的下策。现在，此人已经被公司开除。

鉴于这样的情况，再加之这一事件的影响范围在月城，市公安局相关部门让"新势力"缴纳5万元保证金，便放人了。

柳永一出来，就着急想见他的秦姐。

他要告诉秦姐，在被公安部门叫去了解假"刘天王"事件的这些天里，他并没有在逃避事件责任上多想什么。毕竟做了这几年"演艺"活动，此类事情并不鲜见。

他想告诉秦姐，自己虽然跟秦姐在一起很愉快，无论是公司合作做经营、做市场，还是"八小时之外"偶或的温存。如果说，父亲和"谭叔"给自己的是一种支撑，那么秦姐给予的则是一种"引领"，难得的"引领"。应该说，这两年和秦晓月的合作，让柳永和他的"新势力"不断走向成熟。特别是柳永，一方面成长为具有一定职业素养的经理人，另一方面完成了一个毛头小伙子向成熟男人的转变。

他想向秦姐坦白，当初跟她走到一起，就他内心来说很复杂。有心爱姑娘离开后的"空"，有刚步入市场的"虚"。当然，也有来自秦姐的吸引。

经过在公安部门接受调查问询这段日子，柳永能够静下心来，想一些自己的事情，对自己的内心进行询问。他想告诉秦姐，他的心里一直藏着一个叫田月月的姑娘。忙于一场一场活动时，忙于北京、月城来回奔波时，忙于各种应酬、交际时，他可能把田月月忘了，丢弃了。可一旦静下来，想让自己的心停在哪儿靠一靠，那个娇小的身影就会在柳永脑海出现。不止一次地有过这样的冲动，不管她原谅不原谅当年自己犯下的错，不管现在她能不能重新接受自己，柳永都想去那个叫深圳的南方城市，去找寻心爱姑娘的足迹，把自己内心的懊悔，把自己对她的思念，把自己内心的祈盼，能当面向她作一次表白。

因此，柳永要告诉秦姐，他已经做出一个决定，从秦姐的生活里退出来。

你真的想好了，要离开月城？你能确定田月月一定去了深圳？你能确定自己去深圳就一定能找到田月月？你能确定你找到田月月之后，她就一定能原谅你？你能确定就算她原谅了你，还会愿意和你在一起么?

　　你知道秦姐我目前处在关键时期,省文化厅的马副厅长虽然已主动跟我示好,但最后究竟如何处罚,还没有水落石出。这种情况下,你在月城就一定能帮秦姐分担一些,毕竟你父亲的影响客观存在。他就是出手帮帮你这个儿子,客观上也就是帮到了秦姐,你懂不懂?碰到难事,你跟你父亲讲,他也不会真的狠心不管的。演唱会的票务营销、广告招商,其实是我们两家共同做的。省文化厅最后的处罚也有你柳永和"新势力"的份儿。

　　现在你决定离开月城,当然也离开了你的秦姐。秦姐在关键时候也指望不上你了,怎么不让我伤心、伤感呢?你就不想想,当初你亲近我的时候,曾经是怎样的不顾一切。我不可否认,内心隐藏的激情被你点着了,燃起来了。这个时候,你冷静地告诉我,为了两年前离你而去的一个女孩子,你愿意在秦姐我需要你的时候,离我而去?这对于我来说,是否残酷了一些?我实在不能接受。

　　在柳永的公寓里,一向注意自己仪态,保持着优雅风度的秦晓月,在柳永从公安部门放回之后的第一次相聚,听了柳永心里的想法之后,控制不住自己的情绪,不停地哭诉着。

　　在外人看来,秦晓月真的够光鲜亮丽。她本人一直保持着优雅的姿态,关注度高自己也清楚得很。才四十不到,已经处在众人羡慕的晚报总编位置,可谓事业有成。先生自己干实业,别有一番天地,其财力、能力皆不可小觑。他们两口子这种"公私合营"的家庭模式,也是当下多数人所盼望的。夫妻俩育有一子,聪明伶俐,在小学阶段就显得鹤立鸡群。这样的三口小家,日子过得肯定滋润。

　　就连秦晓月自己想来,与柳永走到一起都没有太多道理。可,变化的确发生了。说句实际一点的话,那些想追逐她的"群雄"当中，不乏位高权重之人，却没能捕获她的芳心。自己反在一个毛头小伙子面前，举起了白旗。难道说自己内心一直渴望着青春激情？难道说自己潜藏着一颗历险求变的心？难道说自己的修炼在世俗的欲望面前如此不堪一击？

此时，对自己进行检视，对于秦晓月而言，似乎晚了一些。

一心想指望的，指望不上；没想指望的，却给了秦晓月一个意想不到。柳永并没被秦晓月的泪水所打动，马副厅长却向秦晓月传递出了演唱会最后以获利20万作结的信息。你还别说，这马副厅长真的很给秦晓月面子。一个上千万成本的演出，最后20万都赚不到，那说给三岁的小孩子都不会信的。所以，当马副厅长把自己的想法跟秦晓月交底时，秦晓月毫不迟疑，一口应允。

坐在月城湖畔"荷塘月色"咖啡厅雅包内，秦晓月举起颇为典雅的咖啡杯，跟对面颇为绅士的马副厅长说了句，"Thank you！"

马副厅长没有举杯，而是伸出手来，轻轻抓住了秦晓月的杯子和手，微笑道："上次，我曾跟晓月总编说起过，我可是很愿意交你这样的朋友的。"马副厅长边说，边顺势从秦晓月的对面移步来到了她的身边。

夜幕降临，月城湖灯火阑珊，湖畔的那座望月楼，更是通体透亮，金光璀璨，很是耀眼。这湖水在五彩的光映射下，波光粼粼，缤纷炫目，与秦晓月身上所散发出来的气息相通了，有了点妖娆的意味。

此刻，距"荷塘月色"咖啡厅不远处，月城湖畔石舫之上，每晚都有的昆曲爱好者表演开始了。那"咿咿呀呀"的腔调，百转千回的韵白，看起来蛮对马副厅长的味儿。杜丽娘和春香二位在那石舫之上水袖轻舞，只听得莺啼般的唱腔传来——

> 原来姹紫嫣红开遍
>
> 似这般都付与断井颓垣
>
> 良辰美景奈何天
>
> 赏心乐事谁家院
>
> 朝飞暮卷
>
> 云霞翠轩
>
> 雨丝风片
>
> 烟波画船
>
> 锦屏人忒看的这韶光贱
>
> 则为你如花美眷
>
> 似水流年
>
> 是答儿闲寻遍
>
> 在幽闺自怜

望着悬于湖对岸望月楼上方的一轮弯月，明亮皎洁，清辉遍湖，原本已是不错的月色了。可秦晓月就是心有不满，怎么就不是一轮满月呢？她想起了柳永，此时他会像她这样想念么？

柳永离开了月城。他没跟家人透半点儿风声，却给"谭叔"留了一封信。

凤凰苑柳家小楼内，谭赛虎将柳永离开前留下的一封信交到了苏华手上，似乎面有愧意。

谭叔，是该我把"新势力"交还给你的时候了。当初，承蒙你对小永的关心，为度我走出失去心爱姑娘的苦闷，为我搭建了"新势力"这样一个平台。

这两三年的时间里，虽然经历了一些风雨，但给予我的锻炼是十分难得的。没有这样的锻炼，就不可能让我成长。可是，我要告诉谭叔的是，演艺这一块的水还是太深了。我的背后虽说有你谭叔鼎力支持，但毕竟你并不有志于此，你是一个干大事的人，不适宜为我耗费太多的精力和财力。

经过这场大型演唱会的风波，我也想了很多。谭叔，你是知道的，我以为可以借喜欢我的其他女人，借自己喜欢的演艺事业，而忘掉那一段发生在校园内的爱情，忘掉那个娇小可爱的苏州姑娘，忘掉那曾经的缠绵与浪漫、温柔与美好，特别是生命的体检与升华。

可是，谭叔你知道吗，当我蹲在公安机关内的那些日子，自己那狂躁的心反而静了下来。毕竟我在演艺这一行干了这么几年，与北京的一些大公司也有过合作，一个假"刘天王"事件不会将我怎么样的。大不了处罚处罚，更何况还有你和父亲这两棵大树。

我想得最多的，是自己究竟想走一条什么样的人生之路。我想到了心爱的月月。我们曾经是那样真心相爱，真的如刀郎所唱，是老天让你我相约，又是老天把你我捉弄。为了自己心爱的姑娘，竟然走上了放纵自己的歧途。事到如今，我不想为自己辩解什么。但我真的不想再过以前那样仅仅是躯壳的生活。

我要为自己的灵魂寻找栖息之地，我要为自己的心灵寻找归宿之所，我要为自己的情感寻找寄存之人。这一切，让我的内心响起一个声音，到南方去，到深圳去，田月月还在等候。

谭叔，我还没有足够的理由说服我的父母，更没有勇气面对爷爷奶奶、外公外婆四位老人。我只有拜托你，谭叔，向他们转达一个儿子、一个孙子和外孙子的不孝，我要离开他们，寻找自己的真爱。

谭叔，当你读到这封信的时候，我已经坐在了飞往深圳的航班上。

此生都会感激你的侄儿柳永

谭赛虎小心地提醒苏华，是不是把这一情况告诉柳成荫，让他想想办法，既然柳永明确说是去了深圳，还是有办法能找到的。再说，不是还有个田月月么？她既然是柳永追寻的目标，那么也自然就是寻找柳永的重要目标。

柳春雨、杨雪花老两口刚从细孙子放回来的喜悦中放宽心没几天呢，谭赛虎又急急匆匆地赶到门上来说柳永离家出走了。这可如何是好？这个细孙子，真不知道要让大人操心操到何时是了！那远在数百里之外的清江的老亲家，晓得自己的外孙子来了这样一"出"，那不也要心急得着火？

"这个小永啊，就是不想让奶奶早点儿抱重孙子的啊。苏华呀，你快打电话，让成荫再忙也要丢下手头的工作，回来下子，让他和赛虎商量一下，派些人出去，尾着他想去的地方，先把人给我找回家。"杨雪花哭哭啼啼地，吩咐自己的儿媳妇。

"成荫正在北京参加新农村建设经验交流会，还要在会上作乡镇合并工作的经验介绍。现在不仅不能打搅他，更不能让他分心。"苏华当干部家属也有些年头了，遇事不慌，沉着冷静，基本上能够做到。小永离家出走这件事该如何处置，她自有安排。

苏华在南方一家电视台的真情访谈节目中见到了儿子的身影。

几乎和所有中年女性一样，苏华喜欢看以泪洗面的电视连续剧，更喜欢看以泪洗面的情感类访谈。不知从何时开始，电视情感访谈节目成了雨后春笋，广大中年女性心甘情愿把自己变成了采笋人。

苏华看到自己儿子在南方一家电视台真情访谈节目中出现的那一晚，真的如有某种暗示，让她急急忙忙完成了厨房间的洗刷、清理，本地台正在热播的一部悲情剧都没有看，直奔南方那家电视台真情访谈节目而去。果然，调台没有几分钟，苏华眼睛看愣住了。

这如此熟悉的身影，不是柳永么？尽管瘦削了许多，头发也好像留长了，但自己的儿子再怎么变，做母亲的总归能一眼就认出来的。苏华赶紧把公公婆婆从他们的房间叫过来，让二老也看一看日思夜想的宝贝孙子，同时给丈夫打电话，告诉他，她见到日思夜想的儿子了，儿子上了一家电视台的真情节目。这个浑小子，出去快一年了，也不给家里打个电话，来封信，让爸爸妈妈爷爷奶奶外公外婆放心。

顺便说一句，柳永离家出走之后，谭赛虎带着柳家的希望和重托，跑了南方几个城市，大海捞针，无功而返。当然，谭赛虎并没有想返，而是柳副书记理性地认为，仅仅靠找，那就只能碰运气，等于把钱往水里扔。虽说谭总裁不在乎钱，但也不要明知不可为而为之。柳永已经是成年人，做事应该有头脑才对。等一段时间，他应该会主动和家里联系的，不必太过于担心。这也是他在北京时，成权劝自己的。自己想想，成权的话不是没有道理。在这样的情况下，苏华才把儿子离家的消息，也告诉了自己的父母亲。

"你这个浑小子，心里头就只有你的田月月，爸爸妈妈都不要了，爷爷奶奶也不要了，外公外婆也不要了。还亏得一家人这么疼你，惯你。"苏华听见儿子在电视里说着与心爱姑娘的故事，说着在金陵艺术专科学校与田姑娘相处的点点滴滴，只字未提让家人放心之类的话。苏华鼻子酸酸的，眼泪就下来了。陪着苏华淌眼泪的，还有杨雪花，她和老头子一心想早点抱重孙子呢。

当初老头子还劝她说，小永这下跑出去，说不定让我们二老早一点抱上重孙子呢。这刻儿，看到自己的孙子，杨雪花自然想起老头子的话。转而跟柳春雨说，看样子还不曾找到田丫头呢。那还用说嘛，肯定不曾找到。找到了就不用上电视、做访谈啦！柳春雨也想仔细听听孙子究竟在电视里说了什么，不想和老太婆多说。

"丁零零——"，"丁零零——"，家里的电话响了。苏华一接，是自己的母亲打来的，说是在一家电视台访谈节目里头看到柳永了，让苏华也看一看。又说，老父亲关照苏华赶紧和成荫商量，现在好不容易看见小永了，赶紧想想办法，与南方那家电视台联系，快点派人去把他带回来，千万不要再出意外。

二老的话，苏华只有照办。

第十七章

柳永离开月城离开家人的日子并不好过。

他的寻找，遭遇到的是一次又一次的挫败。田月月学舞蹈出身，到深圳来照理首选艺术院团。深圳再繁华，专业艺术院团还是屈指可数，柳永花几天工夫，来了个按图索骥，一一登门询问之后，结果可以想见。既然专业艺术院团不见踪影，那就业余的民间的，反正一个爱舞蹈如命的人，应该不会舍弃舞蹈这门艺术的。毕竟读过三年艺术专科，这一点起码的认知，柳永还是有的。

可，深圳这地方怪了。不论什么机构、团体、组织，官方的还好，有限，一说到民办的、民间的，麻烦大了。有如此前提及的电视真情访谈节目，雨后春笋了。在深圳，这民间机构、民间团体、民间组织，真的雨后春笋一般，漫山遍野，布满了整个城市，海了去了。包含舞蹈在内的艺术院团亦如此，柳永无从下手，懵了。

不管怎么发懵，柳永记住一条不能放弃，那就是要找到自己心爱的月月。既然民间的院团如此海量，仅靠柳永个人的力量显然是不行的。这个时候，他也来了个官方和民间双管齐下。一"管"下在了媒体，在深圳各大媒体刊登广告。柳永的广告，可不是一般的产品广告，而是图文并茂的真情告白。打动人了，几家负责刊发此稿的女编辑，见了此稿之后，泪眼蒙眬了。个别的，一见小伙子高大帅气，又有歌星范儿，小心思都活动起来了。成双的另外一"管"，下在了民间。柳永雇用了上百农民工，分区域张贴他的"真情告白"。

这一招，动静不小，可花费也不菲。这可是个"时间就是金钱"的城市，你想啊，连这时间都能跟你算成钱，那动用媒体、动用人力，钱能少得了么？再加之，柳永离开月城离开家的时候，心里想的就是尽快找到他的月月，缺乏理性的思考和周密的谋划，首先这"钱"就没带足。自己布下的张"田小鸟"的网，用不着几天，就只能自行收网了。没钱，媒体哪里还会理睬你？

柳永没有想到，他的经济危机这么快就来了。他出来是有过苦日子的准备的，但没想到这么快。当然，他也不是没有后援，只要他一个电话，谭叔百分之一万，立马就有钱汇过来。可他现在还不想让谭叔知道自己的行踪。

他知道，自己离家出走，家里肯定十万火急。而这样的时候，谭叔必然是柳家的左膀右臂，父母亲肯定要倚重他外出寻找。自己主动打电话，这不是自投罗网？弄不好，自己的寻找计划就会泡汤。

"突击轰炸"没有收到自己想要的效果，柳永多多少少还是有点后悔。觉得自己这"双管齐下"，太冲动一些。现在，钱也大把大把地花了。再这样大把大把地花钱也没有可能了。因为，自己吃饭的钱在哪里，柳永都不知道了。

柳永感觉到了寻找之路的艰难，唯有打持久战。

吴梦月真的做梦都想不到在这样的情形下，再次遇上田月月。

田月月自从斩断情丝，和柳永分手之后，只想回母校做个普通教员。可母校，到处都是她和柳永留下的印记。她曾经的寝室，他俩共同的餐厅，相陪而来的练功房，一起安静相守的图书馆，甜蜜漫步的林荫道，舒展筋骨的田径场，放松身心的游泳馆，青春飞扬的演剧院，哪个"点"上都留下了他俩太多的欢乐、太多的甜蜜、太多的美好。

月月到现在还记得，他俩曾经在练功房排练，她纠正柳永的发音，柳永纠正她的姿势；他俩曾经在食堂共餐，自己总是把香喷喷的蘸肉往柳永碗里夹，而柳永只好请她吃只大虾；他俩曾经在林荫道漫步，自己总是害羞，不敢一直牵着柳永的手，柳永只好把自己变成她的"侍从"，在身旁跟着。唉，那曾经的点点滴滴，现在全都变成了痛苦的回忆。

月月知道，自己必须离开。在这样一个到处都是柳永，与自己如影随形的母校，她迟早是要疯掉的。她别无选择，只能跟母校、跟老师说声对不起。

于是，她给柳永留下一封信，只身来到了深圳。人们只知道，深圳是追梦者的天堂。人们只知道，天堂的神奇与美好。人们往往看不见，追梦者在追梦途中所经历的一切不幸与苦难。

自视还有一些舞蹈潜质的田月月，当然希望在深圳某家专业艺术院团生根开花，然而一个新出校门的艺校学生，潜质再好，又有谁能看中呢？经历了一次一次地落败之后，田月月在一家"KTV"做了一个伴舞者。

只身来到陌生的城市，能找到一口饭吃，又能保持自己不受污染和侵害，默默无闻地生存下来，田月月挺知足了。现在她唯一牵挂的，就是对自己满怀希望的父母亲。

她不能让疼爱自己的父母亲一下子如此失望。她愿意所有的苦果都由自己吞咽，她愿意所有的伤悲都由自己承担。但凡有一天，她田月月在深圳混出个人模样儿了，再在自己的亲人怀里痛痛快快地大哭一场，也省得他们为自己担惊受怕，牵肠挂肚。

田月月还是太年轻了一些。她哪里知道，这霓虹闪烁之所，怎么会那么干净而纯粹呢？这不，某个晚上，田月月如往常一样上班了。

　　我的热情好像一把火
　　燃烧了整个沙漠
　　太阳见了我也会躲着我

它也会怕我这把爱情的火

沙漠有了我永远不寂寞

开满了青春的花朵

我在高声唱你在轻声和

陶醉在沙漠里的小爱河

你给我小雨点

滋润我心窝

我给你小微风

吹开你花朵

爱情里小花朵

属于你和我

我们俩的爱情就像

热情的沙漠

在为一位男歌手伴舞《热情的沙漠》时,身材娇小的田月月一身迷你舞衣,线条流畅地勾勒出她的胸部、臀部,叫人眼馋了;纤细的手臂,秀美的大腿,过于白皙了,灯光下有点儿晃眼;金色纱巾蒙面而扎,露出一双水灵的大眼睛,勾人了;随着狂野的舞蹈节奏,她甩动着长发,颤动着胸和臀,扭动着手和腿,火辣了。此刻,田月月的"小宇宙"爆发了,她把自己完完全全点燃了。

这一刻,田月月才是一个真正的舞者。在她离开心爱的柳永之后,她的全部希望和生活的勇气,都来自于舞蹈。而面对着艰辛而孤寂的生活,唯有舞蹈能让自己释放,唯有舞蹈能给予自己慰藉。她在心里对自己说,月月,尽情地跳吧,尽情地舞吧,把那些苦痛、悲伤、委屈,全都化入这疯狂的旋转之中,抛到脑后,让它们飞向九霄云外。

"KTV"一楼的中央舞台，火了。围观者哨声不断，喊声不断，不仅舞者狂，歌者狂，观众也跟着疯狂了。有鲜花甩向舞台，有人民币扔向舞台，有三五个观众跳上舞台跟着狂舞起来，整个"KTV"一楼"Hi"翻天了。

就在这个时候，有几个小年轻，边舞边对田月月动起手来，开始似乎不经意的胸部碰撞，田月月还能边舞边躲。渐渐地，两三个人直接夹攻，田月月舞也没法舞，躲也没法躲。"你们想干什么？"田月月的问话还未说完，几只饿狼就扑了上来。

在撕扯、扭打之中，田月月的胸衣已经被扯开。就在有手伸向她下体时，一个暴怒的声音在空中响起："滚开——"

"KTV"经理吴梦月，带着几个保安，将田月月救出了狼群。当吴梦月看清解救出来的舞者竟然是田月月时，她愣住了。

自从吴梦月向田月月"摊牌"，就给自己贴上了"第三者"不光彩标签。相反，田月月和柳永的爱情故事，在月城风靡了。

原以为能从拆散两位爱情主人公中获得复仇的快感，谁料想，自己败得一败涂地，愚蠢地把自己变成过街老鼠，最后只能仓皇出逃。要不是一个叫谭赛虎的老总，出手慷慨，给自己掏6000万，她吴梦月不用说离开月城重新开始自己的事业，就连银行贷款也没办法偿还。月城大酒店不能很快变现，只能交给银行，自己光着身子走人。那样一来，在深圳重新开始自己事业，恐怕要打个大大的"？"。

正是有了谭总的意外出现，一掷6000万现钞，她吴梦月气宇轩昂地还清了银行贷款，腰缠千万而南下，开创一番新的事业，个人情感上那点波折就让它烟消云散。姑奶奶大风大浪经得多了。在月城没能实现的梦想，说不定此番南下深圳，倒能梦圆也未可知。人生无常，后面是什么样的结果在等着，谁知道呢。

有着早年在南方打拼的经历，吴梦月自然选择了自己熟悉的"KTV"这一行当。不同的是，之前她在"KTV"，只是个服务小姐。现在是货真价实的老板，法定代表人。当然，做这一行也只是个跳板，她是个有梦想的女人。她拥有的资本实力，让自己随时转向都有可能。

吴梦月现在头脑中想的主要是这些，怎么可能想到会与田月月再见面？毫不夸张地说，真的是做梦都想不到。

月月，你也别太记恨我。我知道，说不记恨是不可能的。毕竟是我拆散了你和柳永。不是我为自己辩解，真正拆散你俩的，是柳永这个坏小子。

我承认，我不是个好女人。可你还小，刚刚出校门，还不知道世道的艰难。走南闯北，我经历过的比你见到的都要多得多。我想拥有自己想要的生活，我也有自己的梦想，这就需要我做出选择。选择，有时候就意味着牺牲。像我这样的女人，只有把自己的青春、美丽、激情、温柔，供人消费，才能有自己想要的一切。否则，一切免谈。

毫不讳言，选择柳永，当然有我的考虑。他身后的那棵大树，才是我的目标。人常说，苍蝇不叮无缝的蛋。柳永这小子，如果对你用情专一，哪里还有我的"戏"？

月月，你要原谅姐姐。你我前番结怨并非我的本意，现在老天又让你我再度相逢，说明我俩还有几分尘缘未了。谢天谢地，在你身处险境之时，我能为你站出来，没有让那帮色狼得逞，我太高兴了。你知道吗,当时,看似在救你,其实我是在救自己。我告诉你,在当上月城大酒店总经理之前,我干的就是"KTV"服务小姐。被人占便宜,被揩油,甚至被人胁迫,被人恫吓,几乎是家常便饭。我现在有能力了,当然要保护在我的场子里工作的小姐妹,让她们有一份尊严地活着。没想到,今天保护的竟然是你!这是老天爷给我向你赎罪的机会!

采取"持久战"策略之后,柳永对田月月的寻找,开始做更为周密的谋划。柳永坚信,只要月月在深圳,就会有找到她的那一天。

不是说,只要功夫深铁杵磨成绣花针什么的。到时候,柳永就是要拿着绣花针,给自己心爱的擅长苏绣的姑娘作见面礼,并且告诉她这根绣花针的来历。

现在,对于自己来说,重要的是在深圳站稳脚跟。无须枉费脑筋,柳永能够用以谋生的,当然是唱歌。于是乎,柳永便在一家"KTV"当起了专场秀歌手。

人的命运就是这样奇妙。原本两个素昧平生的人,因为某种情缘能走到一起,让两个人的生命轨迹发生交集。而一旦这种缘分不再,即使相距再近也无法交集。现在的柳永和田月月、田月月和吴梦月似乎就是这样。

柳永追寻着田月月的足迹而来,并且同样选择了在"KTV"落脚,一个伴舞,一个歌唱,虽同城同行,却无缘相见。

田月月并非为追寻吴梦月而来,却阴差阳错地相遇。对田月月而言,如果不是在特定情境下和吴梦月相遇,两人可能还会有冤家路窄之感。偏偏在田月月危情之下,是吴梦月的"冲天一吼",解救田月月于水火,让两个原本心怀怨恨之人,在特定情境下滋生出了患难之情。无怪乎,世人多有感叹,命运无常,造化弄人。

经历了这两年的风风雨雨,柳永对月月的想念日益强烈。田月月也没能真的把柳永这个负心郎忘怀,心里放不下的还是他。只不过,田月月心里的疙瘩并没有能完全解开,尽管她已不再厌恶、唾弃吴梦月,知道了吴梦月一路走来的诸多不易。然而,这并不能与原谅柳永、接受柳永画上等号。

她心里期望的是,柳永如能不远万里追寻着她的脚步,或许等到柳永哪一天真的站在她面前时,她会扑到他的怀里一边狠狠地猛打他,一边紧紧地抱住他。到那时,她会毫不犹豫地告诉他,我俩再也不要分开!

可,现在田月月还是不愿意主动去找柳永这个负心人。因此,不用说柳永先前所采用的媒体轰炸术和民间人海术,她田月月一无所知,就是知道了柳永的所作所为,她也不会感动,更不会主动联系他。

田月月需要的是,你柳永自己历尽千辛万苦的寻找,来弥补之前犯的错。更为重要的是,她要柳永以此来证明对她田月月真心的爱。

柳永毕竟先前为寻找田月月,采取了一些动作,也还是产生了一定的关注度。聘请柳永担当专场秀歌手的这家"KTV"老板,就是知道了柳永的故事,发现小伙子身上有吸引观众眼球的东西,有着某种潜在的价值,这才决定聘用他的。这家"KTV"后来因为柳永而火爆,证明了老板当初判断的正确。

柳永登台之后,他的故事也成了表演的重要组成部分。开唱之前,他总会有一段内心的表白。这是老板的策划,也是柳永自己的真情流露。他希望通过自己的真情表白,让自己和月月的爱情故事为越来越多的人所熟知,即便他发现不了月月,也有可能让月月知道自己在寻找她,知道自己的苦心。

柳永心里装着自己想念的姑娘,他的歌声不一样了。

> 自你离开以后
> 从此就丢了温柔
> 等待在这雪山路漫长
> 听寒风呼啸依旧
>
> 一眼望不到边
> 风似刀割我的脸
> 等不到西海天际蔚蓝
> 无言着苍茫的高原
>
> 还记得你
> 答应过我不会让我把你找不见
> 可你跟随
> 那南归的候鸟飞得那么远
> 爱像风筝断了线
> 拉不住你许下的诺言
>
> 我在苦苦等待
> 雪山之巅温暖的春天
> 等待高原
> 冰雪融化之后归来的孤雁

爱再难以续情缘
回不到我们的从前

　　一登上舞台，柳永那"柳刀郎"的感觉又回来了。与多年前因一首《2002年的第一场雪》捕获花季女孩田月月芳心不同，现在，他的这首《西海情歌》里，有了一种内心巨大的绝望。他向观众呈现出的是那种经历过了真正的爱与被爱之后，铭心刻骨的心灵诉说。他唱出了自己特有的沧桑、特有的忧伤、特有的柔情。每次的演唱，他都能见到月月的身影，在自己撕心裂肺的呼唤中，渐渐远去的身影。于是，他任凭绝望的泪水汹涌，再也不去顾及一个男人的颜面。

　　柳永毫无悬念地火了。深圳几家纸媒率先推出了"真情'柳刀郎'万里寻真爱"——一个名叫柳永的小伙子找寻心爱姑娘"月月"的故事。此新闻特写一出，不仅纸媒的版面上热闹起来，后续跟踪自不可少。电视广播也相继推出柳永的专访，柳永发声、出镜，一时成为热点人物也。有热心的读者关注起这"月月"究竟是何许人也，热切地要求当事人披露"月月"的真实姓名，同时强烈要求媒体参与"柳刀郎"对真爱的追寻，帮助小伙子找寻心爱的姑娘。

　　在这样一个金钱至上、情比纸薄的时代，能出现像柳永这样追寻真爱的动人故事，媒体怎么舍得放弃，怎么舍得不把文章做足呢？！

第十八章

田月月在华南青年舞蹈大赛中勇拔头筹，获得了冠军。

当她在领奖台上亲吻着手中金灿灿的奖杯时，泪水再也止不住流了出来，滴落在奖杯上。这么几年来，她多么盼望有成功的这一天，可这么几年下来，她又似乎失去了盼望成功的希望。她实在没法想象，如果不是再度与吴梦月重逢，如果不是吴梦月忽然之间良心发现，如果自己只是一直在吴梦月经营的"KTV"伴舞，其结局会是什么。

经过"冲天一吼"之后，吴梦月与田月月之间距离拉近，芥蒂变小。两个女人了解到彼此的艰辛与不易。这当中，吴梦月反省更多一些。她清楚地知道，如果不是自己的介入，田月月和柳永完全可以成为恩爱的一对。毕业之后，田月月和柳永，一个留校任教，一个面向市场打拼，将是不少情侣羡慕的组合。正是因为自己的介入，让田月月毅然放弃了一直祈盼的"月上柳梢"歌舞专场，并且离开了自己心爱的男友。罪过，吴梦月现在想起来，都觉得是罪过。

吴梦月恳求田月月给自己一个赎罪的机会。她说服田月月进深圳专业舞蹈院团进修，所有的费用，全部由她提供。她知道，田月月内心的痛仍在。消解内心的痛，只有让心另有寄托。她劝田月月，一门心思钻进舞蹈世界里去，练出个样子来，别让她的良苦用心付之东流，别让她的投资打了水漂。

演员出身的吴梦月，自然看到田月月在舞蹈方面的天赋。她劝田月月不要有心理负担。吴梦月对田月月坦陈，说是全当是对你的投资，将来有一天你成功了，成名了，那我吴梦月就是你经纪人，我的投资到那时就会从市场上得到回报。

为求彼此心安,田月月要求吴梦月和自己正式签一份委培合同,明确田月月委培结束之后的演出事务,由吴梦月担任其经纪人,全权负责。

细心的读者应该发现,这其实并不是她们之间签订的第一份合同。

进入深圳南方歌舞团之后,田月月练功异常刻苦。她知道要弥补自己身材方面的不足,唯有在基本功,以及对每一件舞蹈作品的领悟与把握上高人一筹,才能脱颖而出。她真是把"做男人要对自己狠一点"这句广告词颠覆了。她在舞蹈上对自己的"狠",让团里的资深演员和老师无不高看一眼。

舞剧《白毛女》中喜儿盼爹爹回来过年的一场戏,田月月在学校里表演时就曾经赢得满堂喝彩。现在到了南方歌舞团,她要向最顶尖的演员看齐,进了练功房一跳起"喜儿"来就是十几个小时,一天只吃两顿饭。同伴们批评她,她的理由是,饱肚子练不了功,饿着练起功来反而带劲。同寝室的女友,个个都认为她疯了,是个为舞蹈而愿意发疯的"舞疯子"。

没过多久,南方歌舞团出了"舞疯子",就被著名舞蹈家、团长杨宏基知道了。杨团长凭借多年丰富的舞蹈经验,发现田月月的确是个不可多得的特殊人才。那出经典的喜儿独舞,让杨团长惊叹了。身材娇小的田月月,在移动时几乎看不到其脚步,只见她在空中不断跃起、腾挪、旋转,身体似乎被悬浮了起来。一曲下来,杨团长感叹,月月小姑娘的爆发力真的太强大,太少见了。他怜惜地抚摸着小姑娘的头:"我是真的害怕你把控不住,飞到舞台下面去呢!现在好了,你没有飞到舞台下面去,你跳的喜儿就在舞台上立住了。

祝贺你，田月月同志。"

　　杨团长决定给田月月"开小灶"。这给田月月内心带来了无比的喜悦和无限的希望。

　　夜晚的寝室内，夜阑人寂，练了一天功的室友们早就进入了梦乡。田月月把自己藏在被窝里，悄悄流泪。这是辛酸的泪，两年的浪迹天涯，和家里杳无音讯，不管碰到多大的难处，只能靠自己弱小的肩膀去扛，万般无奈之时宁可舍弃生命；这是欣喜的泪，苍天有眼，她田月月并没有被生存的艰辛、尘世间的邪恶所击倒，得到了像吴姐、像杨团这样好心人的帮助，终于能沿着自己的梦想一步一步前行。眼看失去的希望要变成现实，她田月月怎么能不欣喜得流泪呢？！

　　实在是睡不着呢，田月月披衣伫立窗台，向外眺望。一弯月牙，静静地挂在南方的天空。她在心里默默地想，这眼前的一弯月牙，什么时候才能变成一轮满月，一轮圆月呀！那样的话，她那久藏在心底的愿望，或许才会有实现的一天。

　　田月月以南方歌舞团新人的身份参加华南青年舞蹈大赛勇拔头筹之后，这才让自己有勇气拨通了家里的电话。这可是离家两年多来的第一次啊！

　　田月月有数不尽的话要对自己的爸爸妈妈说。两年了，做女儿的如此不孝，如此不争气，为了一个负心的小伙子，竟然放弃了一份令多少人羡慕的职业，竟全然不顾及父母的感受毅然离开，两年多音信全无，现在想想是多么任性，多么自私。

　　这两年多来，一开始在"KTV"这样的场所混口饭吃，有多难啊，不知道吃了多少苦，遭了多少罪，受了多少难。这些外在的难，还不是最难的。最难的是自己内心的痛苦与煎熬，无处释放，无法化解。情感的创伤，到哪里有一双温柔手来给自己抚慰啊？她又爱又恨又想念的负心人又在哪里？会不会如她所愿，有一天在她面前出现？

田月月听到电话那头妈妈撕心裂肺的一声，"月月——"自己就早已经哽咽得说不出一个字。

月月呀，月月，你终于舍得给家里打电话了！你终于想起这世上还有你的阿爸姆妈！你真的好狠心啊，一声不吭就离开家去了深圳，两年多一点儿音信都没。你晓得不晓得阿爸姆妈是怎样担心你的？就是你感情上受到了挫折，受到了伤害，为什么就不能跟阿爸姆妈明讲？到了你这样的年纪，谈恋爱，处对象，再正常不过，阿爸姆妈可曾反对过吗？你从小到大，阿爸姆妈哪里就是那种刻板的、不通情理的父母？还不是一直都宠着你、惯着你！

月月，你记不记得，小时候你喜欢什么阿爸姆妈都没有反对过，总是无条件支持你。你刚懂事就喜欢刺绣，聪明的哪，丝线在小手上来来回回，绣绷架中不一会儿就有生命了，飞鸟鱼虫，四时花木，真的活了。左邻右舍，人见人夸，阿爸姆妈也为你开心，面上有光！后来，你长大了，上了中学之后喜欢舞蹈，占用课余时间不说，排练时男生女生抱抱搂搂的，好几个家长反对不让小孩子参加了。阿爸姆妈还不是尊重你的选择，开明地让你继续跳。你也很争气，没有跟男生惹出一点儿闲话，各门功课一直在班上保持前三名，让阿爸姆妈很是为有你这样的女儿骄傲的哪。

月月啊，月月，真的是女大十八变。自从你高考失利之后，阿爸姆妈发现你变了。进了金陵专科学校之后，你每次回来都不是很开心，心事重重的。有一阵子终于开朗了一些，阿爸姆妈感觉到你恋爱了。你不明说，阿爸姆妈也不追问。姑娘大了，真正懂事了，自己会把握好这一切的。哪里晓得，还就是在这个问题上出了大事情，你竟然经受不住与柳永这个坏小子分手的打击，连毕业前夕学校安排好的留校任教都放弃了，自己一个人跑到深圳去，人生地不熟的，吃了这么些苦，何苦来哉？什么样的坎，和阿爸姆妈一起商量跨不过去吗？你这个傻月月啊，用情太专的傻姑娘，天下好的小伙子也不止他柳永一个！

这两年多音信全无，可把阿爸姆妈着急死了，外面的世界那么大，你一个小人儿跑到哪里，阿爸姆妈也不是常年在外跑的，到哪里去寻找啊？除了求老天保佑，别的没有办法。你这个狠心的月月呀，阿爸姆妈可不要你再在外面流浪了，你快回来吧，回家来吧，阿爸姆妈不要你当舞蹈家，阿爸姆妈要自己的女儿！

月月啊，月月，这一次你无论如何要听阿爸姆妈的，你长这么大，阿爸姆妈都是尊重你的选择的。现在，阿爸姆妈不放心再让你一人在外，需要你回来，回到阿爸姆妈身边来！

憋在心头两年多的苦水，在接到女儿电话的一刹那，月月的母亲再也控制不住，有如开闸泄洪一般，喷涌而出。母亲长长的哭诉，让在一旁陪着月月向家里报喜的姑娘们，一个个泣不成声。她们这一刻，似乎才真正了解田月月为什么会变成"舞疯子"。

姑娘们动情地想，一定要帮月月找到柳永这个坏家伙，讨回公道。

人们对冥冥中的牵引、安排，虽然解释不清，却不能否认这种牵引与安排的存在。就在田月月获得华南青年舞蹈大赛冠军的时候，柳永参加华南好声音歌唱比赛也获得了流行组第一名。

　　　　自你离开以后
　　　　从此就丢了温柔

等待在这雪山路漫长
听寒风呼啸依旧

一眼望不到边
风似刀割我的脸
等不到西海天际蔚蓝
无言着苍茫的高原

还记得你
答应过我不会让我把你找不见
可你跟随
那南归的候鸟飞得那么远
爱像风筝断了线
拉不住你许下的诺言

我在苦苦等待
雪山之巅温暖的春天
等待高原
冰雪融化之后归来的孤雁
爱再难以续情缘
回不到我们的从前

柳永版的《西海情歌》有了一种直抵人心灵的力量。因为心爱姑娘的离开，柳永的演唱，像天山上融化而下的雪水流过心田，如泣诉的琴音缠绕着心扉。没有一种演唱能这样忧伤，没有一种演唱能这样奔放，没有一种演唱能这样深情，那是柳永经过真正的失落、彷徨、伤痛之后的灵魂之声。

南方好声音歌唱比赛中有所创新，赛制中增加了选手真情告白环节。

柳永把自己演绎成了一个追寻真爱的回头浪子。在校园曾经和自己喜欢的姑娘怎样相爱，校园的角角落落，都留下了他俩的欢声笑语、青春丽影，留下了难忘而美好的回忆；毕业前夕怎样怀揣梦想误入歧途，"月上柳梢"歌舞专场的夭折，自己经不住诱惑对心爱姑娘的背叛，愿意舍弃生命挽回真爱的莽撞，分手之后内心的伤痛与悔恨，现在终于不远万里追寻真爱的足迹，来到了心爱姑娘所在的城市。

尽管，自己还不知道心爱的姑娘现在在哪里，也不知道能不能求得心爱姑娘的原谅！但是，他愿意坚持自己的寻找，一年，两年，三年，五年，八年，十年，二十年，直至寻找到她为止。他愿意跪在姑娘面前乞求她原谅自己因为年轻冲动而犯下的错，他愿意接受姑娘对自己的任何的惩罚，他愿意还像从前那样充当她的"侍从"，哪怕是远远地守护着她，直到她接受自己。

台下的导师和观众们，不仅被柳永的歌声所击中，而且被柳永的真情告白把心理防线几乎击溃。柳永的演唱，粗犷而细腻，狂野而真挚，沧桑而坚毅；柳永的诉说，坦诚而率真，恳切而动人，真挚而情深。现场的观众沸腾了，人们欢呼着，"柳刀郎——""柳刀郎——"他们甘心情愿地成了"柳刀郎"的俘虏。

柳永也似乎从自己绝望的演唱中感觉到了某种希望。

刊发于 2020 年第 2 期《大家》

谎

媒

一

柳春耕颓坐在荡子里的滩地上,发誓再也不碰猎枪了。

眼前碧绿碧绿的芦苇子,这会子看起来,绿巴啦叽的,没什么看头。在芦苇丛中飞来飞去的小鸟,知名儿的,不知名儿的,这儿一群,那儿一趟,追着,逐着,叽叽啾啾地叫,怪烦人的。还有那在水浮莲、水花生上歇脚的红蜻蜓,有几对竟敢在春耕伙跟前交配,把尾部紧紧地粘在一起,还来个骑马式,真是些不要脸的主儿。就连从上游的县城流出来的水,柳春耕看着也不顺眼,七拐八湾的,进了香河村的芦荡之后竟欢了起来,几乎是扑过去的,也太"那个"了。

这会儿,柳春耕正懊恼着呢。平日里喜欢打野鸭的他,偏偏就摊上了件晦气事。刚进荡子,就鬼使神差地打死了命根子似的"媒鸭"。

要知道,打野鸭的,最精贵、最看重的,不是枪,不是船,不是猎犬,就是"媒鸭"。

这"媒鸭"是野生的,特灵。主人放出后,它便满湖荡地飞,寻得鸭群之后,便落下,暗中引着野鸭群向主人火力范围靠,抑或"哑哑"地叫唤几声,给主人报个信。主人枪一响,刚刚起飞的"媒鸭"，须迅疾掉下，假死。否则，枪子儿不长眼睛。这便是"媒鸭"的绝活。将一只羽毛未丰的野鸭，调驯成一只上好的"媒鸭"，得花上三四年工夫，而且还不一定满意。

原本柳春耕也不是个正儿八经打野鸭的，只是个喜好。可进荡子没有一点收获，却损了心爱的"媒鸭"，能不懊恼么。想着自己又没喝酒，虽然村上一早就喝酒的大有人在，可柳春耕没这个习惯，家里老子管得严。再想想放枪时自己手又没发抖，不应该偏枪。前天晚上也没和春雨多扯闲篇，睡得蛮好，一早出门神清气爽，也没觉得昏头昏脑。怎么就出了这样的事情？

想想，再好好想想。柳春耕命令自己。有了，还真是见了鬼。进荡前柳春耕还真碰上两件蹊跷事。一件是早晨出门时，大队部喇叭里应该放一天开始时的《东方红》，却放成了每日傍晚结束时才放的《大海航行靠舵手》，当时就觉得不顺。再一件就是在龙巷上遇见吕鸭子，她竟莫名其妙地冲着他笑了笑。要知道，这个吕鸭子嘴呱呱的，平时稍微跟她动个手，就撂脸色把人看。笑，除非太阳打西边出来。

吕鸭子这个媒婆，那么早出门，寻啥魂呢？

二

这刻儿，媒婆吕鸭子正翘着二郎腿，坐在柳安然家堂屋里大桌子旁边，边喝着红糖果子茶，边向柳安然介绍邻村杨家庄某个姑娘的情况。

柳先生，我说的这个姑娘，大名杨雪花，今年二十三，高高挑挑的个头，瓜子脸长长的，眼睛大大的，长得一张乖巧的嘴，能说会道。一条乌黑的长辫子，跟翠云丫头的差不多长，蛮讨喜的。

二十三，好像岁数不小了嘛，是实足，还是虚岁？柳安然并不过多听吕鸭子说姑娘的长相。他心里有把尺，漂亮不当饭吃。更何况自家大儿子长得就平常，将来娶个标致婆娘回来，未必压得住。

虚岁，是虚岁。二十三与春耕正巧配。俗话说，男大三金山靠银山。吕鸭子身子朝大桌子对面的一家之主抬了抬，连忙说。

嘴会说不会说倒在其次，不知田里农活可拿得出手？柳安然边问话，边从大桌子上拿起铁壳子热水瓶，举手要往吕鸭子的茶缸里加水。吕鸭子连忙接过热水瓶，不客气，不客气，自己来。

给茶缸里加过茶之后，吕鸭子喝了一口，才接过老先生的话题，这个姑娘，农活没得话说，栽秧、薅草、收稻、割麦、拔菜籽，挖墒、挑河、上大型，样样活计精得很，在杨家庄姑娘里头，不数一，也数二，是把好手！

这柳安然原本是个教书先生，在香河村颇受村民敬重。现时，在村东头开了间豆腐坊。柳安然家生有两男一女，大儿子柳春耕，二儿子柳春雨，小女儿柳翠云。柳安然老伴去世早，这三个孩子全靠他既当爹又当娘，一把屎一把尿，好不容易拉扯成人。原想，孩子们一个个大了，该省省心了。非也。

为老大春耕伙的亲事，柳老先生就操了不少心。原先也托人给春耕介绍过，做媒的也挑三拣四的，说来说去却只想给老二春雨介绍。柳老先生不答应：长幼有序，如此成何体统。老大柳春耕二十五六岁了，要不是个五短身材，早成家立业了。老二才二十出头，晚个年把不打紧的。这种事情，该是老大先，就是老大先。

香河一带，青年男女，先恋爱后结婚的有，恋上了结不成婚的也有。但，先结婚后恋爱的更多。他们的婚事，几乎由媒婆"承包"

了。说媒,当地人称之为牵红线,原本是件好事。如若说得好,青年男女之间便能架起座"鹊桥",两人姻缘一线牵;如若说得不好,那便是"乔太守乱点鸳鸯谱",误了双方一辈子。在当地说媒的,大致有三种情况:一是成人之美的"红娘";二是男女双方主动拜托的"月老";三是"三姑六婆"的媒婆。略微有些个社会阅历的都知道,这"红娘""月老"在人们心目中的印象还不坏,均有成就美好姻缘的动人故事。而这三者中,恐怕是"媒婆",叫人憎恨。媒婆多数靠三寸不烂之舌做"谎媒"。媒婆们抓住男女双方的心理,一味地甜言蜜语、天花乱坠,把双方均说得天上有地下无,神气活现的,结果是越往好处巴,越是大失所望,巴来巴去,落得个婚姻不幸,男女双方均呼上大当。因而,媒婆时常遭到小伙姑娘们的斥骂:

媒婆,媒婆,

牙齿两边磨。

又说男方家中富,

又说姑娘似嫦娥。

臭说香,

死说活。

骗走我家二斤猪肉一斤面,

外带两只大白鹅。

久而久之,为防止说谎媒,当地人会先让媒婆望望主人家家神柜上三样物件:镜子、秤、篾尺。这里面用意十分明了:一为告诉媒婆,主人家心似明镜,家境富裕,有秤称粮食,有尺量布匹;二为暗示媒婆,要以这三样物件去与对方权衡一下,照一照黑白,称一称轻重,量一量长短,是否门当户对、郎才女貌。这里,双方均忽略了一个极为重要的因素,就是从来不去问男女双方对亲事是否愿意。

即便如此,媒婆在一对新人成婚前及成婚的喜日,均是受人敬重的。不管男方家境是贫是富,三顿酒是必请的:请媒酒、待媒酒和谢媒酒。一次都不能少。不仅如此,请媒婆吃饭前,每回都得备好了"礼"。多半有这样几样:二斤猪肉,两条鱼,双份茶食。这就难怪当地有"好吃做媒"一说。

吕鸭子虽说嫁到香河有几年了,可自己还不曾开怀。没生过孩子的婆娘倒蛮喜欢给人家说媒的。正应了人们常说的,百人百性子,百人百喜好。

喜好做媒的吕鸭子属于什么呢?想到媒鸭,就该知道她是什么角色了。说谎媒的,既然能够将死的说成活的,这"死"的一方找上她,实乃必然。

柳安然和吕鸭子正说着,老大春耕、老二春雨兄弟俩背着打农药的喷雾器,回来了。

三

在香河一带,像柳春耕这样,二十五六岁还不曾成家的,少之又少。村上跟春耕一般岁数的,小孩子都跟在爸爸后面溜了呢。一到中饭市、晚饭市,龙巷上,大人、小孩一个个捧了饭碗蹲在一块,边吃饭边闲话。一看,便可知哪个孩子是哪家的。大人南说江,北说海,小家伙也仄头斜脑地听。听的时辰长了,碗里的饭菜没了,便会到自家大人蓝花大海碗里扒。大人说得正起劲,也就没工夫理会小家伙：去去，自己回去盛。从大人碗里扒不到现成饭，小家伙只好捧着碗，回家去。

柳春耕自己也懊恼，父亲个子蛮高的，兄弟个子也不矮，就连翠云也高高挑挑的，唯独自己变成了"武大郎"。照照镜子，除了身材矮一点，其他，哪里也不差似人！浓眉大眼，虎背熊腰，浑身的疙瘩肉，劲鼓鼓的，哪样农活拿不起来？！可就是没姑娘看中。这让老父亲心事重重，好像老大就要打光棍似的。

这打光棍可不得了，乡里人讲究的是"不孝有三，无后为大"。连个婆娘都没有，还谈什么"后"？"不孝"丢一边去，头也抬不起来啊！为此，柳春耕心里急得像热锅上爬的蚂蚁，说不出嘴。每日里，一有闲空就摆弄摆弄猎枪，调教调教他那只宝贝"媒鸭"。他自己知道，耗时光而已。

前不久，失手把"媒鸭"打死了，就再也不摆弄猎枪。偶或，心情好，就给父亲搭把手，整整豆腐坊。劳作了一天到家也不多话，吃了晚饭上床，也不高兴和老二扯淡。

柳家正屋三间，朝南向，红砖砌成的空心墙，大洋瓦盖的屋顶。这在村子上就上数了。香河村民的住宅，多半是土坯墙，草屋顶。柳安然早年是个教书先生，手头有点儿积蓄。此外，砌得起这样房子的只有村干部。论说柳家的条件，在村里还是不错的。

当听说媒婆吕鸭子要给他说媒，柳春耕对自己说：这下好啦！

媒婆吕鸭子到柳安然家说了没几天，杨家庄传出话来，人家姑娘要"望人"。这倒不像从前，从前婚姻大事，信奉的是"父母之命、媒妁之言"，拜堂成亲前，男女双方是不得见面的。如今，毕竟不同了。女方也大胆提出要望人。

这里的"望"，是一方"望"另一方，不是相互"望"。就眼前的事情来说,是柳春耕送过去给杨雪花"望",柳春耕在明处,杨雪花在暗处。

即便这样,柳春耕也还是掩藏不住心中的兴奋,心口囖囖的,静不下来。这几天和春雨一块在棉花田里打药水,总想和他说话,可这个死老二,鬼得很,像是猜透了哥哥的心事。爱搭理不搭理,有一句没一句,耍猴呢?!气得柳春耕呼呼的。

柳春雨喷雾器里满桶子药水上肩膀时,他也不高兴帮忙。一喷雾器打完了,得重新往喷雾器里倒药水,再加干净河水稀释,才好用。满满一桶药水,蛮沉的,柳春耕长得鲲棒不说,又讨个子矮的巧,身子略微往下蹲一蹲,药水桶子两边背带往膀子上一套,肩膀一蹿,便上肩了。这一点,柳春雨就做不到。刚才,换药水了,要不是陆根水跑过来,还真由老大难住了,挂相呢。三五个劳力在一块棉田里打药水,有男有女,为这事还不让人家笑话?!谢天谢地,老大你挂不了我的相,天助我也。不早不晚,陆根水来了,一下子解决了难题。柳春雨重新背起喷雾器时,朝旁边的柳春耕盯了一眼:你不要有事求我!

陆根水是村农技员。眼下,正是棉花田治棉蚜虫的时机,陆根水可忙呢。打棉蚜虫,用的是乐果,毒性大。不懂药性的,弄不好要中毒。怕中毒,不敢用足药量,这蚜虫就打不死;如若是不上规矩蛮用药,那必然会造成药伤,蚜虫死了,棉花也死了。因而,这乐果与水的配比是有讲究的。乐果这样毒性大的药水,队上都是由农技员统一保管的。散在外边,被哪个想不开的喝了,要死人的。就是这样,每年总会听说,某某庄上的妇女为某个事情,一时想不开,喝了药水,死掉了。

香河村原先有七个农技员,一个生产队一个。新支书香元上任之后改了，说是为了减少村里的工分支出，只设一个农技员。香元把七个农技员放在头脑子里反复盘，横挑鼻子竖挑眼，盘来盘去，留下了陆根水。这样一来，他这个小队农技员一下子变成香河村的农技员，成了村干部。村上人见陆根水妈妈来娣子都说，祖坟葬得好啊，祖坟上冒青烟啦！来娣子客客气气地和人家点点头，回道：香元支书器重，香元支书是我家根水的大恩人！

蛮懂事、蛮聪明的陆根水却做下了不懂事、不聪明的混账事。让来娣子寻死赖活的不说，让香元支书脸上也无光。此是后话，暂且不提。

香河村小教师的柳春雨，在棉花田里打药水被老大为难，差点出洋相。他发狠，要报复报复老大。正寻思着，机会来了。杨雪花家放出话来，要"望"人。

柳春耕原本心里"曀曀"的，等到真要上场亮相，又五点六点的，不得安神。这不，今儿在棉田打药水，柳春耕过一会儿就跑到兄弟跟前问，"要换水么？"不一会儿又过来，"要配药不？"柳春雨心想，这些事情，你从来也不曾替我做过，还时不时地为难我。突然这般殷勤，一定有事求我，等着瞧。

人们常说，求人不如求己。求人的事难，哪怕是自家兄弟。柳春耕眼看着日子要到了，只好对老二如实相告：杨雪花要"望"人。他想要老二陪自己一块去，好壮壮胆。生气归生气，老大的婚姻大事，做兄弟的不能袖手旁观，不能不帮忙。替老大当一回电灯泡，应该的。

四

  杨雪花"望"人，挑在杨家庄放电影的当口。那天，杨庄小学的操场上，和往常一样，放露天电影，片子是《敌后武工队》。按照先前约定，柳春耕站在靠放映机的桌旁。电影放映前，或者中途换片时，放映机上方的杆子上，那盏电灯会亮，杨雪花一眼就能看得到目标。

  乡里人文娱生活单调得很，露天电影算得上是较为重要的文娱生活。香河一带，整个公社就一个电影放映队，得个把月才能来村上一回。因而，庄上有电影时，本村的老老小小，早早地就会扛着板凳，搬出自家桌子，在放映场上排位置。然后，早早地吃好晚饭，坐到放映场上，盯着放映场上那两根篙子中间的大白布——银幕，等。

  杨雪花"望"人的那天，杨庄小学操场上，摆满了长长短短的板凳、高高低低的桌子、椅子，一个挨一个，挤挤的，簇簇的。电影放映机还没转起来，人们多数都站着，仰着脖子，有的望着空白银幕，有的四下里找人，有的与邻村熟人招呼。看露天电影，决不仅限于本村人，邻近村子的大人小孩，也很多。香河一带，村子与村子相隔算不得远，如若碰上顺风，一个村子上放电影，另一个村上的人坐在家门口也能清清爽爽地听得见电影里的台词。

  乡里人，终年以种田为业，难得进一趟县城，即便是进了城，也舍不得花一两毛钱买一张电影票坐到电影院里去。那要花掉一个劳力几天的工分呢。为了看一场露天电影，跑三五里乡路，甚至将衣裳脱了举在手里，踩水游几条河，也是常事，不稀奇。

/ 谎 媒 /

噢——噢——操场上的人吼起来。在人们急切的等待之中，放映员贵宝浑身散发着酒气，在村干部陪同下，来到了放映机旁。尽管喝了半斤多"大麦烧"，贵宝的动作还是蛮麻利的。贵宝从大桌子下面的大木箱子里拿出一盘电影胶片，在放映机的架子上装好，右手带着盘边一转，拽出长长的胶片，之后，将胶片片头插到放映机另一个叉头的空盘子上。一切准备妥当，贵宝对着放映机旁的麦克风，清了清嗓子：嗯咳，嗯咳，村民们注意了，电影马上就要开始啦！

不要再啰唆了，快放呕！贵宝的开场白看来村民们并不喜欢，没等他说完，就有起哄的了。贵宝不管这些，他干这一行好几年了，是个老资格放映员，什么样的场面没见过？你急猴子似的，有用吗？老子不开机，你看个屁！

不要吵！村民们注意了，电影马上就要开始啦！贵宝不紧不慢地把刚才被打断了的话重复了一遍，接着说：今晚放映的电影片子很好看，《敌后武工队》！噢——，嘘——，噢——，操场上一片嘈杂。

柳春耕站在放映机旁边，看得清爽，嘴里"噢"个不停的，多数是杨庄本村的，样子蛮兴奋的，看来不曾望过《敌后武工队》。嘴里"嘘"声不断的，均是外村人，跑几里路，不曾望到新片子，心中不惬意。《敌后武工队》在香河村放过了，柳春耕望不望无所谓，他是送得来把人家"望"的。

柳春雨看了一会儿电影，猛想起跟春耕来的目的。望望看，哪个是杨雪花。柳春雨就到哥哥耳根子上叽咕道。到处是人，黑洞洞的，哪个望得出来，又不认得她。柳春耕巴不得能望见杨雪花呢。柳春雨听哥哥说这话，口气中透露出无奈之意。这刻儿，柳春雨早把要报复哥哥的心事扔到脑后去了，四下里张望着，就想从众多的大姑娘当中，找出杨雪花，好让柳春耕心中逸当。谁叫他俩是亲兄弟呢。人们常说，打仗父子兵，上阵亲兄弟。这话不假。柳春耕、柳春雨各自想着如何找出杨雪花，尽管目的不一样。

柳春雨一门心思想帮哥哥找人，东张张，西望望。他做梦也不曾想到，不但没帮上哥哥的忙，反而惹事了。

媒婆吕鸭子，拽了杨雪花盯着放映机这边望，哎，就在放映机大桌旁站着呢。边说边用手指过去。正巧，换片子了。放映机旁临时竖起的电线杆子上电灯亮了起来。趁着放映员王贵宝换片子的当口，杨雪花循着吕鸭子手指的方向望去，只见那小伙子蛮高的，生得眉清目秀，蛮精神的。

怎样？吕鸭子问。到底是姑娘家，有些不好意思。不用你说话，摇头不算，中意就点点头。吕鸭子把表态的方法都教给了当事人。

杨雪花看到了站在放映机旁的小伙子，便无声地点点头。吕鸭子心中想，罢了妈妈，总算好交差了。

五

五月一到，端午节就到了跟前。香河村可是个产粽箬的地方，那么一大片芦荡，长满了芦苇，要打多少粽箬，能包多少粽子啊。

天刚麻麻亮，一群婆娘、姑娘就进了芦荡。一到打粽箬的时候，是她们顶顶开心的时光。清一色女的，婆娘们好呐侉，说些平时不方便、不好意思说的荤话，而姑娘们，凑一起也刚好说些彼此间的悄悄话。

柳翠云约好了三奶奶家琴丫头划同一条小船，随着一群婆娘、姑娘们进了荡子。

/ 谎　媒 /

三奶奶家住村西头,开着一爿代销店。一家五口,三奶奶的二儿子,叫二侉子,二儿媳妇吕英子,三儿子叫阿根伙,还有一个姑娘便是琴丫头。这里说一句,三奶奶的男人和大儿子死了有些年头了。

三奶奶的二儿媳妇,虽说名叫吕英子,从没人这么叫她。村里人背地里都叫她吕鸭子,似与其喜好做媒有关。

如此一来,与柳安然家一比,三奶奶家就再没有一个有正规名字的了。其实,在香河村,难得有像柳家这样讲究的,柳家是个例外。

柳翠云和琴丫头是一对好姐妹,都十八九岁的年纪,读小学时又是同班同学,两个人还是村上文娱宣传队的骨干。如此多的相同点,要她俩不成为好姐妹都难。

端午节前后的芦荡,芦苇肥着呢。杆儿粗粗的,苇叶儿阔阔的。柳翠云把小船的船桩在土埂上插牢,之后,和琴丫头一起挎着篮子,到荡里的垛子上打粽箬。

打粽箬,说起来算不上难。可也不是一点讲究没有。芦苇上从上到下,叶子多着呢,可以做粽箬的,只有那么几片。怎儿打,靠个人的眼光。老叶片,煮熟的粽子没香味;嫩叶片,韧劲差,粽子裹不紧,煮熟的粽子没咬嚼。打粽箬,难不倒柳翠云和琴丫头,她俩两只手极随意地在苇秆上一上一下掰着,芦苇叶一张一张,在她俩手里重叠起来,每到一定量,就招个头,用稻草扎成一把一把的,在篮子里齐整整地放好,适时洒些水,保住粽箬原有的新鲜劲儿。

清晨,芦荡里雾气大。打粽箬的,隔得略微远一些,就望得不大清爽。女人们在苇丛中叽叽喳喳的,只闻其声,不见其人。不经意间,惊了停在荡子里的野雀儿,扑棱地飞起,在芦荡上空盘旋着,不一会子，又落在了别处芦苇丛中。

　　用不着移多大范围，柳翠云和琴丫头的小篮子都快满了。柳翠云扯下肩头的红方巾，抹抹被雾气湿润了的刘海，再抹抹脸颊，顺手将垂到胸前的辫子轻轻丢到身后。琴丫头在一旁一把拽了翠云的长辫子，问：哎，听说你家春耕、春雨前几天到杨庄相亲了，有这事吗？这你还要问我？不是你家二嫂子牵的线，搭的桥么？！翠云回过头，停了下子，反问道。

　　琴丫头对这件事上心，是她不晓得二嫂子给柳家兄弟俩哪个做媒。翠云没发现琴丫头的心事，一直以来，琴丫头暗暗地喜欢着柳春雨。

　　柳春雨曾经和她俩一起读过小学。只不过，他们读的是村小复式班，同班不同级。柳春雨念四年级时，翠云、琴丫头念二年级。那时候，琴丫头就喜欢和春雨哥在一起。碰到有人欺负她，总是拽着翠云去找春雨哥。在两个小姑娘面前，柳春雨自然要逞能。每每出来，为琴丫头打抱不平。久而久之，琴丫头心理上就微妙了。柳春雨，觉察不到。

　　后来，柳春雨到严吴庄读五年级，再后来到城郊严家庄读初中，翠云和琴丫头都没能跟着读下去，小学没读完，她俩都出了学校门，成了家中半个劳力。细心的琴丫头，还用篾针打过一副半截头的线手套子，托翠云送给柳春雨。柳春雨当时心中蛮温暖的，别看琴丫头细娇细气的，心还不小呢。柳春雨凭着一个初中生的知识，给琴丫头写了一封信。这封信，柳春雨没舍得通过邮局寄，要花8分钱呢。同样通过妹妹翠云，转给了琴丫头。这封信中许多话，柳春雨自己都不记得了。但他向琴丫头表露心迹，是借用的人家现成的一句话，一直记着：

/ 谎 媒 /

黄金万两容易得,

知心一个也难求。

初中毕业回村的柳春雨,俨然是香河村的回乡知青。在香河村南瓜大的字认不到一笆斗的男性群体中,真是"青桩"(当地的一种野鸟,个高颈长)站在了鸡群里,没得比。香元支书很器重他,柳春雨放下书包没几天,支书就找到他家门上来了。让他到大队部报到,当上了村里的代课教师。

婆娘、姑娘们打好粽箬之后,便划着小船,向县城进发。十几里水路,说远不远,说近也不近。三四条前后而行的小船上,一箩筐,一箩筐,碧绿的粽箬,水淋淋的,摆得齐整整,真是好看。

柳翠云划着双桨,琴丫头撑着船篙,小船呼呼地吃着浪头前行。不一会儿,就把其他船甩到了船后。沿途岸上不时有小伙子们停下手上的农活,朝河里张望。水面上不时惊起一两只野鸡野鸭子,"嘎嘎"地叫着,飞到别处去。

柳翠云见琴丫头一句话也没得,便不时回头看她。琴丫头心里像是有事,手上的篙子撑得没得开始起劲。柳翠云问:想什么呢?琴丫头的脸红了一下。

望见县城的房子了,远远的,在水路前头,像浮在水上的样子。

六

逢满栽秧,大事无妨。乡里人的农时耽误不起。开秧门,盘了田,上了水之后,就要栽秧了。

天没亮,女人们就去秧池拔秧苗,男将们便照队长的安排,给等栽秧的白田上水。在香河一带，给白田上水，多半用水车。常见的水车有两种，一种风力的，一种人力的。风力水车是给水车挂上风帆，借助风力，转动水车，往田间输水。这种水车，被村民称为洋车，村里没几架。人力水车，顾名思义，便是靠人力。与洋车相比，无风帆，架子小，构成简单得多。

踏水车不是人人都能踏的，有讲究。踏水车的人，伏身横杆要轻，脚下踩"拐"要匀，身体重心要随腿部的起落，而稍稍后移；与同在水车的人，要配合默契、步调一致。只有如此，方能省力而灵巧地转动水车，否则便有洋相出。身子死伏在横杆上，脚下显短啦；重心过后，摔成"仰头巴"啦；脚下踩不匀，跟不上趟，老被脚下的拐打啦；实在支持不住，双手紧握，身子一弯，两腿一缩，"吊田鸡"啦……这些，回乡知青柳春雨，是有体会的。

柳春雨和三五个男将得赶在女人们秧苗拔好之前，先上一阵子薄薄水，好让她们下手栽秧。一大早，力气有的是，几个要强的男将，一上水车，脚下便虎虎生风，转轴飞速盘旋。只听得哗哗的河水，翻上来，下了田。几袋烟的工夫，原来黑乎乎的田间，变成白茫茫、水汪汪的一片白。

男将们缓了步调，下了水车，相互逗趣、笑闹一阵。缓口气之后，再上水车，紧起来踏一阵，拔秧、栽秧的妇女也就到田了。

此时，天色已大亮，十几个妇女一字儿在水田里排开，开始栽秧。打了大早工的男人们，便一齐下了水车，坐到田埂上吃自家女人或小家伙拿来的早饭。剥个粽子，戳在筷子上，嘴就着粥碗，呼呼地喝起来。亦有图省事的，就了小二郎盆，直下，喝几口粥，嚼几根苋菜馅，咬几口粽子，有滋有味的样子，似乎皇帝老儿的御膳也不及呢。

/ 谎 媒 /

　　填饱了肚子,水田里又多了红红绿绿的花头巾、花衣衫在移动,踏水车的男将们,情绪便来了,再上水车,那呼呼的车水声更响,槽桶里翻上来的水更涌。这当儿,栽秧号子便在水田上空响起来。

　　　　一块水田四角方,
　　　　哥哥车水妹栽秧,
　　　　要想秧苗儿醒棵早哟,
　　　　全凭田里水护养。
　　　　啊里隔上栽,啊里隔上栽,
　　　　全凭田里水护养。

　　琴丫头也在这帮拔秧、栽秧的妇女当中,听见有人唱,琴丫头嗓子里钻进毛毛虫,发痒了,亮开喉咙。她望见了水车上,和其他男将并排伏着的柳春雨。这三五个男将当中,就数春雨伙肚子里墨水多,于是水车上这帮猴急猴急的男人,鼓动春雨伙唱。柳春雨自然也望见了女人堆里的琴丫头,自从和哥哥去杨庄"望"过一回之后,他心里也有些个猫爪子搗心,痒痒的。你听——

　　　　一块水田四角方,
　　　　哥哥车水田埂上,
　　　　妹妹栽秧在中央,
　　　　妹妹心灵手又巧哟,
　　　　栽下秧苗一行行,
　　　　好像栽在哥的心口上,
　　　　啊里隔上栽,啊里隔上栽,

哪天和妹配成双。

唱着唱着，栽秧的大姑娘、小媳妇们便笑闹起来。秧田里女人们在喊：柳春雨！田埂水车上男将们在喊：琴丫头！于是，整个秧田上空，"柳春雨""琴丫头"地喊成一条声。好事的婆娘们一直不曾逮到机会，今儿愿望凑巧，把两个她们希望成双的人先在嘴上弄在一块。

琴丫头，快说快说，相上柳老二真的还是假的？秧田里，几个妇女直起腰，停下来不栽了。和琴丫头挨得近的，更是举着手中的秧把子，泥水滴滴的，要往琴丫头身上扔，老实坦白，可曾那个过呢，不说不怪人不客气。琴丫头脸红得什么似的，一时竟回不了嘴。人家黄花大闺女呢，哪个好意思主动！最多就是，在一起做农活时，私下里多望几眼罢了，什么事不曾有。还这个那个呢，亏你们想得出来！

这秧田里一闹，水车上的男将们自然不会安神了。柳春雨，这么标致的丫头你什么时候弄到手的？行啊，你柳春雨啥时候成了敌后武工队员？悄悄地下手，算你狠！这下子，老二要弄到老大前头去啰。

七嘴八舌，你一言，我一语。柳春雨自然不会生气的。可是，人们一闹，把他闹醒了，琴丫头喜欢我，我也喜欢她，怎么就不曾找个机会谈下子呢？这么一想，又有些懊恼，被他们这些人嚼舌头，到现在还没碰过琴丫头一个手指头呢！

不行，老是闷在心里不顶用。柳春雨心里想着想着，觉着身子轻飘了，走神了。这踏水车的活计，一走神，脚下就跟不上"趟"。柳春雨走神最直接的结果便是脚被"拐"打得生疼，只好出洋相，

"吊田鸡"。此刻,柳春雨自然不想"吊田鸡",可这也由不得他。一味被"拐"打,哪个也吃不消。

这下子,在琴丫头面前丢丑呢。快,快,停,停。柳春雨疼得直喊。这哪是你说停就停的,其他人一时停不下来。踏水车有惯性呢,转得正上圆。这当儿,有个人踏得比一开始还要带劲。谁?伏在水车最边上的陆根水。

陆根水,你耍啥滑头,还不把你狗腿子松下来!柳春雨"吊"着难看呢,对陆根水的口声不太好。开个玩笑都开不起,什么怂啊!陆根水气呼呼地直接下了水车。

柳春雨哪里知道,他不知不觉中得罪了陆根水。标致的姑娘哪个小伙子不喜欢,就你柳春雨命好,到处有姑娘喜欢。不是说香元支书想挑你当女婿的么?现在又把琴丫头弄到手。陆根水越想越气,他暗恋琴丫头,不止一天了。

就在这嬉笑取闹之中,日头渐渐升高。阳光下,原本水汪汪的白田里,出生了疏密有致的秧苗儿,竖成线,横成行,绿生生的,布满了田间,那个鲜活劲儿,活脱脱一群生命呢。

七

香河村的大队部在村西头,是香河村的政治中心。因为是政治中心,房屋比一般村民的房子要好。红砖实心墙,红洋瓦屋顶,前后两进,一个蛮大的院子,院墙也是红砖头砌的,大半截子是实墙,一小半用仄砖拼凑成双菱形图案。

大队部前竖着一根高高的茅篙,茅篙顶上头绑着个大喇叭。村支书香元的声音就是通过大喇叭,传播到全村每家每户,于是,村民们就有了行动的指南。

大队部前屋中间开了个穿堂门,把前屋一分为二,一边是看大队部的蔡和尚睡,另一边,是村上的卫生室。

卫生室只有一个赤脚医生:香元的女儿水妹。水妹只给村民看些小毛病,处理些小伤口,大毛病到大瓦屋公社医疗点去看。水妹并没因为是支书之女,就扛父亲牌子,就看不起人。村民们蛮欢喜她。

水妹的看病手艺是在县城人民医院学的。尽管公社也有医院,也办赤脚医生班培训,可香元不让水妹去。人命关天呢,要想学,老子就送你上大医院学。

水妹被送到县城人民医院,进了医疗培训班。一年下来,手艺学得不错,呱呱叫。可哪晓得,原先的黄花闺女,却挺了个大肚子回来。

听说,水妹和那人是在培训班上好上的。授课的老师一次放了个幻灯片,又讲了那方面的事。羞得女培训生不敢抬头,双手捂了脸,又忍不住叉开手指,从指缝间偷看。那些男生则放肆地笑,四下望别处座位上的女生。班上,安安稳稳听完这节课的,唯有水妹和他。水妹没捂脸,也没低头,听得颇入神。他也没像其他同伴那般张狂,平静地看幻灯,听讲授,认真做笔记。培训班,半天一堂大课。下课时,他说是请水妹出去走走。水妹没吱声,便出来了。两人默默地出了城,到了东郊,便有事了。一切水到渠成。他俩晓得这一刻会来。那课上得水妹胸子胀胀的,上得他浑身血热热的。一年的培训很快结束。临分手时他说他会往香河去花轿,要堂堂正正娶水妹过门。水妹点点头,使劲点点头。

水妹回香河后,先在公社实习了几个月,之后在村上办了个卫生室，当起了赤脚医生。白日里，给村人看病，开药，打针，挂水；夜晚，躺在床上，轻轻摸着越来越隆起的肚子，盼望那人来。终于，那人来了信。说，培训结束后，领导找他谈了，有位局长想要他做驸马爷。虽说那姑娘有条腿不大方便，模样还不错。正巧有个去省城深造三年的机会。说，为了省城，他答应了。他是乡里孩子，不愿在巴掌大的地方待一辈子。他要走出去，说什么也要走出去。还说，他心里容不下两个女人的。也许会和别个女人结婚，但不会再爱了。又说，只是苦了水妹。水妹颤颤地，抹去滴落在信笺上的泪水，回了封信。没怎儿责怪他，也不曾告诉他已有了身孕。只是说，水妹也是乡里的孩子，懂得他。

水妹这丑出得大了。香元在家里咆哮如雷，牙齿咬得咯吱咯吱。胆大包天，没了王法！水妹清楚，这种事情弄出来，日后不好见人了。会有人说她作风不好，甚至会嫁不出去。刚开始几天，她把自己反锁在房里，不让一个人进来，包括她娘老子。她也哭过几回，可真正静下来，她发觉自己并不怎么伤心。不管怎样，她真心实意地爱过了，他也是爱她的。她自己清楚，她水妹不是个坏丫头，不是作风不正。她肚子里的，是她和他爱的结晶，不能听娘老子的，说打掉就打掉，她不干！这关系到自己的一生呢！

水妹母亲巧罐子，又气又恨，又担心。见姑娘把自己反锁在房里好几天了，生怕她想不开，做糊涂事。你这个不争气的姑娘，让你老子还怎么当支书，在村民面前还怎么抬起头来哟？还有那个缩头乌龟，有胆做没胆认，就是把你挨千刀万剐，也不解恨！

傻姑娘嗳，以后村上人风言风语的，你怎么能顶得住？弄不好走到绝路上，怎儿办噢？！巧罐子也没得好主意想，坐在家里板凳上，眼泪汩汩的。

你养的好丫头,把穷老子脸都丢尽了!香元没办法从姑娘身上出气,就往婆娘身上出。哭个魂,她死了一家省心。香元发着狠,在堂屋里转圈子,想找个东西掼下子,又没顺手的,抑或不值钱的。

没得东西杀气,香元只得坐在堂屋中央抽闷烟。一根接一根,抽掉半包"大前门"之后,香元主张拿定。

八

打公枝、抹赘芽,是棉花生长到一定时候,必定得经过的一道程序。公枝不打,棉花长出来净是些公花。看上去花朵有红有黄,开得热闹,结果是开花多结果少,要了没用;赘芽不抹,棉花长得再好,再壮,连花都不开,更是没用。

棉田里的琴丫头眼睛一直瞄着与自己相隔一块田远的柳春雨。

柳春雨和阿根伙打药水的秧田,与琴丫头打公枝的棉花田只有一块田远,抬头都能望到。琴丫头手上有把没一把的,望着隔壁同样绿绿的秧田,望望在秧田里背喷雾器打农药的春雨哥,心思早不在农活上了。

不知不觉,快到午饭时间了。琴丫头听见有人喊她,细听,是柳春雨,过来,朝前来。琴丫头瞟了瞟周围,这才弓着身子,悄悄朝前走,到了柳春雨跟前。

啥时候摸到我前面来了?今儿穿得蛮漂亮的嘛,给谁看啊?柳春雨没回话,还逗逗琴丫头呢。

谭驼子家婆娘她们太气人了,嘴搁在我们两个身上。欺负我做姑娘的,不好意思跟她撕破脸。

我晓得。

你晓得？等你真正晓得，恐怕我的心都要喂狗了！

你说的我是狗，是你说的？！

柳春雨边说边伸手拽琴丫头，琴丫头开始用手打，不让柳春雨抓，没过两个回合，琴丫头便败下阵来，依在了柳春雨的怀里。柳春雨的心口上像安了马达，"突突"的，跳动得厉害。

你心口跳得厉害呢。琴丫头转过身，把一张充满青春朝气的脸，对着了柳春雨。柳春雨闻到了琴丫头脸上一股淡淡的香味，香哦，好闻，好闻。说着，不由自主动起嘴来。琴丫头感受到一股力量在牵引着。她有些紧张，但并不害怕。她清楚，自己无法与这股力量抗衡。两个年轻人，生平第一次，把自己的舌头赠送给了对方。

这舌头与舌头一接触，便分不开了，像香河里生长的两棵水草，水波一漾，绞在了一起。

不一会儿，两个人都有些发烯。春雨先帮琴丫头脱了红的确良褂子，自己也脱了海魂衫。之后，两人都没在了棉田的墒沟里。

柳春雨感觉到自己身体在膨胀。琴丫头脸皮子红红的，在眼前这个年轻男性的身体的搓摩下，胸前从来不曾有过地胀。琴丫头有些不好意思，闭着眼睛，喃喃地问，春雨哥，我要你喜欢我。

喜欢！噢，不！小琴，我爱你！柳春雨的手没法控制了，直奔那柔软的所在。

一声"小琴"，甜透了琴丫头的心。到底做老师了呢，说话就是不一样。村上，从来不曾有哪个这样叫她，连她自己也不曾想到，自己的名字被春雨换个叫法，蛮好听的。这个"爱"字，更是生平头一回，有人这样对自己说。

这会子，春雨的手有些疯，琴丫头也不去管，由他去吧，反正已经是他的人了。不一会儿，琴丫头艳若桃花，似乎醉了。喃喃地对她的春雨哥道：春雨哥，我可是你的人了，可不能负我呀！

不负！绝对不负！棉叶下动静似乎有点大，枝叶乱颤中，两个人有了莫名的冲动。

吃中饭哦，不要再弄啰。田埂上，几个妇女一齐朝琴丫头这边喊。这一喊，吓了他俩一跳。两人这才云里雾里的，像是从天上回到地下。琴丫头连忙应声道：晓得啦！

琴丫头一回到田埂上，姑娘、婆娘们就叽喳开了，做农活哪能这么拼命，中午饭也不想吃？

喊也喊不到，躲在棉花田里，没做什么坏事吧？

琴丫头这回学乖了，一句都不争，一句也不说。常言说得好，只要不开口，神仙难下手。琴丫头上船，从箬子里拿出早上带来的饭盒子，再从饭盒子边上取出筷子，自管吃自己的饭。今天的中午饭，真香！

柳春雨若无其事的，捧着蓝花大海碗，边吃边走到琴丫头她们这边来："带什么好吃的了？"说话间，跟在后头的阿根伙不客气地动起筷子来，到这帮妇女碗上夹菜。妇女们也不怎儿硬拦。她们晓得，阿根伙晚上会到队长那里打小报告的，她们一天下来得几分工，得靠阿根伙说好话呢。

有什么好吃的，炒茄子，柳老师能看上么？谭驼子家婆娘香玉凑到柳春雨跟前，讨好媚情地说。柳春雨不曾搭腔，径自跑到琴丫头跟前，不要没得香玉嫂子大方嘛，共产一块咸鱼。边说边动筷子。琴丫头也用筷子挡，两双筷子噼噼啪啪，又绞到一起了。琴丫头一阵脸红，想到饭前的事上了？两个人，均有些不自然。

下午打农药时，阿根伙不如上午用心。说是午饭时，多往几个妇女碗里伸了几筷子，占小便宜吃大亏，腹泻，得找地方解决。为不影响大伙儿,离得远点儿。

望着阿根伙的背影,柳春雨说了句,离得越远越好。其实,他知道,阿根伙老毛病又犯了。只不过,哪个妇女撞到阿根伙的枪口上呢?

柳春雨没有工夫替那种枪的妇女担忧,自己满脑子都是上午和琴丫头的事。手抓着喷雾器的操纵杆,有一下没一下。不过,他倒也没闲着。干啥呢?走神。

九

自从和杨雪花对上象,柳春耕似换了一个人。

柳春耕在家里、在队上,什么事都抢着干。这不,离天亮早呢,他就进了后屋豆腐坊。

柳春耕把豆浆磨得差不多的辰光,父亲躬身进来了:起这么早作什?老先生的话,文乎文乎的,家里几个孩子均听惯了,能懂。说话间,接过老大手上的长木头柄勺子,舀黄豆,往磨眼里加。

睡不着。柳春耕瓮声瓮气的,像是伤了风了。睡不着,是因为你多想矣。这不好!目下仅暗访而已,成否,需到正式望亲才知分晓。老先生给老大打了一针,预防预防。为人父,自然希望子之亲事能成。然,从一开始,那个吕鸭子,就替柳家交出了主动权。老先生心里头着急,于事无补。眼看老大从前一段兴奋异常,到目下略显焦虑,老父亲觉得,给他泼一泼冷水,打一打预防针,很是必要。

话说这吕鸭子,在给旁人家说媒时,可能看重的是"做媒"之前的"好吃"二字。现在,事情出在柳老先生老大身上,借她个胆,也不敢贪恋"好吃"二字。

哎呀,我的乖乖,望亲的日子终于订下来啦!某日,吕鸭子坐柳家大堂屋里大桌子边上,翘着二郎腿把喜讯告诉柳安然,得意扬扬地瞟了站一边的柳春耕一眼。她告诉柳家父子,为说这门亲事,她可是在香河村与杨家庄之间,来回奔,不歇气,脚板底都跑出老茧来了。

"订下来就好,订下来就好。"柳安然盘算着望亲的人数,想着如何招待才能让人家留下上佳印象。因此,对吕鸭子的表功,并没作过多褒奖,仅作口头上的应承。

杨家要上门正式"望亲",柳春耕心口又开始"嚯嚯"的,"嚯"动身了。给吕鸭子端蛋茶时,手有些个不做主。

翠云从后屋进来,掸掸身上的草屑子,笑嘻嘻地朝吕鸭子道:趁热,二嫂子为我家大哥的事,费心了。我打蛋茶手艺不行,二嫂子将就些个。在香河一带,给人打蛋茶,是把来人当上宾待了。

吕鸭子逸事逸当吃着蛋茶,连声称道:蛮不错的。翠云能干呢,听说有人给你说了部队上的?要不,你的事也包在你家二嫂子身上。

柳老先生微笑着,并不接吕鸭子的虚情浮词,而是问了柳家"望亲"时间:具体哪天登门呢?

七月初二,立秋一过没几天又要秋收秋种,人更忙呢。吕鸭子话口里没有征求柳家意见的意思。这是"女望男",自然得听女方家的。

俗话说女配高亲。别看乡里人重男轻女思想重得很,可对丫头姑娘的,也不是一直不重视。给自家丫头姑娘找婆家,对男方家的条件都会提得高高的。自身条件高的,对男方的长相之类,都会有高要求呢。在香河一带,望亲,多半是男女双方家庭有结为"秦晋

/ 谎 媒 /

之好"之意愿之后，才进入的一道程序。

　　杨家庄望亲的，浩浩荡荡，一下子来了十几个丫头、婆娘。吃了，喝了，热热嘈嘈，客客气气，走了。柳春耕原以为一块石头落地了，接下来，准备八月中秋节到杨家庄"追节"，正月里过年的当口便可把婚事办了。趁热打铁，一气呵成，蛮好的。

　　这里"追节"，跟平常四时八节"看亲"不一样。"追节"，就是明白告诉女方，男方家准备带人啦！此时，要送的礼，也不比平常，得送"通话礼"。

　　送通话礼，多半在当年中秋节。除去中秋节应备的礼品之外，若想过年时成亲，就非加送一对鹅、一对藕不可——这两样物件皆有讲究。鹅，一为表明女婿为人忠厚老实，二为鹅的叫声"嘎哦嘎哦"，其谐音："嫁我嫁我"，女方家自然明白其意。

　　但凡女方家从毛脚女婿的中秋节礼中见到鹅藕①之后，心中便知姑娘快成了婆家的人啰。如若同意姑娘出嫁，女方收下一只鹅、一枝藕即可，不同意则全数退回。碰上不肯收礼的情形，千万不能轻易放弃。女方不肯收礼，有时不过是一种策略。男大当婚，女大当嫁，挡也挡不住。这当口，得听女方父母丢下的是什么话。有的说，姑娘还小啊。有的说，姑娘一年为家里挣多少多少工分呢。如此等等，只不过是多要财礼的托词，有意抬高姑娘身价。只要请媒人出面，给女方家一个面子，过年办喜事多半不成问题。尽管放心地择佳期，"送日子"。

　　柳春耕如意算盘打得正美呢，可杨家传出话来，真叫人哭笑不得：杨雪花看中了柳春雨。

---

　　① 民间追节习俗，"藕"与"偶"音近，且藕有丝连，寓意双方连在一起。

·131·

这消息，让柳安然都有些个沉不住气矣，在堂屋里团团转。天大的笑话，这成何体统，成何体统！柳春耕像霜打的茄子，蔫了。柳春雨则一脸茫然，不知此话从何说起？亦不知该如何是好。

　　吕鸭子站在堂屋里，直跺脚，嘴里嚷着：瞧我把这事办的，瞧我把这事办的。这刻儿，她的二郎腿也翘不起来了。倒是翠云一直在打圆场，二嫂子，这事不能全怪你。她杨雪花早干吗去了？我家老大送把她"望"都"望"过了，她才答应正式望亲的。怎么一转身，又看中我家老二了？要是我家再有个老三呢？

　　翠云哎，你不曾晓得呢，人家杨雪花就是说，送把她"望"的是老二，到了柳家怎么成了老大？她可一直就认老二的账，要是老大死也不会肯的。吕鸭子这顿数说，把自己的责任，推了个干干净净。不是她媒做得不好，是柳家兄弟俩的问题。

　　这又是怎么回事？翠云也被弄成了丈二和尚。只得转过来问春雨、春耕两个哥哥。柳春雨做梦也不曾想到，跟哥哥一块去"望"，原本是帮忙的，结果却被杨雪花看中。他是断然不会和杨雪花好的。他心里装着琴丫头呢！

　　杨家庄来人望亲，结果不曾"望"中柳春耕，反而"望"中了柳春雨。这只消息鸟，扑棱着翅膀，在香河村传开了。这一下，对柳春耕打击哪小得了？竹篮打水一场空倒在其次。杨雪花让兄弟间角色反转，身为老大的柳春耕，有何颜面见村中父老呢？

　　柳安然气得再也"曰"不出一个字。面对此事，翠云也帮不上大哥什么忙。柳春雨更不好多说，家里已经够乱了，他生怕再帮倒忙。

　　柳家之外，还有两个人也弄得紧张兮兮。怪了，柳家的事情，别的人有什么好紧张？说起来，人家紧张，自有人家紧张的道理。

琴丫头，临晚就约了春雨哥。村上人把她说得五点六点的，心里头有了十五个吊桶，打没打水，不是关键。七个上，八个下的，心里不逸当。

天色渐黑时分，柳春雨和琴丫头如约在村小空教室里相见。有了"棉田经验"，柳春雨手脚更老练了。不止于此，两条小鱼欢快畅游在口与口之间，一条紧贴着另一条，时而翻转，时而吮吸，实在是有说不出的美妙。两条小鱼，让口与口实现了无缝对接。彼此的身体由热，而躁，情绪来也！

琴丫头紧紧搂着心爱的男人，起初的一点点疼痛，早被她抛在了脑后。

到这个时候，琴丫头才想起约她的春雨哥出来，想问的事情尚未出口。当然，这刻儿还有问的必要么？！

十

杨家姑娘看中柳春雨，另一个紧张的人就是香元。

那天，香元抽了半包"大前门"之后，替水妹拿定的主意，就是找春雨做女婿。这事早在他的计划中，只是没付诸实施。

在香元看来，春雨伙算得上一表人才，肚子里又有点墨水，当自己的女婿蛮合他意的。他也旁敲侧击跟水妹谈过，水妹对柳春雨也蛮有好感。他觉得，这事情碗里抓铃，十拿九稳。自己丫头没意见，你柳春雨还好有什么意见？把宝贝丫头嫁给你，是你柳春雨的福气！当我香元的女婿，你就在家里偷着乐吧！戏文上唱的，"美满姻缘一线牵"！什么叫"美满姻缘一线牵"？你柳春雨娶我家水妹，就是！

说句实话，水妹生得白白净净的，脸盘子、身架子，均没得说。简直就是个美人坯子！与柳春雨倒确实般配。再说了，没得人家香元支书，你柳春雨怎么可能一回来就当代课老师？

本来铁板上钉钉，笃笃定定了。最后还是让煮熟的鸭子飞走了。香元没想到，柳春雨这么不识抬举。他竟然不是为杨家庄的杨雪花，而是爱上了三奶奶家琴丫头，才不肯当香元家女婿的。你也太不把我香元放在眼里了吧？老话怎么说的，天堂有路你不走，地狱无门你偏想钻。我倒要看看，在香河村有谁能翻得出我香元的巴掌心。哼！

在村小和柳春雨谈过话回来，香元一直坐在堂屋里抽闷烟。巧罐子倒茶，他也不喝。水妹跟他说话，也不搭腔。这架势，让母女俩都不敢吱声。香元真生气了，而且是很气。这股气闷在心里，不好跟他眼前的两个女人说，他也说不出口。堂堂的一村支书，被一个毛头小伙黄了，而且是一黄到底。这口气，窝在香元心里，很不舒服。

晚上，蔡和尚跑香元家来，向支书汇报他听来的消息。说，柳春耕气跑了，留下张纸条子说自己去了东北。

香元愣了一下，转过来问蔡和尚：你说是不是被春雨伙逼的？蔡和尚跟在香元支书后面多年，最擅长的事，就是村民说的，顺大腿摸卵子。立马回答：就是，就是。

香元说：这一样子的话，我看柳春雨代课教师再做下去……影响就不好了。他看也没看蔡和尚，似乎在自言自语。在他的自言自语中，一个决定亦已形成。

柳春耕这一走，让一村人惊讶，让杨雪花也有些过意不去。这不，她瞒着家里人，拎了两包茶食，跑到了柳春雨家门上。

这真让柳家难以应付。所幸在"望亲"一事上，还有一个相对局外之人：柳翠云。毕竟年龄相仿，又都是姑娘家，还是柳翠云出面接待了杨雪花。

柳安然为这事，气得伤了风。原本已有所好转，然而杨雪花一来，他不想见面，就睡在铺上没有起来。

柳春雨觉得对不起大哥，有种负罪感。杨雪花话说得再明白不过，看中的是柳春雨。这种时候，他更愿意与她见面。我柳春雨连支书的女婿都不想当，就是为了琴丫头，哪里还轮得到你杨雪花呢？因而，杨雪花登上柳家门时，柳春雨早躲到三奶奶家的代销店里，陪琴丫头打洋机去了。

杨雪花嘴里喝着茶，不时扭转头，朝大门外张望。翠云心里清楚，她想望一望柳春雨，指望他能回来。杨雪花还真不甘心，一个大姑娘家抛头露面的，壮着胆子跑到你门上来了，见一面，说几句话，又不会吃了你，有什么难的？早知今日，何必当初？是你跑到杨家庄，送上门把人家"望"的，这会子东躲西藏的，算哪门子事嘛！柳春雨，我要告诉你，我杨雪花就是看上你，赖上你了！我就是个泥膏糖，你粘上了，别想轻易甩开。你这会子东躲西藏，常言说躲得了初一，躲不过十五。只要你不从这个世上消失，你我总会有见面的那天！

想着自己再苦等，也无益。杨雪花跟翠云打个招呼，起身返回。虽然打定离开的主意，还是边走边四处张望着，万一这时候柳春雨回来呢？她也真是个痴情的姑娘，一步三回头，叫翠云看了心中滋生些许不忍。

翠云望着杨雪花的身影渐渐从龙巷上消失，回到家中，心中竟有些伤感起来。这人世间男男女女的事，为何就不能顺顺妥妥，和和美美呢？自己也不算小了，有人介绍过个部队当兵的，只是说说，也不曾正式谈，更不曾正式见过面。不晓得是怎样的命运在等着自己，也不晓得将来花落谁家呢。

十一

香元在柳春雨那里碰一鼻子灰的事，巧罐子到底还是知道了。巧罐子对香元说：事已如此，就不能在一棵树上吊死。丫头的肚子一天大似一天，不等人啊。要不，找找吕鸭子，让她帮忙说一家。

夫妻俩说话间，来娣子提了两串螃蟹登上门来。巧罐子道：她嫂子，用不着这样客气！平白无故地送蟹来干啥呢？来娣子进得院门，见香元在家，客气地招呼道：支书也在家呀，几只螃蟹不值几个钱，给支书做下酒菜。支书对我家根水伙大恩大德，哪是几只螃蟹就回报得了的！来娣子话一出口，香元眼前一亮。他顿感，水妹的事有了转机。

香元还是按部就班，先找吕鸭子说了这件事。吕鸭子受宠若惊，有替支书家丫头说媒的好差事，求之不得呢。吕鸭子奉命说媒，当即就去了来娣子家。自然使出浑身解数，尽全力撮合此事。来娣子母子又怎么能不答应呢。

来娣子对看起来不怎么高兴的儿子说：你不要得福不觉，这样的好事人家烧香磕头还求不来呢。也就是香元支书和你有缘，否则想都不要想。

香元两口子悬着的心总算落了地。可接下来，为水妹肚子里的肉疙瘩是留，是除，又弄得一众人焦头烂额。在水妹有了身孕这件事上，香元没有瞒陆根水，他挑明了的，陆根水也认了。但有一点，

/ 谎 媒 /

陆根水坚决要求剜掉那肉疙瘩。要知道,剜掉这肉疙瘩,不就是剜水妹的心头肉么?她话说死了,就算亲订不成,也休想打这样的主意。

你还别说,水妹这姑娘,平日里望上去文文静静的,识字断文蛮懂礼貌的,一犟起来,真够犟的,三头牛都拉不回头。水妹放出话来,要她跟陆根水结婚也可以,她心肝宝贝一定要生下来!不接受这一条,水妹哪怕一辈子不嫁人。如若逼紧了,在家里蹲不下去时,要么离开家,要么跟肚子里的肉疙瘩一块离开人世。

这个丫头,心不是野掉了,简直疯掉了。香元双手背在后头,在自家堂屋里来回转。

这怎么好呢,这怎么好呢?来娣子万般无奈,无路可退。可要让自己儿子一结婚就要当继父老子,她心里再怎么感恩香元,也还是难以接受。如若水妹打掉肚子里的孩子,跟陆根水结了婚,孩子的事情也只会被人议论一时,时间长了自然就淡掉了。可一生下来,那就给人一世的话柄。到时候,自己儿子怎么抬得起头来哟!

人常说,知子莫如父。在来娣子家,便是知子莫如母。来娣子心里想的,跟陆根水想的一模一样。这些年下来,香元支书给予的关照,他陆根水心里不是没数。眼下,是他知恩图报的时候。水妹其他人不要,他陆根水要。只是再将肚子里孩子生下来,不是明摆着从一开始,这小家伙就是水妹送给我的带彩的帽子?再是什么环保色,看着也不舒服。将来肯定是家庭闹矛盾的导火索。说实在的,这孩子生下来,对你香元支书家也没什么好处。水妹现在是一时感情用事,将来有得后悔的呢!不来事情,过几年或许就没人提了。现在的年轻人头脑发热,姑娘肚子大起来,绝不止水妹一个。结了婚,有了自己的孩子,事情也就过去了。现在你把肚子的孩子生下来，那不等于时时刻刻在提醒人家，水妹年轻时有过那么一段故事呢！有什么好的？还有，万一那个现在的缩头乌龟，有一天找上门想要回自己的孩子，你水妹怎么办？哭都来不及！这些话，陆根水一句也不敢跟水妹说。

事情总得有个了时。就算是过年为水妹跟陆根水办婚事，也还有好几个月呢。秋收秋种之前，先把他俩的亲事订下来。肚子里的问题，暂且不提。这是香元反反复复考虑，前思后想权衡，之后做出的决定。

香元毕竟是支书，处理问题的水平就是跟一般人不一样，这不由你不佩服。让水妹跟陆根水先定亲，真是香元的妙招。你想啊，到一定时候，水妹肚子确实大得见不得人了，水妹拼命要养下来，他香元也不会把自己姑娘一直往死路上逼，只好让步。这时，对陆根水，香元话就好说了，不是他想让水妹养的，水妹犟骨头死都要养下来，你陆根水也只好接受；如若陆根水在这件事情上不让步，对水妹，香元的话也好说了，不是我硬逼着不让你养下来，人家陆根水不同意，你俩定了亲事，往后的日子得一起过呢，你不听他的这些个，将来会有亏吃。这个样子一来，香元两边不得罪。"球"到了水妹跟陆根水手上，就看他俩怎儿玩法。

虽说这只是个缓和之计，但等到水妹、陆根水正式定了亲，之后，水妹肚子大起来，也好有个遮掩，不至于旁人说起水妹肚子里的孩子，没得人认账。现时，乡里人也比旧时开通多了。

按香元的意思，水妹跟陆根水，不曾过几天就定了亲。村上人见了陆根水，客气地和他打招呼："当上支书女婿了，不一样啰，往后还要告诉你多担待！也有的说：柳春雨呆到家了，送上门的支书女婿不当。还是你陆根水脑瓜子好使，转得过来。后步宽宏，后步宽宏！"陆根水笑着应承，虽说"支书女婿"桂冠戴上很受用，想想未婚妻的肚子，还是有些个不舒服。

水妹虽说心里爱的不是陆根水，可她爱的那人这会子又在哪儿呢？在水中，在镜子里头，还是在……水妹自己也被弄糊涂了。情爱，在她心里变得虚幻起来。母爱，却在她心里一天一天增长，一天一天，活灵活现在她身体里生长着。肚子里的小生命，在提醒水妹，她必须和陆根水结合，让这个小生命光明正大地来到这个人世间。水妹清楚，定了亲，就等于过年的当口得结婚。不管怎儿简单法子，该忙的嫁妆，还是要忙的。一辈子的大事呢，一个姑娘家，一辈子还能数得出几件与其相当的大事来？再说了，她是支书家的丫头，结婚这桩事办不好，水妹在小姐妹中间没面子事小，娘老子在村子上、在四乡八舍没得面子，那事情就大啰！

接下来几个月，水妹到村卫生室只能是三天打鱼两天晒网。她得为自己春节结婚做准备，用当地人的话来说，叫忙嫁。

忙嫁的这一套关目，在恪守陈规的古板人家，依旧丁是丁，卯是卯，不能走样的。现时开通一点儿的村民家里，多半没这样刻板，这样讲规矩矣。大致忙的过程差不多而已。因而，水妹的大大小小嫁衣，都是她自个儿张罗的。先是送把琴丫头裁剪，之后自己拿家来手工锁边，再送过去把琴丫头用洋机"缝"。好了之后，再拿家来自己配纽子，锁纽子洞。一件衣服从布料到成衣，在琴丫头与水妹之间要好几个来回呢。要做那么多嫁衣，那还不够水妹忙的呀。

十二

柳春雨的代课教师被辞退了。这是香元支书在大队部的大喇叭里，向香河村全体社员宣布的。

柳春雨晓得，不答应香元家的亲事，他的代课教师，迟早都是会被拿掉的。他已经有了思想准备。只是没想到，香元动作这么快。立竿见影。说实话，柳春雨并非百分百不喜欢水妹。不是的。有一阵子，他对水妹蛮有好感的。只是那时候，她不在香河，在县城人民医院呢。而琴丫头，活生生的，天天在他跟前转来转去，让他手眼心都发痒，再后来……离不开了。这样一来，琴丫头在柳春雨那里占据绝对优势。让他离开，难矣！

在水妹的亲事处理上，柳春雨有点看不起香元。你香元不是支书么？支书不是很有能耐么？那就该替水妹把那个忘恩负义之人找得来，让他跪在水妹跟前赔罪，让他娶水妹为妻。这才是正理！你香元盘得来盘得去，就想找个替罪羊，水妹不高兴，被选上的人也不高兴，倒便宜了那小子。

柳春雨没想到的是，香元不仅对他作辞退处理，而且借柳春耕离家出走，给柳家贴上了不光彩的标签："外流户。"香元这一招，真的够狠。柳春雨胸中填满悲愤，无处可发泄。

看似万般无奈中，柳春雨更坚定了自己的情感选择。不当代课教师后，琴丫头往他家跑得更勤了。后来，他俩一起卖起了豆腐、百页。

拾豆腐、卖百页咯——香河上，晨雾弥漫，轻纱般笼罩着水面。柳春雨、琴丫头划着小船，穿行于这弥漫的晨雾之中，似乎行驶在一幅江南的水墨里。唯有沿途叫卖声，跌落画外，残留尘世。

柳春雨自从离开村小，也很少到生产队上工。虽说这不合生产队规矩，所幸的是队长祥大少没像香元那样，把柳家往死里逼。在祥大少看来，柳家再"外流"，柳老先生的威望还在，村民依然敬

/ 谎 媒 /

重。所以，对柳春雨，有了"网开一面"的意思。毕竟，身为支书要忙的事不少，哪可能对每个生产队的派工，也都抓在手上呢？

既如此，柳安然也不逼老二，就让翠云帮着自己打理豆腐坊在庄上的生意，让老二承担外卖任务。琴丫头适时加盟，豆腐坊空气中，多了些许鲜活之气，人气一下子旺了起来。翠云想，这样也好。但愿二哥费了这么大周折，与琴丫头能修成正果，也了却老父亲一桩心事。

为人父母的，其心事多半通子女身上。老父亲嘴上不言语，心里惦记老大呢。翠云不止一次发现，老父亲给上门拾豆腐的，算错了账。毕竟上了年岁，哪经得住头脑里，要算两本账呢！

没人时，老父亲一个人，一袋闷烟。翠云急在心，面上不能露。她盘算着，让父亲走出沉闷，只有她和二哥多给父亲以排解。这样一来，她只能既忙外，又忙内，多些辛劳。忙外，生产队上的农活，她还是尽可能去做。否则，年终分红，口粮都分不全。家里会由"外流户"变成"超支户"，更被人瞧不起。忙内，协助父亲应付庄上生意倒在其次，经常在父亲跟前陪着，家务常理的交谈交谈，多少分散一点父亲的心思，让憋屈、郁闷，不再在家中积聚得越来越厚，要不然，一家人气都喘不过来，日子没法过。

所幸的是，望着柳春雨、琴丫头一对情侣，从豆腐坊进进出出的，来去一阵风，柳老先生愁眉稍展，略有宽慰。尤其是琴丫头，在翠云眼中，就是一抹亮色，给柳家带来了一丝生机。

这会儿，柳春雨站在小船后舱，边划着小木桨，边亮开嗓子：拾豆腐，卖百页咯——

坐在船头的琴丫头，接着喊一句：卖百页，拾豆腐咯——

哎哎，你想跟我唱对台戏吗？

·141·

就唱对台戏，就唱！跟心爱的人一起外卖，琴丫头开心呢。斗嘴，自然是有意为之。自打和春雨好上之后，琴丫头的心里滋滋润润的，看天天是蓝的，望水水是碧的。就连见了平日里比较讨嫌的阿根伙，也会主动跟他打声招呼：三哥又要忙些啥？多忙些正经事才好呢！阿根伙蛮意外的，他晓得自己没个人样子，也不争较妹妹喊个一声半声的。可他毕竟是琴丫头的三哥呢，在自己妹妹嘴里，被叫一声"三哥"，也是件令人高兴的事。咦咦，这个丫头，现在变了呢，舌头上抹了蜜，嘴甜起来了。高兴归高兴，阿根伙无法弄清妹妹所变何来。

琴丫头起身，想往船艄来。你能不能安稳一会儿？动来动去，难怪属兔子。春雨想让琴丫头蹲在前舱，不要动。

哎，你还说对了，我就属兔子的，要动，动得你烦，才高兴呢！琴丫头头一歪，脸上一脸儿笑。言下之意，你有啥法子？

柳春雨还真拿眼前这个丫头没半点法子。你又从哪儿拾到"笑笑本子"了？嘴总合不拢，当心飞进毛毛虫。

"笑笑本子"是乡里人对笑话故事书的一种叫法。柳春雨自然晓得琴丫头为啥开心，故意一问。

让一只桨给我，我也要划。琴丫头站在春雨旁边，伸手要。先回话！回得好，才能给你划。

就要，就不回！

不行，不回不行，不回不给划。

给了再回，好不好？给了，人家再回。

绝对不行！你不回也行，还坐回去。

这一回，小白兔犟不过大水牛。琴丫头只好回话，你要人家说啥？我想笑不行啊，我就想笑！望见你想笑，想着你也想笑，梦到你也想笑。这下子满意了吧？

说着说着，琴丫头已经贴在了春雨哥的身上。

哎哎，划船呢，规矩点儿，没得大人形。柳春雨这刻儿，只好停止工作。因为，他有比"工作"更要紧的事，在等着自己。

小琴，你悄悄吃了什么好东西？

哪有？有好东西，也会先给你的。

这我知道。可你嘴里，就是好闻！

春雨哥，我要你！

这时，柳春雨发现怀里的琴丫头，脸、脖子都有些个涨，红红的。

考验小伙子臂力的时候到啦！柳春雨二话没说，操起双桨，"呼哧呼哧"，直朝前划。水桩码头上有人喊，拾两方豆腐哦！小船，顿时静得出奇，并无回应。两个当事人，听得见彼此的心跳，明显在加速。小船，在岸边人眼中，箭也似的朝芦荡飞去。

好大的芦苇荡子噢！满眼的灰白，在秋风里飞着，舞着。苇叶儿泛枯了，被风吹得飒飒作响。小船进得芦荡之后，来不及插上船桩子，只听得春雨哥在轻唤，小琴，我来了。小琴，我来了。

小船随着两个年轻生命的节奏，在湖荡上一漾一漾的，一道一道的涟漪，从小船边扩散开来，化成舒缓的水波，平入荡中。

小琴，我们结婚吧！

好，结婚。春雨哥，我听你的。琴丫头这刻儿变得温驯而娇美，像只小白兔，安静地躺在春雨的怀抱，任芦絮从身边飞过。时不时地，有几只不知名儿的小鸟，叽叽啾啾地叫着，从芦苇丛中飞过。

十三

三奶奶来找柳安然了,为的是琴丫头和柳春雨两个人的亲事。

柳安然自知,三奶奶是无事不登三宝殿。她亲自上柳家来,肯定有要紧的事。

噢哟哟,老嫂子登门,蓬荜生辉,蓬荜生辉。柳安然飘着白胡须,从后院作坊步出前院来,把三奶奶迎候进门。

你个大男将,把个家调理得蛮不错的呢。三奶奶站在前院四处略作打量。院子里靠南墙几棵楝树笔直的,枝枝杈杈蛮繁茂的,一串一串的楝树果子,密得很。这树顶用了,能打家具。三奶奶边望边点头,不错,不错。

院墙根,几塘扁豆、架豇爬满了院墙,长长的藤,缠上了树。墨绿色的叶丛之中,青扁豆,紫架豇,丁丁挂挂,蛮多的。有的都长老了,枯了,能做种了呢。

让老嫂子见笑,让老嫂子见笑。安然也就是瞎操持,不在行,更不得章法。请老嫂子到客厅坐下,边喝茶边曰,可好?柳安然把三奶奶安顿在堂屋家神柜下口的大桌子边上首位子上入座。不知老嫂子何事要曰?

这一阵子不曾望见你,怎儿一下子头发、胡须均花白了呢?三奶奶不曾马上接柳安然的话茬子,而是对柳安然短时间里的变化有些疑惑。

家家有本难念的经啊。柳安然感慨万分。这头发,这胡须,还不是为几个子女操心操的!尤其老大春耕,到如今音讯全无。身为人父,能不操心么?

/ 谎 媒 /

　　三奶奶家的情况也不见得就比柳家好到哪里。二媳妇一天到晚只顾做媒，三十出头了，也不开怀。老三整日里东游西晃，跟在祥大少后面能混出个什么名堂？剩下就是琴丫头，聪明灵巧，会处世，有孝心。可这一阵子有点儿蹲不稳，跟柳春雨黏得太紧，弄不好被人家望笑话呢，年轻人难免头脑发热。三奶奶这么一想，才跟柳安然道出正题：你家老二，跟我家琴丫头好了有一阵子了，想必大兄弟已知情？不晓得大兄弟对这事怎儿打算的？

　　琴丫头这姑娘，怎么说呢，可说是我家的迷雾吹散剂，她一来家里就有了笑声，我这心里也多些光亮。她跟我家翠云处得好。前几天翠云还提醒我，去府上一趟，听听老嫂子的意思。我也是想着，找个人出来，牵个线，择个吉日，尽快把亲事订了。这样，正月里也好办大事。

　　既是大兄弟这样想，我也就直说了吧，你要跟老二多咬咬耳头，在一块无妨，我家也不是老封建，千万千万不能出格。万一闹出点事情来，老二还好说，琴丫头到时名声就难听啦，我这老脸也没处搁呢。我今儿来就是和大兄弟商量商量，分两步走，眼下定亲，正月里成亲。你我也少牵肠挂肚，也省省心啰！

　　老嫂子曰得在理，曰得在理。两个一家之主，没在财礼上多作纠缠，都是开通人家，想来不成问题的。

　　一切看起来似乎水到渠成。原以为，柳春雨跟琴丫头的婚事正月里办，板上钉钉子，无法更改了。可是，事情瞬间的变化，谁也不曾想得到。真是世事难料。

十四

杨家庄来人了,说杨雪花得了相思病。

来人说杨雪花病得只剩下个人架子了,哭得死去活来,非要再见柳春雨一面。并说,柳春雨有心爱的姑娘,这辈子跟她是无缘了,但求来世。老天不会总这样不长眼的,会可怜她杨雪花一片痴心的!下辈子,她不会给任何人机会,她要爱柳春雨,也要柳春雨爱她,要爱得死去活来,爱得天翻地覆!嘲笑也好,讥讽也罢,别人再怎么笑话她不守女子本分,她也毫不在乎!她要把这辈子的爱收起来,下辈子一股脑儿全用在柳春雨身上。再见自己心爱的男人一面,这是她离开人世前的最后请求。望柳春雨看得到一个女子的真心!千万给她这个机会,好让她死也瞑目。

来人说得动情,柳家上下顿时手足无措。来人说,杨雪花病情急,大清早上赶来,跟柳家非亲非故的,说一个将死之人的话,不大好,万望谅解!

正准备和春雨哥一块外卖的琴丫头,听着听着,泪流满面,放声痛哭起来,说杨雪花太可怜,真是太可怜了。她想和春雨哥一起去看望这个可怜的姑娘。柳春雨把个泪人儿搂在怀里,傻丫头,不哭。或许人家说得重了,人还不曾死呢,总会有办法的。

琴丫头没能跟春雨哥一起去望。来人说,琴姑娘有这份心,杨雪花知道之后,定会万分感激。但,杨雪花想见的只有柳春雨,柳春雨一个人!

琴丫头心里头掠过一丝丝不高兴。这点不高兴,像是被蚂蚁咬了一下。咬就是咬了,不能装着不曾被咬的样子;这样被咬了一下,当然也可忽略，没必要太过计较。很快，琴丫头就把春雨哥催上了路。那个杨雪花，正眼巴巴地盼着呢。琴丫头盘算好了，今儿她和翠云一块外卖。

柳春雨提着两包茶点，一包果屑子，一包桃酥饼，跟来人走了。这是老父亲让翠云从三奶奶家代销店里买的。既是望病人，两手空空，成什么规矩礼？茶点虽轻，礼轻情不轻。临走时，柳春雨再次叮嘱琴丫头：我看望过后，早去早回。别担心！走几步，又回头叮嘱几句，别担心，我会早去早回的。

柳春雨对琴丫头的依恋，被老父亲和小妹妹看得明白。琴丫头跟在柳春雨后面，快出村口了，才被翠云劝回。望着柳春雨渐渐远去的背影，琴丫头哽咽着说：春雨哥，我等你！原本一句寻常话，这刻儿，琴丫头、柳翠云两闺蜜竟然泪眼阑珊。柳春雨心头一热，返身快跑几步，回转身把心爱的姑娘搂在怀里，放心，等着我！

嗯。琴丫头伏在春雨哥怀里，点点头，使劲点点头。

即便让柳春雨把天想出个窟窿来，他也不会想到，自己进了杨家大门之后，得到的见面礼，竟然是个美貌如花、活灵活现的大姑娘！这个大姑娘不是旁人，就是杨雪花。本来，柳春雨蛮为难，跟相思成疾、病入膏肓的杨雪花见了面，如何开口呢？他也曾想过，如若不是已跟琴丫头要好，或者说即使好上，没好到今儿这种地步，他柳春雨都愿意跟杨雪花好。

杨雪花生得一个美人坯子，细细的柳叶眉下面，一双会说话的大眼睛，忽闪忽闪的；瓜子形的脸盘子，一点儿不像天天经风经雨的，白白净净，叫人忍不住想上去咬一口，咬一口似乎能咬出水来，太嫩了；个头高高挑挑的，该鼓起的地方鼓得大大的，那样丰盈；该收起来的地方收得紧紧的，那样波俏。这个杨雪花真是迷煞人了，说是人见人爱，不为过。柳春雨也是个血气方刚的小伙子，能不动心，能不心猿意马么？

尽管，到现在柳春雨还没跟杨雪花说上一句话，只是在望亲时见过一面。那时，他真心实意为老大祈祷，愿他们早成姻缘。哪能往自己身上想？他柳春雨也不会吃了碗里，望着碗外。那样的话，自己在琴丫头跟前，成什么人啦！

等到杨家人望亲过后，传出话来，说杨雪花相中了他柳春雨，他无端地排斥她。可坦白说来，他脑子里也经常会出现两个影子在打架。琴丫头打败杨雪花，其实不难理解。琴丫头，一个活生生的，有血有肉的人，天天出现在柳春雨跟前，而杨雪花只是个影子，天天出现在柳春雨的梦里。时间一长，琴丫头占了上风，杨雪花影子，还是影子。有时，影子也会从柳春雨脑子里跳出来，质问柳春雨：我哪儿比琴丫头差？你为何就不爱我？柳春雨也会想，跟你好了，又会怎样？

想归想，这已不可能了。柳春雨他已离不开琴丫头了，琴丫头也已离不开他柳春雨。他俩已融合到了一起，如痴如醉，如胶似漆。有一天不见都会心疼，都会魂不守舍，都会不由自主地想，甚至身体的某些部位都会有反应。要不是，今天杨家庄来人，给柳春雨送来这不好的消息，让柳春雨心有愧疚，柳春雨是下定决心要把杨雪花忘掉的。他之所以来，纯粹是种怜悯，人家姑娘临离开人世的最后一个要求，他柳春雨能不满足，能不来么？显然不能。

可这刻儿，杨雪花活灵活现地站在他跟前，他直接懵了。杨雪花，你虚构能力也太强了吧？！这么好的才能，不去当作家真的可惜！柳春雨气得没法爆炸，蔫了。

等柳春雨稍稍缓过神，才知道自己带来的一片真心，全被杨雪

/ 谎 媒 /

花置换成了驴肝肺。敢情她打发去香河,是去牵猴子的。一股无名火,直冲脑门,你怎样能这样糟践自己呢?!

他的一声狮吼,让杨雪花"扑通"一声,跪在了柳春雨跟前,泪流满面。

杨雪花哭泣着,倾诉着,在你眼里,我是什么样的人,都不重要了。你心里有人,不可能再有我,我比谁都清楚。听我说两句,你再走,我也扣不住你个大活人……

你还真为我上演了一出传奇,杨雪花为情所困,劫后重生的传奇!我算是开了眼,开了大眼!还有什么好说的?杨雪花跪着,柳春雨也不理会。听她究竟能虚构一套怎样的说辞。

你以为我喜欢如此诅咒自己,作践自己?你可晓得我心里有多苦啊!杨雪花的眼泪,此时已由珠成线,由线成河,往下直淌。泪如雨下,与实际已严重脱离。

你来杨家庄堪称"闪现"。就这么一"闪",把我的心勾走了。这几个月来,没睡过一个安稳觉,没吃过一顿开心饭。多少回站在校外,听你上课,一站就是一堂课,还怕你望见了笑话。自己默默流着泪往回走。这个男人就有多好?我杨雪花就有多差?傻姑娘,你喜欢人家,人家又不喜欢你,这不是作践自己么?!

你不在村小了,望见你和你心爱的姑娘一块划船卖豆腐,总是痴心妄想,要是他身边的那个人是我该多好啊?!我一个姑娘家,不顾及自己脸皮,跑上门找你,只不过想见你一见,以慰相思,让心疼有所缓解。你可曾有一回见过我的?生怕我吃了你似的,我又不是母老虎!

我不晓得,喜欢一个人,爱上一个人,究竟犯了多大的罪?老天这么不长眼,这样惩罚我。你来告诉我,你说给我听!我满腹酸楚，无人能说。只有说给你听！杨雪花声泪俱下，头几乎磕到地。

柳春雨从未经历过一个姑娘如此哭诉。再怎么铁石心肠，也化了。他，给了杨雪花一个温柔的怀抱。火，早被泪水浇灭。沉睡了的影子，在眼前活跃起来。自己的身体，被唤醒。

杨雪花的脸在柳春雨的肩头挲娑着。渐渐的，她的唇和柳春雨的唇，找到了彼此。春雨，我喜欢你，这辈子只会喜欢你。无论你喜不喜欢我，都不会改变。

柳春雨情感的大坝终于崩塌。大潮奔腾，浩浩汤汤，横无际涯。裹挟着他，裹挟她，奔腾直下，势不可当。这对年轻人，面临着灭顶之灾。

当琴丫头一夜未眠，在村口老榆树下，望见柳春雨时，欣喜若狂，急切地扑过去，搂着，死死地搂着，不肯松开。在琴丫头看来，这一夜比一年还难过，太折磨人了。可柳春雨竟木木的，没有一点回应。柳春雨大脑像迷糊了，有些恍惚。他都没弄清，自己是怎样离开杨雪花的。

春雨哥，你怎么啦？杨雪花病情严重？你也不能太伤心。琴丫头不住气劝慰着，柳春雨一句话不说，默默地被琴丫头半架着朝家里走着。他脑子里，架打得厉害呢。

十五

秋季大忙过后，村民们闲了一些，能腾出手来，料理料理自留地了。原先长着的芋头、山芋之类，要挖，要"扒"。挖了芋头，扒了山芋，这时的自留地，当然不会空着，多半栽腌菜。香河一带，腌菜，乃村民一冬的"老小咸"。此处"咸"字，非其本意。在当地

/ 谎 媒 /

人口中,跟"菜"同意。

地上露水不曾干,柳春雨、柳翠云兄妹就上了河北自留地上,栽腌菜。春雨一人打塘,翠云栽。翠云做事细,嫌哥哥打的菜塘子,垡头破得不细,不匀。

哥,不要图快,慢工出细活。翠云蹲在地上,头也不抬,自顾从箸里取菜秧,用短柄的小锹往塘子里栽植。边栽,边施行破垡工序。

你以为是描花样子,绣花呢?栽你的菜吧!柳春雨对妹妹口声不好。翠云奇怪呢,二哥望了趟杨雪花回来之后,整个变了个人。整天闷闷的,阴沉着脸,对琴丫头也有些个不冷不热。不知那个杨雪花临死之前,给他灌了什么迷魂汤。

翠云正为琴丫头抱屈呢,琴丫头老远就往这边来了。从一个小红点,一蹦一跳,跳出一片红霞。不一会儿,从红霞里跳出个大活人。翠云知道,琴丫头肯定是从豆腐坊找来的。

"来啦。"琴丫头人已经站到跟前了,柳春雨才不冷不热地问了一句。手上工作没有停。"嗯。"琴丫头声音变得低低的,轻轻的。琴丫头晓得春雨哥为杨雪花的事心情不好呢。好好的一个大姑娘,一朵花刚开,命不长了。叫人心疼难过。况且,杨雪花还"望"中了春雨哥,这无疑让春雨哥,又多了一份心疼和难过。不要紧的,过了这一阵子,春雨哥肯定会心情好起来的。想想自己,没几个月就要跟春雨哥成亲了。到时候有她在春雨哥身边,安慰他,照料他,一定不让他心里太难过。

柳春雨从杨家庄回来后,就没有过好心情。望着眼前的琴丫头,他内心愧疚得很,觉得对不起她。从杨雪花家出来,见到站在村口等候他的琴丫头,柳春雨就有些个后悔。自己也没搞清,怎么会

.151.

跟在杨雪花后头瞎冲动？你冲动，可是要受惩罚的。这便叫冲动的惩罚！

这些日子，柳春雨明显地消瘦了，夜里经常做噩梦。一会儿，梦见杨雪花死了，捧着一颗血淋淋的心，对柳春雨说，你不肯娶我，太让我伤心了，你看，我的心在流血啊！一会儿，梦见琴丫头披头散发的，舌头伸多长，成了吊死鬼。缠着他，不让他走。说是柳春雨你不是东西，跟我琴丫头好了，怎么能再跟别的女人好呢？琴丫头哭骂柳春雨是个负心狗！自己的一片真心，全都喂狗了，你柳春雨还不是"负心狗"？！既如此，只有死了，成全你和另外一个女人。琴丫头说着，一根绳子，将自己吊在屋梁上。

别，别这样，小琴！柳春雨急得浑身虚汗，睁开眼睛使劲掐自己。一切均发生在梦中。

十六

心事重重的柳安然病倒了，几天滴水未进。三奶奶拎了两包茶点，来看望老亲家。本来想，两个一家之主给两个孩子商定个喜日，过年当中把喜事办了，也好喜上加喜。见老亲家病得不轻，不好开口。

接下来发生了一件谁也想不到的事情。

入冬后，县里"一号工程"——车路河工程开工，琴丫头上了工地。工程地点在楚城东，一个叫旗杆荡的所在。全县二十多万人集中在工地上，响应县里号召，建设车路河，旗杆荡里摆战场。一排排挖土的，一队队挑土的，簇人簇，挤人挤，恰似雨前蚁，密集运行着。

所幸的是，"蚁族"张紧有序，忙而不乱。铁锹挖，铲子铲，担子挑，箩筐抬。一个工段连着一个工段，一个方塘挨着一个方塘。每个工段上都有某某团的旗子，每个方塘上也都有彩旗，在空中飞舞着，彩旗上印有"某团某营某连青年突击队""某团某营某连铁姑娘队""某团某营某连老愚公队"等等不同的字样。远远望去，旗杆荡变成了人头荡，彩旗荡。

歪呢个好子，歪歪子哟嗨——

歪呢个好子，歪歪子哟嗨——

挑担子的，抬箩筐的，排成长长的队伍，蜿蜒而绵长，亦如蠕动的巨蟒。民工们号子打得震天响，此起彼伏，一浪高似一浪，回荡在旗杆荡上空。

旗杆荡工地上，民工的工棚，有了"雨后春笋"般的阵势，遍地开花，散落在作业区后方。白日里，人都在荡子里挑啊，挖啊，工棚里除了烧饭做后勤的，还有就是各团团部干部们在研究工程上的事情，不见闲人。可太阳一落，气温骤凉，民工们便早早地吃了夜饭，就到工棚里的洋油灯下，南说江，北说海。这可都是些身强体壮的男人，离了家里的热被窝有些时日了，一躺到床上，身体某部位来感觉了。胡聊神吹一气，心里想得发躁。婆娘不在跟前，远水救不了近火。这刻儿，有人便对别人家女人，进行特点提炼。哪家女人前面鼓，哪家女人后面翘，哪家女人面嫩，哪家女人唇厚……尚不够尽兴，于是接着对某一个女人，分区域讨论。面部，眼睛撩不撩人，嘴唇诱不诱人；胸部，鼓得够不够大，两边匀称不匀称；臀部，翘不翘，肥不肥；还有手，腿，等诸多部位，皆可入话。再细，话不堪入耳，色彩偏黄矣。不宜书录于此，读者诸君见谅！

也该快要出事了。那天清早，天刚麻麻亮，琴丫头起来淘米，烧早饭。琴丫头是跟几个姑娘、婆娘一块儿被抽到香河村所在营部做后勤的。挑车路河这个样子的工程，都是按公社建团，按村建营，按生产队建连，整个工程成立一个指挥部。整个香河村，上百号民工的饭菜出自琴丫头跟两三个妇女手里，够忙够累的。单那一大江锅早饭，烧透了，用大铁铲子铲一下，将锅里的米动一动身，再烧，也要累得琴丫头她们汗滴滴的，气喘喘的，不起早带晚哪成呢。

琴丫头胳膊上挎个大淘米箩，出了工棚，往河口去，走着走着，感到小肚子涨涨的，有了尿意，想小解。四下里望望，到处都是光秃秃的，没有一点儿遮掩。工地，真不是女人待的地方。车路河工地上，前些天死了个女民工，在荡心里头挖土时，挖得蛮正常的，猛然丢了手中的铁锹，"扑笃"一声倒下去，之后就没能醒过来。事后才晓得，女民工想要小解，附近全是人，根本望不见厕所的影子。几次想往外跑，挑担子的一个紧接一个，不断线。她手里的锹，根本停不下来。只得一忍，再忍。结果忍得脸色由红到白，进而傻白。自己的两条腿拼命夹紧，左右扭动，难受呢。这一切只有她自己在承受着。其他人忙得热火朝天，没人在意她脸色和身子扭动。终于，出事了。女民工的尿泡泡憋破了，整个下身湿漉漉的，抬进工地医务室一折腾，再上船送进城里人民医院，早没得用了，人活活地叫尿憋死了。

这会子，琴丫头也忍得蛮难受。心想看来这事情假不了。要尿的时候，憋着真不行。原本还挎着的淘米箩，这刻儿只好放下，挎着实在跑不快。裤裆里已熬得十万火急，眼前总算出现了一丛芦苇，还蛮稠密的。琴丫头一头拱了进去。

顿时，芦苇丛中，有"哗哗哗"的声响传出。琴丫头蹲着，一泻千里之后，长长吸了一口气，蛮舒坦的。正准备起身，提裤子的当口，一个男人猛把她扳倒，随即压在了她身上。琴丫头万万没想到，自己的好状态，竟然引来个不速之徒。

大脑一下子被清空的琴丫头，她还没弄清爽是怎么回事，就已被那个男人强奸了。当那人心满意足地起身时，琴丫头望见了一张再熟悉不过的脸：村上农技员陆根水。

陆根水在圩埂上割芦苇。荡心里的工段，有地方渗水，不好下脚，营长让他趁民工们上工前先割些芦苇，垫脚之用，免得上工后影响挖土、挑土的进度。营长分派的事，马虎不得。于是，陆根水起了个大早，寻芦苇，割芦苇。

琴丫头慌慌张张躲进芦苇丛时，被他望得清清爽爽。前天晚上和同工棚的民工纳"荤"，弄得他成了绘图员。早上起床，被子上多了幅腥味图。这种情况下，琴丫头等于是撞到了枪口上。

说起这回上"大型"，陆根水蛮开心。柳家成了"外流户"，柳春雨他没得资格上工地。而自己一直喜欢的琴丫头却来了。陆根水原以为柳春雨不来，琴丫头十有八九不会来的。可琴丫头来了，千真万确。真正是天赐良机。让他陆根水能天天望见自己心爱的姑娘。他一大早起来割芦苇，一方面是拿表现，另一方面也是想，能不能在早晨没其他人时，碰上琴丫头？他已掌握琴丫头她们做后勤的行踪。到时候，见机而作，来个生米煮成熟米饭，到那时还有柳春雨什么事？！

陆根水再怎么想，也没想到，自己心底的愿望，实现得如此轻易，如此快捷，自己都不敢相信。他一下子跪在琴丫头跟前，失声痛哭起来："你不晓得我多欢喜你，哪天夜里不梦你想你，可你的眼里只有柳春雨！我除了比他少个有文化的老子，我哪儿比他差？你从不正眼看我。我心里好苦闷哪！"

不许你提我的春雨哥，不许你提，不许！琴丫头发了疯似的，两只手狠命地拽着陆根水的头发，往地上拽。陆根水也不还手，只顾哭诉。我真是个倒霉蛋！自己欢喜的姑娘心里根本没我，想跟我结婚的姑娘心里想的也不是我。小琴，我求求你！我俩都有了这事了，你就同意嫁给我吧！

没等陆根水说完，只听得"啪"的一个耳光，重重地打在陆根水脸上。不许你喊我小琴，你不配！琴丫头在狮吼了。你陆根水算哪根葱，也敢喊我小琴？琴丫头感到心里头作泛，要吐。似乎比刚才那一阵还要难以忍受。让他这个长人毛的畜生，喊自己"小琴"，简直是对琴丫头情感的玷污，这是她绝对不能容忍的。

去死吧，你这个人面兽心的畜生！让我嫁把你，做梦！除非我死了，你把我抬回去。琴丫头把死话扔给了陆根水，自己踉踉跄跄地走了，离开了饱受屈辱的芦苇丛。

十七

世人祈盼的不透风的墙，尚未下生产线呢。车路河工地上，那个早晨发生的事，还是传开了。香河村因这件事炸开了锅。

这下子，可真要了三奶奶的老命。前不久，三奶奶还登门，想商议柳春雨和自己家琴丫头正月里结婚成亲的大事呢。这话说了还不曾有几天，就真的出了大事！

这个挨千刀的陆根水，你这下子可把我家琴丫头害死啦！一个姑娘家，怎么能出这种事情呢？一辈子的话把子，叫我家琴丫头日后怎么抬得起头来过日子？来娣子，来娣子，你怎么就养出个这么没人性的畜生小伙的呢？！

三奶奶气得恨恨的，让二侉子关了代销店的门。这可是从来不曾有过的。就连平时上街进货，二侉子的代销店门也不曾关过呢。

把店门关了，跟我走！二侉子从老母亲说话的口气里听出来了，这是在命令他，不容他再多说。

英子呢，老三呢？老母亲把不在跟前的两个也点到了。二侉子给大门挂上大铁锁，对老母亲道：英子到谭驼子家忙去了。今天要领他黑菜瓜去杨家庄女方家通话。

家做赖，外做勤！你亲妹妹出了这种事情，你们做哥哥嫂子的，就一点儿也不闻不问，良心上过得去吗？老三，连个人影子都望不见？！

你消消气。事情已经出了，你再气，只能气坏了身子，于事无补。老三本身就在"大型"上，肯定不会放过陆根水！

都是些指望不上的！嘻！走，你跟我到来娣子家，我倒要有两句跟她说说，她家畜牲儿子干的好事！总该给我家琴丫头一个交代！三奶奶劲抖抖的，走在二侉子头里，直奔来娣子家。

来娣子正在家里哭诉呢，根水伙，你个畜生小伙！我孤儿寡母的，把你养这么大，哪个叫你做出这等畜生事来的！让老娘的脸往哪块搁啊？还亏得香元支书那样培养你，你就这么不争气！

堂屋里，香元也在呢，气得呼呼的，两只手背在身后，不停地打转。这个不争气的东西，真是癞蛤蟆上不了秤盘。我的一片良苦用心，全被他当着驴肝肺了。你家丢得起脸，我还丢不起这个人呢！来娣子你说，你要我怎么跟水妹交代？

真是人不偏心，狗不吃屎。香元说来说去，说到最后，还是为他宝贝丫头水妹着想呢。原本水妹就不满意陆根水，说正月里跟他结婚勉强得很，现在出了这种事情，水妹还会不会答应这门婚事，香元无法做主。他怎么就不替琴丫头着想,一个姑娘家往后怎么办?柳春雨还会娶她进门么?

来娣子,来娣子,你出来,我有话要跟你摆开来说。三奶奶一到来娣子家门口,声音就高起来。来娣子连忙从堂屋出来,一把眼泪,一把鼻涕的,老嫂子,我家对不起你家琴丫头,对不起你家一家子。说着,哭着,"扑通"一声,跪在了三奶奶跟二侉子跟前。接着又骂起自家儿子来,根水伙,你个活畜生,比拿刀子杀了老娘还要狠啊,老娘日后还怎儿抬头做人,哪还有什么脸面,脸面都被你丢尽了哟!

走,你同我一起去工地,找不到你家根水伙,我不会答应。我恨不得咬他一块肉下来,来杀杀气!

老嫂子,人心都是肉长的。哪个不心疼琴丫头,我也跟你一样,望见那个没毛的畜生,我当老娘的都恨不得咬他一块肉下来呢。

真正恨不得咬他一块肉下来的,不仅是她们两个,还有柳春雨!柳春雨想,陆根水你厕屎把胆给屙掉了,干出这种事来,真是胆大没魂,色胆包天!琴丫头是我柳春雨喜爱的姑娘,你居然敢这样做,真是缺德。我柳春雨再怎么在琴丫头、杨雪花之间痛苦徘徊,也轮不到你陆根水来伤害琴丫头啊!

小琴啊,还是怪我不好!如若不是我一时冲动,跟杨雪花发生了那种事情,我就不会痛苦彷徨,也就不会冷落你。那样子的话,我怎么可能让你一个人去车路河工地呢?!我去不了,也不会让你去的。我去了,自然会保护你。现在,你我下一步路该怎么走呢?

柳春雨忽然感到琴丫头不再是他的人了,他跟琴丫头之间,眼下已隔着些东西,说不清,道不明。

陆根水竟然做出这等下贱之事,让水妹毫不犹豫放弃了跟他的婚姻。水妹明明白白告诉香元跟巧罐子,自己宁可单过,也不愿意嫁给这样的一个男人。在水妹看来,她跟陆根水同样在那个事情上出了问题,水妹是满怀着爱意去做的,她腹中的小生命是爱的结晶。世人不能接受,她并不感到羞耻。而陆根水就不一样了,她认为他发生这一切,完全出于一种动物的本能,就是一种纯粹性欲的满足,根本谈不上有一丝一毫的感情在当中。

如若说水妹对陆根水有了一种从来不曾有过的鄙视,那么杨雪花对陆根水从内心却滋生出一丝丝感激。尽管,这对杨雪花来说,祈盼这种状况出现近乎恶毒,对琴丫头是如此的不公平。但青年男女之间的感情原本就是自私的、排他的,甚至是无道理和理由的。杨雪花曾痛恨过这个世界的不公,为什么同样是爱,她杨雪花的柳春雨不接受呢?琴丫头,让她心生忌妒。杨雪花从不否认。

是自己的痴情打动了上苍?于是才生出如此的变故?杨雪花想寻找一个答案。实际上,对于杨雪花来说,答案已不再重要。她深切感受到,柳春雨正一步一步朝自己走来。他的脚步声,敲打在杨雪花的心口上。

十八

香河村的村民们在猜测,柳安然跟三奶奶这两家的亲家到底能不能做得成。

出乎意外的是,没病没灾的三奶奶,平平静静死在了自家的代销店里。

琴丫头约柳春雨去了一趟芦荡。她是托翠云带的信,说是有孝在身,不便登门。她晓得,自己不配再得到春雨哥的爱了,求春雨哥看在他俩曾经那么相爱的份上，让琴丫头再见他一回，以后也就再无望想了。

柳春雨自然答应了。划着卖豆腐的小船，独自去芦荡。

春雨哥，快过来，亲下子。

不嘛，不嘛，旁人望见就望见，关他人什么事？

人家就是喜欢你，就是喜欢，怎么啦？

我想笑不行啊，我就想笑！望见你想笑，想着你也想笑，梦到你也想笑。这下子满意了吧？

沿着香河一路划过，琴丫头的影子不时浮现在柳春雨的眼前，她那俏皮的话语，一直在柳春雨耳边响着，久久不曾散去。

真的是去见最后一面么？在一个村子里住着，早不见晚就见，低头不见抬头见的。柳春雨晓得，琴丫头说见最后一面的意思。真的就这样让她从自己身边离开，让那个混账的陆根水梦想成真，长期霸占她、拥有她？这可是我柳春雨心爱的姑娘啊，她的笑脸，她调皮的眼神，她小巧的鼻子，她齐耳的短发，她雪白的皮肤……那可是自己用双手一寸一寸丈量过呀！不止于此，是她把自己塑造成驰骋疆场的斗士！是她给自己这只倦鸟归林的巢。在她面前，自己一次次蜕变，一次次升腾。

多少个清晨，和她一起划着小船离开香河；多少个夜晚，和她在村口漫步，在二人世界里缠绵，那种感觉神奇而美妙，令他欲罢不能，让她欲语还羞。他和她都想好了，要这样好上一辈子的！

原先那么美好的一切，转眼就要泡灭了么？柳春雨心在滴血。不能让畜生陆根水梦做成了，不能让琴丫头离开自己。

那么，杨雪花怎么办？那个丫头的痴情比起琴丫头来有过之无不及。为了让他到她面前一趟，不惜那样作践自己。柳春雨到今天也忘不了她那动情的哭诉，真的把他的心肝五脏都揉碎了。叫人爱怜，叫人心疼，叫人不忍。可现实竟如此残忍而无情，柳春雨不能同时喜欢两个姑娘，更不可能同时跟她俩生活在一起。他必须做出选择。柳春雨清楚，这种选择，说到底就是放弃。他必须在琴丫头跟杨雪花之间，放弃一个。尽管，从柳春雨的内心里，对两个姑娘都是那样喜欢，琴丫头的柔情，杨雪花的痴情，都刀刻在了他的心头。

从某种意思上说，车路河工地事件，帮着柳春雨做出了选择，这种选择不管你承不承认，愿不愿意，都已经是客观的存在，不以柳春雨意志为转移。话说白了，事情发展到这种地步，柳春雨跟琴丫头断无在一起的可能矣。

香河一带，男男女女的事情，陆根水跟琴丫头不是头一桩，也绝不会是最后一桩。暗地里，你跟他好，她跟你好，随便到什么地步，外人不知道便相安无事。一旦闹得风言风语，瞒不起来，藏不起来，就有个约定俗成的规矩在。哪家小伙把人家姑娘肚子弄大了的，对不起，娶家去，男方家没有不肯一说。如若不肯，万一闹出人命来，事情不好收场，麻烦就大矣。如此这般了结，要是男方家不满意，旁人就会说，哪个要你家小伙嘴馋，偷腥的！不把人家姑娘娶家去，还怎么嫁得出去呢？对女方而言，话也好说，反正生米煮成熟饭，不嫁他家不行呢，日后一世的话把子，姑娘到别人家也抬不起头来。这样处理，话把子就不存在了。反正是他的人，迟一天早一天的，肉烂在自家锅里，肥水不流外人田。想想那小伙反正成了姑娘的男人，有人想嚼舌根，也没什么好嚼的。除非女方自个儿不愿意嫁把男方，那就另当别论。不过，女方不愿意的少得很，人生在世结婚生子，不也就这么回子事，就此了结，免得日后若干废话。

  没窝的野鸭哟，顶水游嗳，
  岸上的哥哥哟，顶风走。
  船上的妹子顶风唱啊，
  泪珠儿打在竹篙头。
  哥呀哥——
  莫问妹缘由，哎哟哟，
  莫问妹缘由。

  柳春雨听到了心爱女子的轻吟。确切说来，不是在轻吟，是在哭吟。他晓得，琴丫头心里长了棵黄连树，苦成一片。听着，听着，柳春雨内心愈加酸楚，泪噙眼眶矣。

  冬天的太阳，晒得芦苇脆脆的，"噼啪"作响。柳春雨和琴丫头进得芦荡之后，不约而同来到了上回两人在一起的地方。几个月的时光，这儿的一切都那样熟悉，只不过碧绿的芦苇，现在换了一身枯黄。荡子里的水草，依旧肥美。飞来飞去的小鸟，依旧轻快。只是"叽叽啾啾"的叫声，不再悦耳。

  柳春雨放下手中的小木桨，想从自己的船上跨到琴丫头的船上去。别，别过来！是琴丫头的声音么？一下子变得那样陌生。

  春雨哥，我就想再好好望望你，我要把你刻在我脑子里。春雨哥，我已经不是从前的我了。春雨哥，我晓得杨雪花并没有病入膏肓。她那是想你想得疯了，你往后就好好去爱她吧，她对你是真心的。春雨哥，我没得福气跟你在一起了，以前想过的一切都无法实现了。从今往后你就当这个世上从来不曾有过我这么一个人，把我忘掉！不然你心里头会很苦，苦了你我心不甘，对人家杨雪花也不公啊！

我会把我俩之间的那段美好一直带进坟墓里去。你是晓得的，在这个世上，我小琴不可能再喜欢第二个男人了。以后或许一年两年，或许一辈子，就这样行尸走肉似地活着吧，活一天算一天，再无奢望。春雨哥，日后在村里碰上了，你走你的，我走我的，你不要太在意我的感受。万一将来你跟杨雪花结了婚，望见你我还有来往，人家心里就不会安生。哪个女人不希望自己男人全心全意爱自己呢？你不要怪我无情无义，即便你跟我开口，我也不会搭腔的。我不能让旁人指着我的脊梁，骂我是个狐狸精，说我还想抢人家男人。要是那样子，我真没脸在这个世上活了。春雨哥，我不怪任何一个人，怪只怪老天有眼无珠，把我送给了陆根水；怪只怪我跟你没得夫妻的缘分，只能走过短短的一节。话说回来，有这短短的一节，也够我活一辈子，回味一辈子的了。春雨哥，我跟你今生缘分已尽，但求来世吧！

琴丫头哭泣，诉说，以泪洗面。临了，"扑通"一声，重重地跪在了船头上，额头磕在船板上，破了，鲜红的血滴在船板上，滴在荡子里。

柳春雨，早已泣不成声，一句话都说不出来。像根木头似的，竖在那儿，跟死了没二样。这刻儿，琴丫头额头磕出血来了，他才如梦初醒，一个健步跨到琴丫头船头上，一把搂着心爱的姑娘："小琴，小琴……"

两颗年轻的心在痛苦中燃烧着、熔化着。春雨哥，我心里好苦好苦啊……琴丫头的情感防线，这一刻荡然无存。他俩知道，过了今天，一切都将发生改变。两个人均格外动情，幻化成了两条咬籽的鱼,在小船舱里翻腾不息,扑通作响。小船在荡面上时而剧烈抖动,时而舒缓荡漾。时不时的有几只小鸟,从他俩头顶上飞过。

冬天的阳光照在芦荡上,照得荡里的芦苇黄灿灿的,给寒冬带来一丝暖意。

十九

陆根水到琴丫头家门上求亲了。

根水他妈为这件事找过吕鸭子,求她帮忙,好话说了几大箩,吕鸭子就是不答应,还说一定要打这件事的拦头板。

没办法,陆根水只有硬着头皮自己上门。

平常人家新女婿上门、通话时该派有的规矩礼:面盒担、茶食盒担,鱼啊,肉啊,一样不少。二侉子把陆根水领进门,在三奶奶牌位跟前磕了三个响头,着实响呢,陆根水回回额头着地。

琴丫头并不曾因为陆根水有真心、有诚意,就给他好脸色。堂屋里,陆根水跪着还不曾起身呢,琴丫头从里屋吼出来:"缺德鬼,死儿滚。哪个要你上我家门的。死儿滚。"说话间,把陆根水带来的盒担,踢得乱七八糟。

盒担里蹦出来的刀子鱼在地上乱跳,二侉子只是把刀子鱼拾进箬子里,也不阻拦妹妹。他晓得,妹妹心头的怨气大呢,总得给她个出气的地方。

陆根水在琴丫头骂得没有力气后,开始诉衷肠,赌咒发誓要对她好。这刻儿,只要琴丫头能熄火、消气,陆根水再恶毒的咒都敢赌、再低三下四的事都肯做。

陆根水在琴丫头家求亲的当口,他妈妈来娣子在香元家里寻死

/ 谎　媒 /

赖活。不是说，水妹已坚决不愿意再跟陆根水结婚么？这倒让来娣子了了一桩心头大难。要不然，她都不晓得怎么跟香元开这个口。为报答支书香元，她答应让自家小伙娶水妹的，一结婚当继父老子也在所不惜。可没想到根水弄出这种说不上台盘的事来，这个混账东西！

一头是水妹，一头是琴丫头。不娶水妹，就还不了香元的情；不娶琴丫头，要由人家万人骂，不仅骂你不是东西，还要骂我做娘老子的也不是东西。来娣子另有一番难念的经。

水妹不愿意再跟陆根水结婚，让来娣子过了一关。可香元死活不肯，非让水妹嫁把陆根水，否则必须打掉肚子里的肉疙瘩。水妹这边一点都不让步，既不肯嫁把陆根水，也不肯打掉肚子里的肉疙瘩。这样一来，香元着急了，不让陆根水去琴丫头家求亲，他不能让水妹站在白处。到时候，连个顶名分的都没有，把小孩生下来，不就成了私生子？香元的姑娘生私生子，那叫他一辈子别想在香河村抬头了！自己的支书还怎么当？！

一听说香元不让陆根水到琴丫头家求亲，来娣子急了。再怎儿说，她关心的是自家小伙，水妹怎儿说，她能帮多少帮多少。眼下，她帮不了水妹，只有帮自家小伙。于是，她反复劝香元，既然水妹子铁了心不想跟根水伙结婚，结了将来也是要散的，做父母的也省不了心。不如就听从水妹的意见。

哪晓得，来娣子话一出口，香元雷霆大怒，一个巴掌把来娣子打趴在了地上。我管教自家丫头，你个寡妇插什么嘴！根水伙他敢到琴丫头家求亲，我……

你果真不让根水伙去求亲？来娣子从地上爬起来，身上的泥灰也不掸，对香元的口声不对了。这是从来没有过的。

·165·

不能去就是不能去！香元态度硬得像一块铁板。

那我只有死在你家了，反正香元你听好了，我来娣子这大半辈子，生是你的人，死是你的鬼。来娣子吼起来，就要朝墙旮旯上撞。

这下子，巧罐子愣住了。她做梦也不曾想到，自家男将一直跟眼前这个寡妇有来往。巧罐子缓过神来，直奔香元，两人扭打起来。

正当两人撕打得不可开交，只听"嘭"的一声，来娣子倒在了地上，额头上鲜血直流。

水妹也大吼一声：你俩不要再打了，要出人命啦！

香元家乱成了一锅粥。

二十

三奶奶走了。丧事按老规矩做的，在香河村民们眼中，够得上"风光"一词。可二侉子晓得，老娘这些年来，一直有件事不满意。何事？一直没能抱上孙子！阿根伙，婆娘还不知在哪片天空上飞呢，当然指望不上。你二侉子结婚也有好几年了，你媳妇就是不开怀。逮个母鸡回来，总归要生蛋呢。娶个婆娘回来，一直没动静，也不找找原因。

平日里，二侉子心全放在代销店上，老娘的话，当下说了点点头，过后并不曾当作一回事情。可经过这一回，老娘说走就走了，做儿子的竟欠下老娘一世都无法还的债。古训云，不孝有三，无后为大。吕英子这个瘟婆娘，把我弄成了个不孝之人。看来，这个事情还真得上紧了，不能在我手上断了老王家的香火。

常听人家说，吃啥补啥。二侉子想想觉得蛮有道理的。自个儿跑到庄上杀猪的王老五家，悄悄跟人家订了几天的猪鞭。跟王老五说，要做秘方，此物作药引子用。

　　杀猪的王老五果然守信用，每天一到傍晚，都会把猪鞭亲自给二侉子送上门，侉二哥，你要的猪……抽烟，抽烟。药引子，嘿嘿，药引子。二侉子赶忙把一根纸烟送到王老五嘴上。这物件，在猪身体上毕竟部位特殊，还是不要直呼其名为好。二侉子手脚快，一根飞马，把王老五嘴给堵上了。

　　一连吃了几根猪鞭，二侉子感觉还真的跟以往不同矣。一到晚上，来代销店说闲的人散了之后，二侉子便催婆娘早睡。上了床之后，二侉子把自己变成了北京全聚德的同行——烤鸭师傅。把个吕鸭子翻过来覆过去，真当个烤鸭矣。急吼吼的，也就一根烟的工夫，浑身汗渍渍的，嘴里直喘粗气。歇菜矣！

　　睡吧，明晚再说。吕鸭子被二侉子扒得来扒得去的，不舒服。

　　哪个说的，抽根烟，歇把劲，再来！二侉子从床头柜上，拿起那包飞马，窸窸窣窣地掏出一根，点上，狠狠地吸一口，吐出长长的烟柱。

　　吕鸭子感到怪呢，自打二侉子想要个孩子，每回行房事，都把床头柜上的洋油灯捻得亮亮的。吕鸭子想熄，他不让。

　　得了什么瘟病？吕鸭子骂在心里，那盏灯还得任它亮着。

　　接连几个晚上，二侉子"三干"齐上，苦干，实干，加"23干"。说起这"23干"，实乃某次秘书给领导起草讲话时的草笔。一个"巧"字，笔头一快，成了"23"，领导早习惯了"照本宣科"，"23干"出笼矣。

　　实在说来，二侉子每晚对待吕鸭子，还真说不上"巧干"，相对而言，比较靠近"23干"。他有股子不达目誓不收兵韧劲，每回大概都超过了"23干"。

二侉子乐此不疲，吕鸭子早心烦气躁。终于，有一晚，吕鸭子发作了，把二侉子从身上拱到床下踏板上去了。天天弄，烦煞人了。你出去找别人吧！

这说的什么话？二侉子火了。本来几个晚上下来，二侉子费神、费力，净做无用功，心里就窝了一股火。现在吕鸭子竟然把自己掀了个人仰马翻，真是吃了豹子胆，胆大没魂了。二侉子哪里肯饶过吕鸭子，顺手拿起一只布鞋子，举起来就抽。要知道，此时的吕鸭子，身上一根布纱都没有，哪吃得消这鞋底抽？！

这日子没法过了，你个侉怂，打起婆娘来杀心这么重。我还不如死了算了。吕鸭子披头散发地，人样全无。

好你个瘟婆娘！这些年了，不曾给我们王家生个一男半女，倒还有理了？今天晚上不好好收拾你，你还不反了天？！二侉子气不打一处来，想想怄气呢。

这个吕鸭子跟丈夫顶起嘴来，还不肯吃男人的下风。她穿穿衣裳，出门了。这么晚了，死儿去哪里？二侉子嘴上问，并不曾阻拦。你管我？我去死把你望，叫你家断子绝孙。真是打起来没好拳，吵起来没好言。吕鸭子跟自家男人像生死活对头，前世的冤家。

这刻儿，二侉子真气得坐在床边上，抽闷烟，歇把劲。

有人跳河啦——有人跳河啦——

看场的癞扣伙、三狗子跟王老五他们，才日过一阵"白茄"（吹牛说故事），刚准备睡下，只听得香河里"轰通"一声，他们仨感觉不对劲儿。王老五脑子转得快，虽说他是个杀猪的，多多少少也沾上点儿买卖人的小聪明，杀猪卖肉，一靠手艺，二靠脑子。脑子转得慢能行吗？王老五对其他二人说，有人跳河了。快去，这大冬天的，跳河真想死呢。

/ 谎 媒 /

黑灯瞎火的，三个人跑到场边望了望，河里没得动静，一下子发现不了跳河的，事情麻烦了。得挨着香河的河岸依次找，这种天气，人在河里不被淹死，冻也会冻他个半死的。只有三个人，不行，人手不够，这才放开嗓子朝庄子上喊起来。

冬夜里的香河村，蛮寂静的，村民们各自归家，龙巷上空荡荡的。忽然有人喊，有人跳河啦——

一家一户的窗内，原本黑乎乎的，一个一个有了亮光。人命关天呢，家中有男人的都纷纷起来了。

二侉子这才意识到出事了。肯定是吕鸭子这个瘟婆娘，还真的跳河去了。赶紧叫醒阿根伙和琴丫头，快，快快，你家嫂子跳河了。一家三人急忙地往香河边直奔。

不一会儿，香河南岸边，一盏盏马灯，照着沉寂的香河，一下子亮堂了许多。岸上嘈杂声大。

是哪家呀？

说是"二侉子"家鸭子呢。

什么大不了事，要寻死赖活的。

说的是呢，两口子斗嘴哪家没得，弄得要死要活的，干啥子哟。

二侉子这刻儿，火上了堂屋，哪有闲工夫跟他们说事，带着阿根伙、琴丫头，从场头划了条小船，由河心往两边望。人在河岸上朝河里望望不远，也望不清爽，到了河心视野不同，自然容易发现目标。

这不，琴丫头举着马灯，朝前望，二侉子兄弟俩边划桨，边朝两边望。快，在那里，那棵大柳树下面！琴丫头尖叫起来，她发现前头不远的地方，吕鸭子抱着一棵大柳树的根，蹲在水里。快划，快划。琴丫头朝两个哥哥摆了摆手。

死不掉的。望见人了，二侉子嘴又硬起来。

船到吕鸭子跟前，只见她浑身像筛糠似的，直打抖，嘴唇也乌儿泛紫了。望见二侉子他们兄妹来了，吕鸭子身子还想往水里拱，被琴丫头一把抓住湿漉漉的棉袄，哥，还不快来帮把手，真想把嫂子冻死啊。琴丫头对二侉子吼道。

他情愿我死呢，我死了，他就能找个好的。吕鸭子"呜呜"地哭起来。岸上的人也纷纷朝这边拥了，找到了，找到了。这下子还好，不曾出人命。人群里叽叽喳喳的，说什么的都有。

二侉子并不曾因为婆娘跳河寻死，就放弃他的努力。

吕鸭子实在没办法了，只好红着脸去问水妹。水妹毕竟是个赤脚医生，懂这方面的事。她告诉吕鸭子，能不能怀上，不单单是女的事，男人的东西要有用才行。最好是检查下子，望望看，是什么问题。生儿育女是门科学，瞎来不行，蛮干更不行。

晚上，二侉子抽根烟歇把劲的当口，吕鸭子说，水妹让我俩去查一查，恐怕是有问题。要不然，这些年早该有了。吕鸭子说"有了"，意思就是怀孕了。乡里人说话蛮好玩的，有时粗得叫人不能入耳，有时又文绉绉的。比如这女人怀上小孩，城里人就会说怀孕了，乡里人不说怀孕，在他们看来把怀孕的事都说出嘴，蛮难为情的，说"有了"就不一样了。做婆娘的，跟男将一说"我有了"，除非男将是个"二百五"，不然都会懂的。

二侉子这一阵，也有些望"鸭"兴叹。听婆娘这样说，心想查一下也好。于是，把代销店交把琴丫头打理，两口子乘班船去了趟县城。

县城医院的诊断，让二侉子头脑"嗡"地一下子笆斗大。原来，问题偏偏出在他身上，精子无效！县城医院里的医生还说了，早几年来治疗，可能要好一些，现在没指望了，治好的可能性不大，得花一大笔钱。二侉子听了医生的话，识相地回家了，何必把钱往水里扔。种田开店得来的钱，没哪个是容易的。

这样的诊断结果，无疑给二侉子当头一棒。二侉子晕晕乎乎，不知南北，遑论东西。他像是身陷泥沼，浑身的力气用不上。不知如何是好。这样一来，吕鸭子轻闲了，舒服了许多。

吕鸭子轻闲舒服，并没有几晚，二侉子发话了：王家香火不能在我手上断了，我管不这么多了，你外去，给我讨个种回来。

这回，轮到吕鸭子脑子"嗡"的一声，大了。她倒是听说过，乡里有人家男人没得生育能力，让婆娘出去随便找个男的，跟人家睡上一觉，让自己有了，这叫借种。可她万万不曾想到，这种事情轮到她头上了。想想自己，除了好吃做媒之外，哪里也没话把旁人说，更不是腰里系不住裤带子，作风不正的婆娘。尽管乡里这样的婆娘有的是，可她吕鸭子不是的，她瞧不起那些人。

现在，她必须要去做自己都瞧不起的那种女人。吕鸭子五味杂陈，说不出是什么滋味。拿了二侉子给她预备好的钱，扎了个布兜子，里头放了几件换洗衣裳，出门了。

吕鸭子出去没几天，便回来了。快过年了呢，一个女人往哪儿跑？娘家不能去。不在家里忙年，被娘家人问起来，怎么好意思说出口呢？！吕鸭子前思后想，自有打算。

二侉子见面就问，"怎么这样快？事情办妥了？""把我当什么人啦，事情不办成，我怎么可能家来！"吕鸭子口气蛮硬的，像是把该做的都做了。二侉子这才放心了。

夜里，趁二侉子喝了点"大麦烧"，睡得呼呼的，吕鸭子摸到了小叔子阿根伙床上去。阿根伙睡得云里雾里，正迷糊呢，一翻身，身边多了个人，吓了一跳：哪个？

嘘，别喊，我。吕鸭子赶紧用手捂住阿根伙的嘴。阿根伙借着窗外月色的清辉，细细一望，傻了眼。嫂子不仅脸出现在他眼前，上半身光着呢，两只乳房，翘得蛮厉害的。

不是嫂子叫你学坏，也不是做嫂子的不正经，这些都是你家畜生哥哥逼的。

我哥哥逼的？阿根伙下意识地把自己的身子往开挪了挪，嘟囔了一句。别看阿根伙在女人堆里滑似个神，在自家嫂子面前，竟也缩手缩脚，不敢妄为。

家丑不可外扬，你小叔子也不是外人。你家哥哥底下那个东西中看不中用，射不出那个来，这些年我没怀一男半女，根子在他身上！他不想王家的香火在他手上断了，想要个孩子，发了疯了。我能养，他不行。最后逼着我出去借种。吕鸭子说到这儿，细声哭起来，着实委屈呢。

我想来想去，到外头借种也是借，还不如"肥水不落外人田"呢！你阿根伙帮嫂子怀上了，毕竟是你家老王家的种，再说你打光棍这些年了，嫂子送点把你尝尝，也不枉为个男人。话说到这个份儿上，吕鸭子脸反正撕破了，索性逗下子阿根伙，她就不信阿根伙能够把持住。

果然，听嫂子这么一说，阿根伙一下胆肥起来。吕鸭子强烈地感觉到，今夜之后，她要当妈妈了。

二十一

琴丫头答应了陆根水的求婚。吕鸭子一听说这事，吃饭时就在

/ 谎 媒 /

桌上摔了筷子。

她当然不相信琴丫头是真心同意嫁到陆家去。说，不是真心怎么能在一起过日子？吕鸭子这么一说，二侉子也火了：你这喜欢做媒的，怎么连"宁成千家婚，不毁一家亲"的道理都不懂呢？家里的事情怎么倒乱打拦头板了？在二侉子看来，春雨伙再好，也不可能和妹妹在一起了。有了旗杆荡发生的那件事，琴丫头不嫁给根水，谁愿意要二水货？！

琴丫头咬牙答应陆根水的求婚是有原因的。柳春雨定下了在正月初二和杨雪花办婚事。琴丫头她也要在这一天结婚，这是对陆根水的要求。只要同意结婚，陆根水自然是什么都答应。

柳春雨为什么这么急？据说是柳老先生的病越发地沉重了，医生说挨不到春上。

正月初二这一天，香河村柳家和陆家同时办起了婚事。

陆根水跟琴丫头两家因在本庄，隔得没多远，所以直接用的是轿子，不曾用轿子船。

轿子从陆家过来时，代销店门前放起了密匝匝的小鞭和"噼噼啪啪"的鞭炮。这刻儿，外头再热闹，似乎跟琴丫头无关，她静静地坐在自己的闺房里头，心里有说不出的苦。尽管马上要跟陆根水的轿子走了，就要成为他的婆娘，可她脑子里想着的，还是她的春雨哥。她晓得，春雨哥跟杨雪花也在今儿结婚，从此再无可能跟心爱的春雨哥在一起了。想着要和自己并不喜欢的人一起过一辈子，想着马上要离开自己的衣胞之地，想着没能看到自己成亲就去世的老娘，琴丫头的泪水止不住地来了。

当地风俗，新嫁娘哭是不能睁开眼睛的，说是新嫁娘的眼泪苦着呢，望到哪儿会苦到哪儿。这是哭嫁的说法，琴丫头才不管这些呢。她心里头，真苦啊。可，琴丫头的苦，到哪里去说呢？！

晚上陆家的喜宴上，琴丫头躲开闹喜酒的人，一个人坐进了洞房。她把朝着柳家的那扇窗户打开半扇，她要听柳春雨和杨雪花进洞房关状元门时的鞭炮声。

柳家的新娘子杨雪花是用轿子船接来的，尽管路途比陆家抬轿子远，但拜堂却比陆家早。据说，陆家新娘子进了陆家门之后，迟迟不肯拜堂。一直等到柳家新人拜堂鞭炮"噼噼啪啪"在龙巷上响起，陆家的新人才开始拜堂。

柳家的新房里，花烛跳跃着，在杨雪花看来是喜悦和欢庆的火苗。她嘴里喃喃地问道："春雨呀，我这不是在做梦吧？！"

柳春雨竟没能立即回答她，他也有点恍恍惚惚的。也不知自己是多喝了几盅，还是忙自己婚事欠觉，眼前迷迷糊糊的，总是出现琴丫头的影子。老是在想，这刻儿琴丫头在陆根水家仪式到了哪道程序了，是不是也像他跟眼前的杨雪花一样，马上要关状元门了。

随着拻妈奶奶一声高喊，关，状，元，门！洞房门"吱呀"一声，关上了。外面响起了一阵喧天响的鞭炮声……

这刻儿，村东头陆家发生了一件事情，柳春雨一点儿也不会知道了。

陆根水的状元门刚关上就被推开了，吕鸭子带来公社的公安人员，他们铐走了陆根水，新郎官成了强奸犯。

二十二

陆根水抓到公社派出所的当天晚上，就对强奸琴丫头的事情供认不讳。不过，没几天他还是被放了回来。琴丫头不承认强奸的事，还说当时是她主动的,是她在芦苇丛等的陆根水。

一阵折腾过后,香河村还是恢复了宁静,就像流向荡子的长水,激动一阵子,到了荡子里,回归平静。

柳春雨和杨雪花过上了安逸的生活,陆根水和琴丫头也过上了看起来平静的生活。这两对冤家在一个村子里,早不见晚见,低头不见抬头见,怎么相处呢?

春上,县里号召大搞积肥造肥运动,香河村自然也不例外。柳春雨和陆根水两家还真的碰到了一起。两家的罱泥船,在荡子里罱泥时摽上了。

芦荡到底生态环境好,水草多,淤泥也多,每年冬季都有人进荡子罱泥、罱渣。柳家的泥船由杨雪花撑着,柳春雨使泥罱子。这泥罱子,罱口固定着上下两根篾片子,长长的,扁扁的,把罱网子撑开来,好贴着河床把淤泥啃进罱网里来。罱网口的两根篾片子上均有铁爪子,好插在罱篙上,两根罱篙长长的,不长没用,水深罱篙短,罱子到不了河床,也就罱不到泥。柳春雨上船之前,专门请教过村里的三狗子,那家伙不仅拉纤摇橹好,罱泥、罱渣也是没得说的,呱呱叫。柳春雨晓得了,罱子下水心不能贪,估摸着自己的力道跟罱子重量基本相当,行了,不要把罱口再张了,得夹罱篙,罱子里头有一半多一点,便可回返了……

这些个关门过节,三狗子不仅告诉柳春雨听了,还带他上船,做给他看过了。因而,柳春雨小两口子一天下来,都能将两三船泥送进生产队的草粪塘里。

陆根水跟琴丫头小两口子也是一条罱泥船,就不中了。陆根水在村子上做农技员时间长了,平日里,虽说到大忙的时候也下地,但罱泥罱渣几乎不曾碰过。倒不是陆根水躲懒,而是过去香元做支书时,不让他这个农技员下河罱泥、罱渣。陆根水从公社里放回来以后,再也没有脸面做农技员了。可,做农活也不是件简单的事情,得懂行才行。

罱泥船上,琴丫头就苦了。她硬撑着接过了男人手中的泥罱子。这样一来,陆根水撑船,琴丫头罱泥。其实,在乡里女人罱泥也不是没有,少。琴丫头原本就细巧,不是个干重活的。眼下,又是个双身人。只是刚有的,琴丫头还不想告诉任何人。如此一来,让她拿泥罱子,就够她受的了。

在芦荡,两对小夫妻碰到了一起。开头,柳春雨只顾下罱篙,张开罱子朝前推,端罱子,夹起罱篙往上提。时不时地跟自家婆娘说句把闲话。当他几罱泥端进舱之后,直直腰,稍微歇下子的时候,发觉旁边一条船上,竟然是陆根水撑船,琴丫头罱泥。而且,琴丫头每提一把罱篙蛮吃力的样子,让柳春雨不忍心去望。柳春雨原本想忍着不吱声的,可偏偏琴丫头这当口一罱子泥不曾端得上来,脚下一滑跌在船头上。琴丫头一跌,重重地跌在柳春雨的心口上。这可是跟他曾经那么相爱的女人啊!他再也压制不住自己的情绪,朝杨雪花冷冷地说了句,把船靠过去。

没等杨雪花弄清爽自家男人要做什么,柳春雨丢下手中的罱篙,一个箭步上了陆根水的船。不由分说,上去就给正准备去搀自家婆娘的陆根水一拳,你个畜生东西,还算个男人?让自己女人家做这个?!

陆根水被这突如其来的一拳打懵了。倒是跌在船头上的琴丫头明白这一切,我家的事,用不着你来管。你走,不要在我家船上。跌下来都不曾哭的琴丫头,两句话不曾说完,号啕大哭起来。

我就要管,偏要管!柳春雨气呼呼地奔到船头来了,来抢琴丫

/ 谎 媒 /

头手中的罱篙。琴丫头手死死地抓着罱篙不丢,柳春雨用力硬掰也掰不开,两个人扭在了一起。

春雨啊,你这是做啥呢?有话不能好好说么?杨雪花在一旁劝说。连陆根水都呆子似的,愣在船尾上,一时失去了主张。杨雪花除了劝还能怎么办呢?没得你的事。柳春雨臭声臭气地吼了婆娘一句。

你是不是有了?是我的,是不是?借扭在一块的当口,柳春雨低声问琴丫头道。

不关你的事!琴丫头不曾正面回答柳春雨的问话。随后放大声音对柳春雨说,你说你要管,要管到什呢时候?可能管我一辈子?……

柳春雨无言可回,从琴丫头手中夺过罱篙,朝船尾上呆子似的陆根水吼道:拿篙子撑船。自己用力地把罱篙下到河里,接着猛抽上来……

一罱子一罱子乌黑的河泥进了琴丫头家的船舱。

芦荡的河泥真的是好呢,乌黑而发亮,看上去就晓得,肥得很。用这样子的肥料长庄稼,收成一定不会差。

二十三

吕鸭子到公社报案,带公安人员来抓陆根水这件事,按理要被二侉子一顿饱打,但她告诉二侉子自己是个双身人,二侉子想动一动指头的念头,瞬间打消。结果是,二侉子是一个指头也没有碰她。

说来也日鬼呢,二侉子像头老水牛儿似的,在她这块田上耕过来耙过去的,不晓得弄过多少遍了,没用,就是长不出庄稼来,没效果。那晚，就跟阿根伙睡了一晚，嗳，就不一样了，这块老荒田上冒出嫩苗儿来了。

吕鸭子望着二侉子像是蛮高兴的，心想，真是一百个呆子不同样，自家婆娘跟人家睡觉有了人家的种，他倒高兴得拾到宝贝似的。她本想告诉他，种不是外人的，是自家的种，说不定他会更高兴呢。可二侉子对此事，这么长时间以来，只字未提，她也就不好直说了。反过来一想，不说也罢了，说出来也不一定是好事，万一二侉子不高兴呢？！

倒是阿根伙不知道怎么想的，自此以后在吕鸭子面前抬不起头来，一个人搬到村里的鸭棚去住了。

吕鸭子的宝贝肚子最后还是掉了，那天她跌坐在鸭棚附近的水塘里，水塘里的水染红了。巧罐子正巧路过，才喊人来一起帮忙，将吕鸭子送进了村上大瓦屋医疗点。

村里有人说，吕鸭子是被她小叔子阿根伙重重地推了一把，滚落到水塘里的。

吕鸭子不承认，说不是这么回事。有人追根究底，她只得说自己是谎媒做多了，报应。

水妹生了，生了个九斤重的胖小子。

喜欢说闲的香河村人，这次倒是谁也没有再说个一句半句的。

还有，柳春耕回来了。

刊发于2010年第4期《钟山》
2020年1月修订于海陵莲花

冤
家

一

元宵节过后,年气就散了。腊月里回乡过年的打工的,便又做了一回分飞的劳燕。

这刻儿,香河村委会的红砖山墙前,停着一辆接人返城的大客车。三三两两的村民扛了背包行李,鼓鼓囊囊的,挤进车去,再从车窗里探出头来,和自家老婆孩子说两句,叮嘱些什么。说过的话,不止一遍了,还是要再说一说。

大客车是刘德根牵头租来的。一村男男女女四五十号人,把个大客车挤得满满当当的。还好,乡里人不讲究,没座位,站着挤着,都无所谓。好在是去楚县县城,个把小时就到了。香河村的人上北京、去上海、到广州、跑深圳,都要从楚县县城走。

"大伙儿相互望一下,人齐了么?齐了就开车。"刘德根站在车门口边朝里望数人头。

"就差……"

"差哪个?吞吞吐吐的,嘴里像含个死老鼠。"刘德根口声不太好。

"嗳嗳,德根伙,新新头来的,不要出口伤人。"说话的有些不高兴。"新新头来"是当地人指刚过了年,万事开头图个吉利。

/ 冤　家 /

"就差你的——陆巧英。"嘴快的指名道姓了。

一车哄笑，他们根本不顾忌刘德根家老婆粉娣子在车子里头。

"去去。"刘德根装着若无其事，拧开泡着龙井茶的罐头瓶喝了一口。

真是说曹操，曹操就到。身后有吵闹声，刘德根一转身，见张富贵和陆巧英两口子吵着闹着扭打着，过来了。

"德根伙，你个畜生滚出来，穷老子有账跟你算。"张富贵人没到，凶神恶煞的声音，一车人听得清清楚楚。

"难怪今儿出门时眼皮跳得厉害，原来真有事在等着呢。是福不是祸，是祸躲不过。"刘德根毕竟是村上唯一的老牌高中生，近些年又当农民工工头，长了见识，多了胆气。竟然面不改色地学起村干部的腔调：

"张富贵，这大过年的，有话为什么不能好好说？你看看你，哪有个大男人的样子。"说罢，迎着张富贵走过去。

张富贵手直指刘德根，吼道："你这个混账家伙，到底给我老婆喝了什么迷魂汤？她就是要跟你进城去，这个年我都不曾过得安稳。"

"你说的是什么屁话！你家老婆进城去打工，她赚的钱不曾拿家来么？"刘德根不屑地泼了罐头瓶里的茶叶。

陆巧英来劲了，有了撑腰的人，她一把推开丈夫："你个大男人，还讲不讲理？我进城打工，关人家刘德根什么事？村里妇女还有去上海、广州那些远地方打工呢，我只不过离家个把小时的路。再说，我还不是为这个家，为孩子和你。"

张富贵听老婆说这句话，愣了一下。这当儿陆巧英拨开他的手，抢了被褥行李挤上了车。

"哼！你还好意思说出口，为孩子？哪个的孩子？你说说看。"张富贵气不打一处来，气呼呼地要扑到车上去。

"开车，快开车。"车上人等得有些不耐烦了，也有人出于好心，不想让张富贵再纠缠陆巧英。

"开车！"刘德根在车窗外朝司机一挥手，大客车长鸣一声，车轮子卷起一股尘土，走了。

村委会红砖山墙前，留下了两个怒目相向的男人。

刘德根知道，陆巧英结婚后，身为丈夫的张富贵，一直在折磨她，日子过得不顺心。他说服陆巧英进城打工，赚钱在其次，让她少受些罪倒是最主要的。

对于张富贵来说，他找刘德根骂一顿，比闷在心里也好受一些。至于在众人面前出丑，出就出吧，谁能不丢丑？！再说，有些丑自己早就出了。

二

这些年，张富贵尽管还当着村里的农技员，但远不如从前风光了。说的也是，连村支书跟从前都不好比了，哪里还数得上他这个小小的农技员？村民们死种田的越来越少，几亩责任田，按时按季忙完了，便出外打工，赚点外快。田里一年到头出不了多少钱，倒是外出打工，一年下来能赚个万儿八千的，找到好的差事，还旱涝保收。

望着旁人家外出打工的，每年都能赚些钱回来，张富贵心里头也想出去。可早几年当村农技员养成的优越感，让他又放不下这个架子。在他心里，自己大小是个村干部，跟在刘德根他们后边去打工，脸上挂不住。这打工，跟早先"外流"，有什么两样？而早先的"外流户"是被人瞧不起的。现如今，倒吃香起来了。真是改革开放，啥都不一样。

张富贵思前想后，咬咬牙，不得已才同意老婆加入进城打工的行列。

几年下来，陆巧英为家里是带回了些钱，也为张富贵带回了顶"绿帽子"。村上人过耳传言的，说陆巧英在城里打工，跟刘德根又好上了。

起先，让老婆去的时候，张富贵不是没想到这一层。一来那数在手上挺刮刮的人民币，让他眼睛发亮。在外打工的，每年回来过年时都会兑换些崭新的钞票。出人情时，包出去，跟平时手头用的不一样，面子上好看多了。似乎包了五十块，倒成了一百块。其实，再新的钱，面值也不会多出一分来。可，在村民们心里，还真的有这种感觉。接过崭新的红喜包，打心里头欢喜。人啊，怪呢！

再者，这进楚县县城打工，也就个把小时的路，万一有什么事，张富贵说去就能去。南京、上海可就远了，出了事鞭长莫及，不行。更主要的，这刘德根是夫妻俩一起打工，他张富贵心想，再怎么说，刘德根家老婆总会看住自家男人的，不可能让刘德根再跟陆巧英死灰复燃。天下没有肯主动让出自己男人的女人，这点，张富贵坚信不疑。进楚县县城打工的，四五十人，在一处工地做工，人多眼众的，谅他刘德根有这个贼心，也没得这个贼胆。果真有事，瞒也瞒不住，张富贵在家里也会知道。

头两年，还好。张富贵没发觉陆巧英进城打工后有什么变化，他数着老婆带回来的新票子，手感好，心里头更安逸。说句没出息的话，比他跟陆巧英行房事都要舒坦。

不提"那个"还罢了。今年年前，陆巧英这个瘟老婆，从城里回来明显不同了，穷老子都碰不到了。每回上床，她都是屁股朝他。再加上陆巧英推三阻四的，让张富贵败兴。哼！此处不留爷，自有留爷处。张富贵在心里对自己说。

俗话说，捉贼拿赃，捉奸拿双。张富贵再怎儿怀疑自家老婆和刘德根有一腿，也只能是怀疑，他没办法证明。

但，张富贵手里有一张牌，任何时候拿出来，她陆巧英、刘德根都得认，没嘴开口。用香河村人的话说，陆巧英、刘德根还真有"疼指头"夹在张富贵的门缝里头呢。

三

张富贵的女儿张玉香，在张富贵嘴里喊起来都是"细丫头"长，"细丫头"短的，从没听他正正规规叫过玉香。细丫头在村小读六年级，与刘德根家细小伙刘嘉宝同班。张玉香尽管比刘嘉宝大两岁，但上学读书却是同一年。张富贵重男轻女的想法蛮厉害的，他认为女生外相，迟早是人家的人，上再多的学，读再多的书，没用。

与张玉香不同，刘嘉宝提早两年就进了学校。本来，一直崇尚旧时礼数的爷爷刘国祯，在细孙子上学这件事上比哪个都开通。他很是相信电视上整天都在播的早教、胎教理论，说是小孩子智力要早开发，越早越好。因而，刘嘉宝六岁时上了一年级。

当然，不把细丫头早点儿上学，张富贵骨子里头还有个"心病"，陆巧英晓得。

香河小学由原先的两个复式班，一三班、二四班，发展成为现在一到六年级齐全的完全村小，是近几年的事。虽说从只有两个复式班,到六个年级都有,在一个农村小学来说是个不小的进步,但,跟城里小学还是不好比。城里小学,一般一到六年级都是全的,一个年级一个班;规模大的,一个年级还不止一个班,全校就会有十几、二十几个班。香河村小学一个年级一个班,因而全校只有六个班。

变成完小之后,变化最大的要数谭校长。这个谭校长,原本是个"校长兼校工,上课代打钟"的角色,学校仅有两个复式班时,他也担着二四班的课。现在可不一样了,只给高年级同学上上思想品德课,像模像样地当起校长来了。

谭校长身为一校之领导,就得掌握全校的情况,发现不好的苗头要及时做工作,以维持学校正常的教学秩序,还有学校的整体形象。学校形象这一点,在谭校长看来,尤为重要。

张玉香最近闹出的一件事,传到了谭校长的耳朵里,问题严重了。

这件事不仅让张玉香在她的班上成为笑谈,抬不起头来,还让刘德根的儿子刘嘉宝趁机好好地耍弄了她一回。

事情和吃有关。张玉香有些后悔自己的嘴馋,但更是把搅事的刘嘉宝恨之入骨。

当时,教语文的刘老师正在六班的教室里给同学们讲解作文题,在黑板上刚写下七个蛮秀气的粉笔字"记一件有趣的事",他拍拍手上的粉笔灰,开口说道:"同学们注意,要写好这篇作文,关键……"

"报告!"刘老师的话还没有展开来,忽听教室门口有人喊了一声。只见张玉香嘴唇肿得亮鼓鼓的,站在教室门口,低着头,一副理亏见不得人的样子。没有老师的允许,迟到的学生是不敢自己走上座位的。这是香河小学的规矩。

这下子,让刘嘉宝高兴得不得了。张玉香啊,张玉香,劝你不要出旁人洋相,你不听。这回出丑出大了,细嘴儿被蜜蜂蜇得像个紫葡萄了。现在,轮到你送给我笑了。真是老天有眼,一报还一报!

起初,张玉香还想隐瞒嘴肿的原因,说是不小心跌跟头跌的。既然是跌的,以后走路要小心。刘老师轻轻拍了拍张玉香的肩头,准备让她上位子,刘老师也好接着讲作文,提醒同学们怎样把一件有趣的事写好。可张玉香的嘴,瞒得过刘老师,怎么能瞒得过刘嘉宝他们这帮细猴头呢?

"报告刘老师,张玉香她说谎,她的嘴不是跌跟头跌的,是掏蜂蜜,被蜇肿的。"刘嘉宝急吼吼地从座位上站了起来。

"什么,掏蜂蜜?你怎么知道的?"刘老师转身问刘嘉宝。

"我们村里小孩子,都掏蜂蜜,差不多都被蜇过。这个,我有经验。只不过,有时是被蜜蜂蜇,有时被马蜂蜇。张玉香嘴肿得不轻,发紫了,估计不是蜜蜂,是马蜂。马蜂的毒性大。"刘嘉宝进一步展示着他的实践经验。刘嘉宝说的马蜂,是一种野生昆虫,尾部有长长的刺,蜇到人会疼会肿。

这还了得,张玉香你个女学生,嘴馋到什么样子了,居然不准时上课,在外边掏蜂蜜,而且把嘴弄成了个紫葡萄。真是太不像话!刘老师气呼呼的,一把将准备上位子的张玉香拽回门口:"站好了,好好想想,以后还干不干这样的事了!"

"刘老师,我不敢了,以后再也不敢了。"张玉香垂着头,眼泪汪汪的,说话都带哭腔了。

"刘老师,我写张玉香掏蜂蜜,嘴被蜇成了紫葡萄,算不算一件有趣的事?"刘嘉宝并没有轻易放过张玉香,他想好好地出出张玉香的洋相。哪个要她处处跟自己作对,让自己在班上丢丑的吵!刘嘉宝一脸的得意。

"刘嘉宝坐下,别瞎起哄。张玉香先上位子,下课到我办公室来。"刘老师做出简单处理之后,继续对"记一件有趣的事"作文题的讲解。

四

放学的时候太阳还不曾完全落下去,红灯笼似的挂在西天上。

回家的路上,刘嘉宝和班上的一帮细猴头,围着嘴肿得紫葡萄一般的张玉香起哄:

"张玉香,好吃精,扒树根,扒到洋钱跟我分。"张玉香气得拿布书包往刘嘉宝身上砸。"噢——噢——"一群细猴子,起哄更带劲儿了。

不一会儿,细男生们都追随着刘嘉宝这个孩子王,奔到前面去了。路过村委会时,就剩下张玉香一个人。望着那熟悉的土墙上,一个一个蜜蜂洞,那可是让她在班上出丑的蜜蜂洞啊!

顺便说一句,这村委会的房子可算是"老古董"了,前后土坯墙,两面山墙用红砖,曾在农村时兴过一阵。不过,现时村民们早就是青砖红瓦房了,有的都盖起了两层小楼。只有这村委会,虽说从原先的大队部改叫村委会了,房子依旧老样子。也有嘴尖的,说香河村这些年成了"空壳村",集体经济被掏空了。话说回来,"老古董"有"老古董"的好处,如若重砌成砖墙,那张玉香怎儿掏蜂蜜呢?

不管这蜜蜂曾经给张玉香带来过多少快乐，这会子，张玉香气呼呼地，书包往地上一掼，捡起地上的细土块子，一个一个往蜜蜂洞里塞。她要把所有的蜜蜂洞都堵上，让那些可恶的蜜蜂都闷死在洞里。看起来，她气得有点发糊了。刘嘉宝说得完全对，又不是蜜蜂蜇的你，是马蜂蜇的。你张玉香怎么能把气出在蜜蜂身上呢？更何况，你张玉香罚站时在刘老师面前表态说再也不掏蜂蜜了，怎么可能做得到呢？那蜜蜂嗡嗡一飞，黄霜霜的蜂蜜在洞口露出来，你张玉香不去掏才怪呢。

村委会墙上的蜜蜂洞也实在太多了，张玉香根本没办法全堵上。被马蜂蜇了的嘴有点疼丝丝的。张玉香索性坐在墙根下，用小手轻轻捂着嘴，嘶气。

嘴肿受点儿疼，自己能忍。可回到家，她父亲张富贵肯定不会有好果子给她吃的。张富贵要是知道她嘴因为掏蜂蜜而肿成这样，不但不会心疼，挨顿打是免不了的。当然，妈妈陆巧英是会心疼的。可妈妈年一过就进城打工去了。现在，让她回家，张玉香有些害怕。

想着，想着，不一会儿，小玉香在墙根下睡着了。

早春的天气，总是雨蒙蒙的，难得有眼前的好太阳。香河村村委会的一面土墙上，三三两两的野蜜蜂们，似乎刚从菜花田里采了花蜜，"嗡嗡嗡"地往自己窝里飞呢。这蜜蜂窝，有做在屋檐下的芦柴管子里头的，也有做在稍微高一点儿的土墙上面的洞穴中的。蜜蜂做窝，为的是储藏蜂蜜。一眼望上去，一面墙上，洞儿眼儿的，高高低低，大小不一。檐口稍微大一些个的芦柴顶端，有野蜜蜂进出，口边上沾满了蜂蜜，黄霜霜的，真像霜似的下了一层呢，叫小孩子们望见了忍不住要上去用舌头舔。那露在外面的蜂蜜实在太诱人了。

　　这刻儿，望着飞来飞去的野蜜蜂，望着屋檐口芦柴管子口边上沾着的蜂蜜，张玉香的咽喉，不由自主蠕动起来，就差淌口水了。

　　还好，村委会这面土墙跟前，这会子没得旁人，张玉香也就放心大胆了许多。不用怕被大人或者说其他小孩子望见了，会嘲笑她是个好吃精，是个小馋猫。没有闲人，小玉香就专心掏起她想要的蜂蜜来。她可是个掏蜂蜜的老手，用一根芦柴棒子，伸到蜜蜂的洞穴里，轻轻捣几下，只要一碰到蜜蜂，蜜蜂就会从洞口飞走。这样一来，玉香便可逸事逸当地把洞里的蜂蜜掏出来，放到嘴里咂吧咂吧，尝尝甜不甜。接着，再选择下一个目标。

　　一面墙上，有的洞里边不仅没得蜂蜜，还可能有马蜂，再有的洞穴里边会有喜喜蛛儿，爬得到处是丝，粘滋滋的，粘到手上弄都难弄得清，不舒服。要说对掏蜂蜜的洞口说出个一二三来，没有。这种眼功靠实践。张玉香她就是会选，你问她为什么选这个洞，而不选那个洞，道理她肯定说不上来，但她就是知道这样选，而不是那样选。这功劳归结于她经常到村委会这面土墙上实践的结果。

　　张玉香连续掏了几个洞，只有洞口边有一些蜂蜜，洞里头蜜并不多。于是，她把眼光转移到了屋檐下口的芦柴上。张玉香从村委会墙角搬来几块砖头，垒起来，站上去。好容易碰到屋檐了，掏起蜂蜜来还是不怎么爽手。实在没办法，张玉香只好来点儿小小的破坏活动。把自己选好的蜂窝（那根芦柴），从屋檐口抽出来。也不是完全抽下来，抽到可以折断，而不会损害蜂窝时，便用力折断。芦柴脆得很，很容易折断的。这时，张玉香把折断的芦柴管子就到眼睛上探望了一下，里头黄霜霜的，蜂蜜不少。张玉香于是将芦柴管子就到嘴边上，用手指头轻弹一下子，让里头的蜂蜜松动松动，之后便乖乖地滚进自己的嘴里去。

小玉香咂吧咂吧小嘴巴，伸出舌尖舔了舔。这蜂蜜，真的是甜！

"哎呀！"张玉香只感到嘴唇被狠狠地蜇了一下，连忙甩掉手中的芦柴管子，一只马蜂从芦柴管子里飞了出来。你这个坏东西，怎么又来蜇我了！张玉香挥手就打。这一打，打在了自己的脸上，嘴更疼了。

张玉香睁开迷迷糊糊的眼睛，一看，自己怎么在村委会的墙根下睡着了？原来，在梦中，她又掏了一次蜂蜜。

五

张玉香上课迟到，在外头掏蜂蜜，自己的嘴被马蜂蜇得肿得像个紫葡萄，这还了得？香河小学的学生怎么能是个馋猫的形象呢？这形象的问题太重要了。谭校长知道了，就不能不过问。于是谭校长决定到张玉香家做一次家访，找张玉香的父亲张富贵谈一下。在谭校长看来，学生中的不好风气要及时扼制住，不能任其蔓延，更不能助长。后来，因为一件更为严重的事情，谭校长还专门登过一次张玉香家的门，事情虽然也跟张玉香有关，但根子主要通在她父亲张富贵身上。此为后话，容稍后再叙。

"家里有人吗？"谭校长来到张玉香家院门口，就着半敞着的院门朝里喊了一声。他知道，傍晚时分，张玉香家里肯定有人。他没有贸然闯进，而是站在院门外询问一声，纯粹是个礼节。因为今天是来跟张富贵谈正事的。

"有，有人。"在家看电视的张富贵，随即应声道。张玉香放学后在院子里做家庭作业，听出了谭校长的声音，连忙丢下手中的作业本，去把院门完完全全地打开，把谭校长迎进来。

"是什么风把谭大校长吹到我家来了？"张富贵从内屋出来，脸上露着笑，跟谭校长打招呼。

"说什么谭大校长，我到你家来属正常家访。张玉香同学，你先把作业本拿到其他同学家去做，我要单独和你爸爸谈话。"谭校长边说边在张富贵的示意下，在张家堂屋八仙桌边坐了下来。

"茶我来倒，你出去，脚步带点快。"张富贵从细丫头手里接过热水瓶，说话的口声不太好。

张玉香再怎么想留下来听校长和父亲之间的谈话，也不行了，只得收起家庭作业本，出院门，到同学家去。

张玉香一离开，谭校长便和张富贵拉呱起来。

"这一阵子，在家忙什么呢？"谭校长并没有一开始就切入正题，而是问了一句寻常话。哪知道，他这一问，让张富贵原本就不痛快的心里头，牢骚更大。

"你谭大校长还不清楚么，村子上哪还有我什么事啊？大集体时我还能派上点用场，农作物治虫施肥呀，田间管理呀，哪个环节少得了我张富贵？"

"那是当然的。你这个农技员当的，没话说。"谭校长捧着张富贵倒的茶，边喝边宽慰着张富贵的心。

"现如今不比从前啰，我除了在自家承包地上捣弄捣弄，只得在家看电视。一天到晚，无事可干，英雄无用武之地呀！"张富贵虽然在发着牢骚，并没忘给谭校长茶杯里加水。

张富贵说的倒是实情。如今香河村几乎每家每户都有在外打工的，不少是两口子都不在家。家中的责任田，只是在收种之时回来忙一忙，平常就交给家中老人管理管理。家中没有老人的就交给别人代管，一亩田给点儿管理费。当然，也有抛荒的，连收种之事都懒得做，自然无须回村。现时站在村口龙巷上一眼望下去，来来往往的，不是老的就是小的，还有就是妇女，所谓"996138"部队是也。你还别说，用"99重阳节""61儿童节"和"38妇女节"来说明农村人口现状，还真是准确形象。如今香河村上，像张富贵这样的壮劳力少之又少。

"富贵啊，你这个农技员如今没法当，难道说我这个校长就好当？这六个班也几百号人呢，正如你所说，绝大多数父母都不在村子里，都是些留守儿童。上头三令五申要重视留守儿童的教育问题，这不，你家张玉香同学也算是半个留守儿童，最近在学校表现可不太好啊。"

这"半个留守儿童"恐怕是谭校长的发明，他用意很明确，强调此次家访的重要性，让张富贵必须高度重视。现在有一种风气，上头强调什么重要，下面做工作时想方设法都要往上靠。谭校长把张富贵家细丫头定为"半个留守儿童"，便是一例。

这刻儿，谭校长才把张富贵家细丫头近来在校表现，一五一十地做了介绍，希望张富贵好好教育张玉香。你说说看，上课迟到，竟然是在外头掏蜂蜜，还把自己的嘴蜇得肿成了紫葡萄似的，影响多不好。谭校长严肃提出，仅有你张富贵的教育还远远不够，男人粗气大马猴的，哪有做妈妈的细心，耐心哟，张玉香的母亲也要抽时间回来回来，关心自己的孩子，不能只顾进城做工赚钱。再说楚县县城到香河蛮便当的，个把小时罢了。

谭校长在场，张富贵强忍着心头的怒气，发作不起来："谭校长放心，我家细丫头，我一定管教，一定！"

谭校长前脚走,张富贵站在自家院门口恶声恶气地骂了起来:"玉香你个细瘟丫头,还不快死家来,穷老子有话要问你。"

六

楚县县城长安路拆建,工程量大得很。南北好几里路长,成百上千的人家,老平房要统统拆掉,先留出几十米宽的马路,再在路两侧新建商品房,这一拆一建,需要的人力不得少。

刘德根带着香河村一帮打工的,在长安路忙拆迁好几个月了。毕竟是公家的事,没有拖欠拆迁费这一说。在外打工,图的就是多赚快钱。拿不到工钱,那打工还打的个什么劲儿?可,还真有人敢不给农民工工钱。刘德根他们知道,电视上有这方面的报道。多半是为私营老板做工程,到工程要结束了,承诺的款项不能完全兑现的,有;拖欠着"千年不给,万年不还",明摆着拿不到钱,也有;包工头私吞了钱款,溜之大吉的,同样有。

这些年来,刘德根带着几十号村民,在楚县县城南北四门做工程,没发生过一次拿不到钱款的事。这让跟在他后面的村民们很是信任他,都愿意继续跟他干。他本人自然意识到这份信任来之不易,接工程慎之又慎。人过留名,雁过留声。老父亲刘国祯是个上过私塾、念过"子曰"之人,很重旧礼,对他灌输得不少。因而在刘德根眼里,对自己一年赚多少钱,看得并不重。而每年要过年了,一帮人跟着他开开心心回村,大年初一,各家各户先要到他刘德根门上拜年打招呼,盛情的一定要请他和老父亲吃顿饭,弄得家门口比村支书家都热闹。每逢这时,老父亲刘国祯总是笑容可掬地给来客递烟,妻子粉娣子则忙着倒茶。刘德根心里头甭提多舒坦了,一年的辛苦，值！他对自己说。

　　刘德根干包工头这些年都是在楚县县城转，也有人劝他到北京、上海，或者广州、深圳，说是那些大地方挣钱多，当包工头油水足。刘德根不动心。人生地不熟，找个人门都摸不进，揽活接工程，谈何容易？楚县县城就不一样了，这些年多多少少结识了一些关键人，有事总能帮忙打打招呼。再说，刘德根这些年在楚县县城做的工程，口碑不错，只要一提到他，没有半点废话。愿意为刘德根伸出大拇指点赞的，不在少数。

　　这样一来，在某些事情上，刘德根想人家为自己打招呼，也好开口。还有一层，刘德根自己心里清楚，他带的这帮人，就是拆拆搬搬的，靠的主要是力气，没有多少技术含量，跑出去没有多少竞争力。

　　这不，刘德根他自己通过熟人的关系，还在建工局办的建筑工程项目经理培训班上进修呢，手下几个年轻一些的小伙子，也被他安插进了建工局另外一个土木工程短训班。刘德根晓得，仅靠卖力气，是长远不了的。

　　陆巧英这几年一直跟在刘德根后头打工。刚来时，刘德根安排她和自己老婆粉娣子一块给大伙儿烧饭。几十号人呢，粉娣子一人忙不过来，有个头疼脑热的，实在忙不及，只得叫快餐，几块钱一份，贵得很。没办法，做工的总不能饿着肚子上工。而这些做工的，吃的是包伙制，每月缴刘德根一些伙食费，刘德根负责安排他们一个月的吃住。碰到买快餐之类，那就得刘德根倒贴钱。

　　进城打工之后，陆巧英起早带晚，天没亮起来去菜场买菜，拎着个大箩子，起先是和粉娣子一块去，买些个青菜、豆腐之类，再打几斤肉，能做出个四菜一汤就不错了。有一阵子上头对各级干部的吃喝抓得紧了，其用餐标准就是"四菜一汤"。民间因此还有了顺口溜呢："四菜一汤，吃到中央。"

外出打工，吃上没人那么讲究，吃饱就行。粉娣子和陆巧英一块买菜，自然是粉娣子做主，买什么不买什么，分量多少，陆巧英都不管，跟在粉娣子后面拎菜箸子就是了。后来，粉娣子干脆不买菜了，陆巧英一个人买菜。

陆巧英细着呢，每天哪样菜买多少，价钱如何，总共用去多少钱，她都记账，清清爽爽，交给粉娣子审。这弄得粉娣子不好意思："巧英子，你没必要这样顶真，乡里乡亲的，难不成我还信不过你吗？有个账，好跟大伙儿交差就行了。""你话说得没错，可规矩还是要讲的。"陆巧英心里想，你家男人是包工头，也就是这一帮人的老板，你粉娣子就是老板娘，替自家男人管些事，我毕竟是来打工的，向你报账，应该的。

在陆巧英心底里，有句话深藏着。要不是张富贵这个挨千刀的，做出畜生事，如今在工地上管账的，哪轮到你粉娣子？

一天忙下来，晚上，陆巧英还想着法子为第二天早饭准备些个熬饥的吃食，诸如用面粉涨窖，第二天早上好摊面饼；磨些碎米粉，早晨往粥锅里剜圪垯。偶或，也会买点油条烧饼，让大伙儿换换口味。这帮打工的，年轻力壮的，干的又是力气活儿，肚子里没得点儿实在货哪行。陆巧英给大伙儿烧饭，用心呢。几十号人，没有不满意的。

平常无事，一日三餐，不用赘言。一个月下来，发工资了，包工头刘德根见大伙儿挺卖力的，偶尔也会让陆巧英、粉娣子给加几个菜，买几瓶板桥大曲，大伙儿聚聚餐，高兴高兴。有时候，是大伙儿凑份子，每人出几块钱，让陆巧英去办酒办菜。

　　一帮离家的男人，几杯猫尿下肚子，嘴里荤话就来了。哪家老婆奶子大，哪家老婆屁股翘，不离口了。说着说着，身体某个部位来反应了，还真的有人便会连夜奔回香河。用他们自己的话说，火上堂往家奔。

　　自然也有男人打陆巧英的主意。这陆巧英，生得白白净净的瓜子脸，高高挑挑的身材，虽说丫头都十来岁了，胸子还是鼓鼓的，挺迷人的，叫哪个男人望了都眼馋，更何况是一帮离了热被窝的呢？！

　　可眼馋归眼馋，哪个也不敢下手。这么说吧，这帮打工的，醉酒状态下，看陆巧英时，一个个都把自己变成了一头狼，眼中直冒绿光。那么，工地上有一个人在那一刻就是头狮子，眼中喷火，令人见了胆寒，识相地滚蛋，离陆巧英越远越安全，否则小命难保。

　　有一天，也是月底结算工钱，刘德根吩咐加菜聚餐，因为刚从城里一个局长手里拿到一单新拆迁工程，地点还在长安路上。这长安路好几个工段呢，能继续在这儿做，省得搬东搬西的，安顿几十号人蛮麻烦的。而在长安路上做拆迁，条件比其他地方好得多。单就住宿，就不必像以往搭工棚。刘德根他们自从进了长安路工地，就一直住在拆迁户家里面。拆迁总是有先后要求的，尽管一片房屋要拆，主家早已搬走，但哪个也没这个本事，手一挥让它统统都倒掉。得一户一户地拆，从房子上拆下来的砖瓦、木料得一样一样地运走。这样一来，刘德根他们就能先住进拆迁户空房子里去。自然，也要得到相关部门管事的认可，否则是不行的。刘德根在这方面关系没得说，因而住进去不费难。这不，手头工程还有个把月的拆运量,新工程又到手了,并且不要动身,真是件求之不得的好事。

刘德根新消息一宣布,大伙儿都高兴,一高兴就都争着敬刘老板酒。就连从来不喝酒的陆巧英也端起了杯子,站到了刘德根跟前。这个面子刘德根得给,说了句,"苦了你!"一仰脖子,半玻璃杯,全进了喉咙。

刘德根酒多了,粉娣子、陆巧英和几个工友一块把他抬到陆巧英的床上,让他先歇会儿。陆巧英住的一处平房蛮宽敞的,刘德根让做了大伙儿的食堂。工地上只有粉娣子和陆巧英两个女人,粉娣子自然是跟刘德根住一起。陆巧英一人单住,她又负责烧饭,如此安排蛮妥当的。

一帮男人喝得再高兴,没得刘德根在场,兴致也就不高了。聚餐结束时,刘德根躺在陆巧英床上,睡得死猪似的。"他醉了,现在不能动。我等下子再走。大伙儿先散吧。"粉娣子边说边示意大伙儿离开。

一帮酒气熏天的男人刚离开,粉娣子转身也跨出了门。"粉娣子,你这是做什么?德根留在这儿怎么行呢?"陆巧英见粉娣子要走,连忙拽住她,脸上有些不自然。"今儿你就辛苦下子,明天早饭我过来烧。""你怎么能把他丢在我这儿呢?""他一个大男人,难不成我还怕你把他吃了?"粉娣子轻轻推开了陆巧英的手,回自己的住处。有些事情尽管过去多年,粉娣子清楚得很。两个女人,心知肚明。

粉娣子走了以后,陆巧英呆坐了一会儿。再后来,她给刘德根额头上放了块湿毛巾。她知道,喝了酒,头不舒服。看样子,刘德根得睡上一会儿才行。

坐到床边,望着眼前这个不省人事的男人,陆巧英心中说不出是什么滋味。

七

"过来，巧英子快过来，到我这儿来。"

"嘘，小点声。就你是个急猴子，还高中生呢。"

香河村一处土场上，稻草垛子间，刘德根和陆巧英两个青年男女，紧紧搂在一起，两只舌头，一下子就找准了方向。要想彼此安静地待着，有些难。有一方的进攻性似乎更强一些，总是想缠绕着对方。这当口，有两只手一直不曾闲着，在属于自己的领地，不停重复着两个动作：搓，揉。

"德根哥，你可不能负我。"

"巧英，我爱你。"

这刻儿，两个人的身体变成了两条蛇。一条水蛇紧贴着同伴，在缠绕。另一条火赤练（乡间常见的一种蛇，身子呈赤色，有毒），在被缠绕中快速膨胀。两个年轻人，很快把自己埋进了草垛子。

"德根哥，我怕是'有了'。"

"这是真的？我就要有儿子啦？"

"去去，还高中生呢，重男轻女。人家要你说，现在该怎么办？"

"好办！让我父亲找出个人来，到你家门上说亲，正月里就把婚事办了，不显山不露水，你我逸事逸当做爸爸，做妈妈。"

草垛子里，一对恋人的声音，有股掩饰不住的兴奋。

"巧英，英子，我心里苦啊……"突然，睡在陆巧英床上的刘德根号啕大哭起来，把愣了半天神的女人从往昔美好的回忆中惊醒。

陆巧英拾起刘德根额头上滚落下来的毛巾，在脸盆里搓了搓，重新给他敷上："德根哥，你心里苦，难不成我巧英子心里就不苦么？这都是命里注定的，你我没得做夫妻的缘分。"陆巧英眼中噙着泪水。

"张富贵，我操你祖宗！"刘德根忽然翻身，坐在床上，像头怒吼的狮子，眼中喷射出愤恨的火焰。刘德根再烂醉如泥，有一点他心里清楚得很，要不是张富贵在棉花田里把陆巧英奸污了，要不是迂腐的老父亲不同意这门亲事，刘德根说什么也要跟他心爱的巧英子成亲的，更何况他们已经有了爱情的结晶。

"快躺下，你喝多了。如今说这些有什么用？认命吧。"陆巧英扶着眼前这个曾相爱多年，至今都不能从心头抹去的男人，心中唯有酸楚。

"你不知道，一想到张富贵个畜生和你睡在一张床上，我心口就堵得慌，就发毛，就想动手打人。"

"那你身边不也睡着粉娣子么？"

"你哪里知道，我闭上眼睛，想的还是你。这么多年了，夜夜如此。"刘德根说着，伸手想拽巧英子上床。

"你醉了，不行。"

"你呀，看来都不如粉娣子懂我啰！"

"说到底，你也跟别的男人一样！吃着自己碗里的，望着人家锅里的。"

"你这可就冤枉我了，进城这么多年，街上不三不四的女人多的是，我惹过吗？"刘德根像是把酒都说醒了。

"总归有一天，你也会嫌弃我的。死鬼张富贵又总是不停地找你闹，你也会厌烦的。"

"你说哪去了？天下人嫌弃，我刘德根都不会嫌弃。"望着坐在床边上十分苦楚的女人，刘德根一把把她搂进了怀里。

八

"吱——""吱——"

知了在村树上一喊，夏天就到了。里下河水乡，夏季原本就湿热，这知了正如歌里唱的，"在声声地叫着夏天"，在枝头叫个不住气，让人觉得更躁了。夏日里的香河，成了刘嘉宝他们这帮细猴子的天然浴场，成了他们的水上乐园。

"快来望呀，我逮到个白米虾。"张玉香拽住个澡桶，在香河里端儿端的，细辫子都弄潮了，耷在头上，湿漉漉的。

"来，小宝，这个白米虾儿我给你吃！让你更会游澡，从这儿游到乌金荡里去。"玉香波斯献宝地捏着蹦个不停的细白米虾，一只手举到了刘嘉宝跟前。

小宝是刘嘉宝的小名。香河一带，小孩子多半有两个名字，一个小名，也叫乳名；一个大名，也叫学名。出生之后，家中长辈叫出个名儿，男孩儿一般叫什么什么伙，如春扣伙，阿根伙，更简省一些的，就叫虎伙，狗伙之类；女孩子则叫什么什么丫头，诸如宝芹丫头，翠云丫头，也有省事的就叫芹丫头，云丫头之类。进了学校门，多半请学校老师正正规规给小孩子起个学名，小名只有在家里时才叫。

刘嘉宝的爷爷刘国祯，肚子里《论语》《大学》《中庸》装得不少，他嫌村上人叫起人名儿来俗气。于是，从儿子刘德根起，就正儿八经地起了学名，没有小名。平时在家里喊，就叫"德根"，从不叫"德根伙"。碰到村上有人叫"德根伙"，老人家还会稍稍有些不高兴，说一句，"我家不叫德根伙，叫德根。"到了孙子刘嘉宝，起了学名之后，倒又专门给起了个小名，叫"小宝"。人常说，隔代亲，真不假。这个刘国祯整天"小宝""小宝"地叫在嘴上，心里头别提有多开心乐堂呢。

　　人小鬼大的张玉香，原本一直把刘嘉宝当成自己的冤家对头。她父亲在家里动不动就跟她妈妈吵架，吵来吵去，父亲把气都出在她身上，挨骂是家常便饭，挨打也不在少数。吵架次数多了，小玉香听来听去，从父母吵闹声中听出点名堂来了，这一切的根源都通在刘嘉宝的父亲刘德根身上。

　　她一个小姑娘，能拿刘德根有什么办法哟？况且，刘德根进城打工了，她张玉香要为妈妈，为自己出气，连个人影子都找不到。不提打工还好，一提打工，张玉香更是气。村子上人过耳传言的，说刘德根把她妈妈拐进城了。小玉香当然不会相信。但，这种风言风语，会坏她妈妈的名声。说到底，还是刘德根不好。

　　小玉香拿刘德根没办法，她也认了。可刘德根的儿子刘嘉宝，就在眼前，跟她同在村小六班。这简直是天赐良机。天天在一块上学，找找刘嘉宝麻烦还不是鼻涕往嘴里流——太容易了？因而，在一帮细猴子印象中，张玉香这辈子都不可能跟刘嘉宝和好的，两个人的父亲生死活对头，动过手。张玉香仗着岁数比刘嘉宝大，常欺他，耍弄他。怎么可能和好呢？梦！

　　可这会子，在香河里洗澡摸河蚌的一帮细猴子们眼里，望得真真切切。小玉香举着手里的白米虾，递到小宝跟前，近乎讨好似的。张玉香玩的是哪一出，细猴子们望不懂。

"去去去，哪个要你的臭虾儿。"刘嘉宝并不领细丫头的情。在小宝心里，他搞不清张玉香的白米虾背后，有没有什么阴谋。还是不跟她拉扯为好。

吃白米虾会游澡，小宝也是听大人说的，真的假的，哪个也不曾去研究过，不清楚。只不过，香河一带，大人小孩，都信。在河里游澡，逮到这种虾子，掐头去尾，用力一挤，虾儿肉子就从壳子里头出来了，往嘴里一撂，咽进肚子里去。也有侉一点的小孩子，活蹦乱跳的虾子，整个生吞下去。

"给我吃！"

"给我吃！"

一群细猴子见小宝不想吃，机会来了，个个争着朝玉香澡桶边挤，手伸得长长的。

"哼，记仇精！你不吃，我还不给你吃呢，我自己吃！"张玉香自己狠狠地把白米虾头一掐，虾段子丢进了嘴里。

张玉香想想来气。要不是她父亲拧着她耳头边子，关照她要跟刘德根家细小伙和好，不要再冤家对头儿似的，她自己才不会主动讨好刘嘉宝呢！张富贵还对细丫头说，大人的事归大人的事，你们两个小孩子，懂个屁！作什么对吵，学生就得守学生的规矩。要是再让谭校长来家访，你就是有命也没毛了。张富贵说的是大道之理，再加上发些个野狠，细丫头哪敢不听！这才找了个机会，讨好小宝。

张玉香不曾弄明白，她父亲张富贵原本跟刘家生死活对头的，怎么突然想到要她跟小宝和好？刘嘉宝也不曾弄明白，原本每天都在找他麻烦的张玉香，怎么突然波斯献宝地捉到白米虾主动送给他呢？

弄不明白归弄不明白，并不影响他们在香河里干一件喜爱而又拿手的事情：摸河蚌。小宝身后，也拖了个澡桶，长长的桶绳扣在自个儿腰上，澡桶远远地漂在河面上。他和其他小孩子一样，也在摸河蚌。河蚌，当地人均喊作"歪歪儿"，从来不曾有哪个喊过"河蚌"。

　　小宝人在澡桶前头，用手在岸埂边摸着；水底下，脚也在河底淤泥上不停地踩着。手摸脚踩，同时进行。摸到，或是踩到硬硬的东西，是不是"歪歪儿"，小宝心里有数得很。直接拿不着的，便扎猛子，潜到水底，再拿。在跟他差不多大的一帮细猴子当中，就数他猛子扎得远、扎得深，潜水时间长。

　　香河一带，"歪歪儿"多为椭圆形，两扇壳扁扁的。老"歪歪儿"壳硬且黑；新歪歪儿，尤其是三角帆"歪歪儿"，壳纹清晰，有的略呈绿色，亮亮的，蛮好看的。"歪歪儿"，多半立在淤泥里，碰上去，窄窄的，只有一道边子。平时，"歪歪儿"仰立着，两扇壳微微张开，伸出软软的身体，稍有动静，便紧闭了。

　　摸河蚌，拾螺螺，趟蚬子，逮虾儿，掏螃蟹，小宝样样均在行。

　　"啊哟，救命噢——"张玉香突然在河里杀猪似的喊了起来。

　　"出什么事啦？"

　　"怎么啦？"

　　一帮小孩子听见张玉香喊叫，连忙朝张玉香这边靠拢，七嘴八舌地问。只有小宝若无其事地飘浮在离张玉香篙子把开外的水面上，自顾摸"歪歪儿"。

　　"快快快，我的脚被'歪歪儿'咬住了。"

　　原来，小玉香踩"歪歪儿"的时候，不曾防备，一只"歪歪儿"张开嘴张得太大一些，她一脚踩上去，小拇脚趾头被"歪歪儿"夹住了。

·203·

"不要动,越动'歪歪儿'夹得越紧,越疼。"有小伙伴友情提醒道。

"这个还用你教我?想办法把'歪歪儿'拿下来才好呢,不然恐怕我的脚趾头要断了。啊哟,妈妈嗳,疼啊——"张玉香杀猪似的,又喊又叫,看样子真疼得不轻呢。

几个小伙伴在一旁"扑通扑通"打着水花,想潜到水底帮忙。不成功。

"小宝,快来帮忙。你再不来,玉香的脚指头恐怕要被'歪歪儿'夹断掉了。"有小伙伴沉不住气,吵嚷着,朝刘嘉宝这边来,拽他的澡桶绳。

这刻儿,救人要紧,什么仇不仇的,刘嘉宝也顾不上了。

"看我的吧。"小宝蛮有把握的样子,解开腰上的澡桶绳子,递给身边的细猴子:"帮我抓着。不许哪个拿桶里头的'歪歪儿',等会儿我们还要比哪个多呢。"

话音未落,只见他头往水里一拱,身子一翻转,一个猛子下去,人就到了张玉香脚底下。很快,小宝摸到了夹住玉香脚趾头的"歪歪儿"——不大,是个小三角蚌。小宝再憋一口气,两只手顺着"歪歪儿"夹脚趾头旁边的缝口,硬把手指头塞进去,往两边用力一掰,"歪歪儿"很快瓦解,一分为二。

"好了,罪魁祸首抓到了。给你们看一下!"小宝蹿出水面,长长吸了一口气,把掰成两半的"歪歪儿"扔进小玉香的澡桶里了。他心想,这也算她一个数字呢,把它撂了,回头她说我赖皮。

玉香脚趾头并不曾被"歪歪儿"咬断了,细猴子们那个开心,就甭提啦。不一会儿,只见得这帮细猴子,"扑通——""扑通——"打起了水仗。

/ 冤　家 /

　　张玉香对刘嘉宝在香河里摸河蚌时帮自己解围，心里还是蛮感激的。从此，上学下学，看到刘嘉宝再也不是冤家对头似的了。张玉香心想，这刘嘉宝，不还是以前的刘嘉宝？怎么现在看起来就不一样了呢？

　　这不，放学之后，拾螺螺，趟蚬子，张玉香也会主动约起刘嘉宝一同前往。说起来，这拾螺螺，抑或趟蚬子，是香河一带小孩子夏日放学后常干的活儿。

　　平日里，小孩子们之于螺螺，叫"拾"，之于蚬子，则叫"趟"。在村小，听完老师所讲的一天课程之后，三五成群的小学生，扔下书包，提了篾篮子，扛了"趟网子"（乡间的一种渔具），钻芦荡，转漕沟，有大人问起："细猴子，干什么去？""趟蚬子去。"头也不回，自管往前走。

　　而拾螺螺的重要场所，主要是田埂边的泥渣塘。河泥进塘之后，待泥浆稍稍沉淀，便会有螺螺慢慢蜓出，在黝黑的河泥上，形成或蜿蜒或畅达的美妙图案。

　　这时候，张玉香、刘嘉宝早光着脚丫子，裤腿卷得高高的，踩进了软软的泥渣里。所干之事只有一件：拾螺螺。

　　拾着拾着，小玉香发现刘嘉宝停住了，手中的小铅桶也不知什么时候掉在了泥地上。

　　"嗳！小宝，发啥呆呢？拾满了家伙，早点回家呀！"玉香边说边举了举手中的小柳条篮子。

　　"噢，噢！我不想拾了，咱俩回吧！"刘嘉宝回过神，有些不好意思。

　　"你铅桶里也太少了，我抓几把给你。我这儿都快装不下了。"

·205·

玉香说着拢过来，往刘嘉宝的小铅桶里抓螺螺。

"不用，不用的。"刘嘉宝越发不好意思起来。

"我知道你爷爷喜欢吃螺螺，就多抓几把吧！"让刘嘉宝一阻拦，玉香反而多抓了几把放进小铅桶，并且找了个非常充分的理由。

刘嘉宝的爷爷刘国祯，的确非常喜欢吃螺螺蚬子之类，尤其是小孙子放学后弄回家的，吃来似乎更有滋味。见张玉香说到这一层，刘嘉宝也就不再拒绝了。

不一会儿，张玉香、刘嘉宝一个提着小柳条篮子，一个提着小铅桶，到河边汰洗掉螺螺身上的河泥，开开心心地回家。

走在回家的田埂上，张玉香很是为自己今天的表现而高兴。于是，一蹦一跳，嘴里哼唱着那只"猜猜儿"——

　　铜锅腔，
　　铁锅盖，
　　中间炖着一碗菜；
　　有人吃来，
　　没人盖。

这个小姑娘，她似乎忘了之前小伙伴拾螺螺时发呆的情形。她哪里知道，刘嘉宝在那一刻儿，被她留在漫溢到田埂泥渣上的一个一个小脚印，所吸引了。刘嘉宝似乎在一瞬间，盯着黝黑的泥渣上小玉香留下的脚印子，发呆，心热。那浅浅的，小小的脚印，一下子抓住了小男孩的眼球。不仅如此，小男孩有些情不自禁了，悄悄地伸出了自己的小脚，去印了那脚印儿，软软的，痒丝丝的。这可是他从来没有过的体验。

这一切，成了他和小玉香之间的一个秘密。看起来，小玉香没发现自己有点儿奇怪的小举动。如果发现了，会怎么样呢？

九

张富贵的网吧，在香河村开张了。他这是另辟蹊径，成了村子上第一个"吃螃蟹"的人。

说起来，选择开网吧，是张富贵在家闲得无事，整天盯着电视看，看出的结果。

偶尔有一天，他从电视新闻里得知，现在网络在迅速发展，网吧快速由城市向农村扩展，尤其是一些青少年学生，对网吧迷恋得很。这让张富贵心头一动，开网吧好，简直是太好了。"放长线——，钓——大、鱼！"关掉电视，张富贵哼了句自创的京剧念白，脸上露出诡秘的笑意。说干就干，他立马进了趟县城。

等张富贵从县城电脑旧货市场买回来四五台旧电脑，又将自家三间正屋前边外加的一间平顶房腾空，把原本朝内的门改向，在靠龙巷的一面重新扒个门，在门框上方用红漆刷上"富贵网吧"四个彤红彤红的大字，张富贵的网吧便对外营业了。

开张大吉，张富贵印制了不少免费上网券，让自家细丫头在村小学生中间广为散发。这些农村小学生，多半只知道电脑，极少有人玩过。毕竟农村跟城里还是有差别的。如此一来，拿着免费券的小学生们，绝大多数还只能围着电脑观望。仅有一两个城里有亲戚的，想来是过年过节进城走亲戚时，在亲戚家玩过，这会儿坐到电脑跟前移动着鼠标，操作起来，样子蛮老练的。鼠标轻点，电脑画面变个不停，这让一帮小学生很是新奇。有上了岁数的，从"富贵网吧"门前经过，望见里边挤满了细猴子，嘟囔一声，"望什么西洋景儿呦？"

为了让自己的网吧客源不断，张富贵决定在村小小学生中挑选骨干，进行免费上网培训。头一批四五个学生中，就有张玉香和刘嘉宝。

张玉香发觉，她父亲近来有了一些明显的变化，是种好的变化。对她也不像从前动不动就咬牙切齿地骂了，动手打她也比以前少了很多。当然，家务活还是要干的。伢儿两个坐在饭桌上，平常话不多。这阵子，张富贵或多或少会问问细丫头在学校里的情况，上课是不是认真听讲？完成作业好不好？关心之意，十分明了。张富贵还教育她，跟班上同学处好关系，几次特别点到了刘嘉宝。

"我不是听你的话，跟他和好了么？"张玉香心里想，要不是你父亲关照，自己的一系列报复计划都要在刘德根家细小伙身上实施呢。现在只好放弃，怪可惜的。张富贵为何有如此变化？对刘家的态度因何而变？张玉香疑惑得很。

听说张富贵把自家细孙子选中进"富贵网吧"培训，刘国祯原本不同意。他清楚得很，张富贵对刘家积怨太深，细孙子到"富贵网吧"他不放心。可细孙子跟在同学后面去过几回之后，回来把上网说得神乎其神的，说能看到好多好多新鲜东西，不仅我们身边的消息有，本省的，外省的，甚至外国的，全世界的消息网上都有。

难道真的如前人所说，秀才不出门，全知天下事？！"富贵网吧"，让原本只热衷于"诗云子曰"的刘国祯，对网络这个新潮的事物，也充满了好奇。然而，好奇归好奇，他是断然不会到"富贵网吧"去的。他失不了这个身份，抹不开这个面子。

在刘嘉宝心里，自从那次拾螺螺回来之后，再看以前不顺眼的张玉香，似乎不一样了。原先的那种排斥感，早丢进了爪哇国。

"富贵网吧"开张不久，气坏了一个人。

此人不是旁人，就是香河小学的谭校长。这不，谭校长气呼呼地来找张富贵了。这样下去还了得，整个香河小学哪还有点学校的样子？根子就通在"富贵网吧"上。

张富贵的"骨干培训"奏效快得很，香河小学高年级学生中很快有了一批"富贵网吧"的常客。这当中每天必来的有两个，一个张玉香，一个刘嘉宝。张玉香来属正常，她每天放学就回家，一回家就可进网吧。刘嘉宝就不同了，说起来正好跟张玉香两反，一放学就不回家，不回家直接进网吧。这"富贵网吧"有什么可吸引刘嘉宝他们的呢？

"富贵网吧"开了没多长时间，张富贵就动脑筋了，怎样才能吸引这帮细猴子每天都上网吧呢？这帮细猴子每天来，他才有收入，不来电脑钱都会打水漂，还谈什么收入不收入的，妄想。

农技员出身的张富贵，就是爱动脑筋，他很快就想到了游戏。哪个小孩子不喜欢玩游戏哟！于是，"富贵网吧"从为学生们提供了解掌握知识、开阔眼界的新平台入手，很快就转到为他们提供新奇刺激的游戏上来了。张富贵自然清楚，什么知识呀，信息呀，小孩子哪有多大的兴趣啊，总有厌烦的时候。不要说小学生，就是他张富贵在家看电视，新闻联播也不高兴天天看，倒是新播一部电视剧，男欢女爱的那种，他很是愿意看。渐渐地，嫌电视上播的不过瘾，租带子回来看了。那租回来的带子不仅带色，而且刺激，看得他早晨不想起，晚上不想睡，上瘾。

"富贵网吧"新推出的网络游戏，一下子就抓住了香河小学的一帮小学生。课间休息，细猴子们交谈起来，没有一句课堂内容，都是游戏。

"美女新战士玩到第几级了？"

"鬼城古堡真恐怖，晚上还不敢玩呢。"

"帝国大战里边新式武器真是多噢，开起火来刺激、刺激、瞎刺激。"

这帮小学生，似乎瞬间转变了身份，言谈之中的那份陶醉，那份痴迷，再明显不过了。

很快，香河小学就出现了逃课现象。首先是小学高年级当中，有几个学生，一天总要缺几堂课，各式各样的理由；后来低年级也有学生逃课了，理由编得没有高年级学生圆滑，马脚露出来，班主任老师一查，都簇在"富贵网吧"打游戏。

这可是十分严重的问题，到头来不仅仅影响学校的形象，还会让这帮孩子染上不良习气，任其发展就会成为不良少年。谭校长意识到了问题的严重性，不仅利用学校升旗晨会进行教育引导，而且主动找到了张富贵的门上。

十

谭校长来到"富贵网吧"，碰了个"铁将军"把门。

邻居说，张富贵进城了。据说，刘德根在长安路上的拆迁工地出了事故，三四个人被砸伤，送进了医院，这当中就有陆巧英。听说还伤得不轻。

陆巧英不是在工地上负责烧饭么？拆迁现场出事，怎么砸得到她的哟？

原来,上头领导要到长安路视察拆迁工程情况,有关部门高度重视,给刘德根提出明确要求,一要保证拆迁进度,二要保证文明施工。刘德根火上了堂屋,紧张了,立马带领几十号人忙碌起来。先是用彩条尼龙布把整个工地四周围了一圈,把拆迁工地内的乱七八糟的东西全挡在了里头,外边的行人只望见一条高高的彩条布,工地周边一下子清爽多了。不仅如此,刘德根还亲自在沿街一面挂起了标语,什么"紧张快干保工期、文明施工保质量",什么"团结拼搏、苦干实干、誓为建设长安新路做贡献"之类,词儿都是刘德根想出来的。

民工们望见,很是佩服:"刘老板稍微动下子脑筋,整个工地就变了个样,不简单。"

"挂上标语更是有模有样,像个文明工地了。"

"你还别说,这口号上的词儿只有刘老板想得出,到底是高中生。"

就在一切紧张有序地准备当中,一帮人在抢拆一幢人字顶的老房子时,屋顶发生了倒塌。在房下装运房料、砖瓦的几个民工,躲避不及挨砸也就罢了,这陆巧英就像是送过来挨砸的。

为了赶进度,这天刘德根带头和大伙儿一起开了个早工。陆巧英想着,这一大帮子人,离开工地再回食堂吃早饭,怪浪费时间的。于是,用个木板车把早饭装上,准备和粉娣子一起拖到拆迁现场。粉娣子临出门时,上了趟厕所,晚了几步,陆巧英不曾等,一个人拖了板车先走了。哪知道,她拖过来的早饭还未曾来得及给民工们吃呢,事故就发生了。陆巧英被顶上掉下来的木头椽子砸到头,一下子就昏倒了。

事故一出,你嘘他喊,似驴喊马叫一般,工地上就一个字:

乱！民工们一时间没了主意，乱作一团。

此时只有一个人不乱，刘德根。刘德根首先把大伙儿召集在一块儿，严肃宣布今天事故不许外传的纪律，这可是关系到整个施工队伍前途命运的大事。之后才赶忙派人把受伤的几个民工和陆巧英往附近的中医院送，自己还一边想办法和中医院王院长联系，好让医院尽快施救。

粉娣子气喘喘地赶到施工工地时，陆巧英已经躺在了板车上正准备往中医院送。"大妹子，我晚了一脚，你怎么就成了这个样子了啊……"不管平时她心里头对这个女人有多么不如意，眼前发生的一切太快了，她一点儿思想准备都没有，泪水止不住流出来。

"嚎的什么事，生怕人家不晓得工地上出事故？"刘德根口气严厉冲了老婆一句，"还不赶快去买烧饼油条，让他们把早饭吃了好继续干活。"他毕竟干了这么多年工头，看问题，处理问题，跟这帮民工就是不一样。

刘德根在工地上交代其他人照常施工，要小心，要注意安全，尤其是没戴安全帽的，统统都戴起来，不曾带到工地上的，回宿舍拿。交代几句之后，自己急急忙忙往中医院赶。

俗话说，世上没有不透风的墙。刘德根再怎么叮嘱，工地上有人被砸伤的事还是很快就传到了香河村。

这不，家里有人受伤的，均来人了。听说陆巧英在工地上出事了，张富贵作为个丈夫，平时再怎么跟她吵吵闹闹，这时不来说不过去，会被村子上人骂的。张玉香晓得后，哭着也要跟父亲来。在玉香心里妈妈才是她最亲的亲人。

刘国祯得知儿子工地上出了事故，不放心，带着细孙子也进了城。其实，老人家来还有个目的，万一事情闹起来，他在场好劝解劝解，多替儿子给人家赔不是。毕竟在香河村，他刘国祯还算是个有头有面之人。

刘德根和张富贵两个水火不容的男人在中医院重症监护室过道里见面了。重症监护室内，刚做完脑部手术的陆巧英，还处在昏迷当中，需要进行特别监护，不能马上转入普通病房。

"妈妈，我要进去看妈妈。"张玉香隔着重症监护室的大玻璃窗，望着躺在病床上不省人事的陆巧英，哭着喊着，弄得刘德根和一同赶来的刘国祯、刘嘉宝祖孙三代心里头蛮难过的。

刘嘉宝毕竟小，见张玉香哭喊着妈妈，样子蛮伤心的，心里想着，万一玉香的妈妈真的就这样死了，那该怎么办？于是带着哭腔问刘德根："爸爸，巧英婶娘能醒过来么？"

没等刘德根回话，老父亲刘国祯插了一句："怎儿会出这种事故？不应该，不应该呀。"

"现在说什么都是假的，都没用，救人，不惜一切代价救人。"张富贵这刻儿倒十分理智，并没有和刘德根动粗。

刘德根习惯性地掏出一根烟，刚想递给张富贵，就被穿白大褂子的医生拦住了："刘老板，这儿可不能抽烟。"

"王院长，你看我都被事情弄昏了头了，不好意思。我工地上进来的几个受伤的人，还请王院长多费心。"刘德根一看来人是王院长，忙把烟放回烟盒，塞进上衣口袋，客客气气地跟穿白大褂子的王院长打招呼。

王院长跟刘德根也算是老朋友了，工地上人没来，王院长接到刘德根的电话就安排好了急救。还好，只有陆巧英伤得较重，其他两三个人属外伤，简单处理后留院观察一两天就可出院了。倒是陆巧英，伤着脑子了，蛮严重的。王院长见病人家属在场，便宽慰道："好在刘老板处理及时，工地上人送得快，我这边提前做了抢救准备，手术很成功。现在病人生命体征稳定，已经没有生命危险。放心，一定会醒过来的。"

"这，可就全拜托王院长了，拜托了。"刘国祯在一旁双手合十，给王院长行作揖礼。老人家心里着急呢。

"请富贵放心，请你们放心，我刘德根一定会全力救治巧英子的，哪怕倾家荡产，也在所不惜。"刘德根这么多年头一回出口，喊张富贵叫富贵，省去了一个"张"字。可别小看省了一个字，不一样呢。刘德根这回在张富贵面前，自甘走下风，理亏，一点儿没有了往日针尖对麦芒，一个不让一个的劲头。话说回来，人家老婆在你负责的工地上砸成重伤，你服一下软，走一回下风，也应该。

"刘老板，我还请了人民医院的主治医师来为病人会诊，就先去照应一下。"王院长十分和善地跟刘德根他们一一打招呼，离开了。

"你们也不要总是停留在这里了，让病人有个安静的环境。"值班护士见院长一走，就过来赶人。

"好好好，我们这就走。"刘德根边跟护士打招呼，边牵着张玉香和细小伙往外走："走，先找个地方吃点东西。事情再急，饭总是要吃的。况且，我们在这儿也帮不上什么忙。你看呢，富贵？"

"急也没用。富贵你暂且多担待一些。"刘国祯口气温和地对张富贵说。

"我张富贵又不是野蛮子，出事故哪个也不愿意，天灾人祸！出事后德根做的一切，刚才王院长都说了，我也知道了。德根也表了态。只要不惜一切代价救人，什么话都好说。"张富贵也来了个高姿态，破天荒喊了一回德根。这让刘德根蛮意外的。

陆巧英刚苏醒过来，身子还很虚。张富贵不能马上离开，只得先留下来照应。但张富贵到底是个男人，哪天做过服侍人的事情哟。没等张富贵开口，刘德根专门花钱请了个护理员，照应陆巧英日常一切。

两个孩子要上学呢，刘国祯见儿子把事情处理得蛮妥当的，就连张富贵都破天荒没吵闹，其他村民更没什么话说，自己也就放心了。于是，老人家便带着细孙子和张富贵家细丫头先回香河村，并让张富贵放心，说他会照应好小玉香的。

临走前，张富贵专门把细丫头叫到一旁关照了网吧的事。说是玉香妈妈受伤进医院不知道要用多少钱呢，家里网吧不能停开，开一天多一天的收入，医院这边等着用钱呢。又说，他前些天安装了新一代网络游戏更新版新美女战士，吸引力肯定强。只是不能一下子让所有来网吧的学生玩，让玉香和刘嘉宝先试，然后有步骤地发展铁杆网迷。

听父亲这么一说，神乎其神，神秘兮兮的，倒先把张玉香的胃口吊起来了。说到底，她还是个孩子，刚到医院见妈妈躺在重症监护室里哭得那么伤心，这会儿知道妈妈没什么大事，更不会有生命危险，心事又被游戏牵走了。

留下来照看妻子的张富贵，有点儿身在曹营心汉了。

要知道，他特地关照自己的细丫头，网吧不能停业，明的是要为陆巧英治疗赚钱，暗地里隐藏着自己一个天大的阴谋。他心里想着,如果他的如意算盘打成了,那就有好戏看啦!

果然,更新版新美女战士一下子就把张玉香和刘嘉宝吸引住了。这新美女战士身边多了一位英勇善战的俊男,一男一女并肩作战,这让玉香和嘉宝有了身临其境的感觉,两个操纵键盘的小男生、小女生,一下子化身成了网络里的人物,冲锋陷阵一阵子,活活动动关节的当口,再彼此相看的眼神都不一样了。

渐渐地,游戏让这对"小大人"身体有点热,有点躁。因为那美女战士每战过一关,总有一处受伤,这时身边的男战士便帮助美女脱衣治疗。只见那美女,从干练的长装,到短袖短裤,再到背心穿着,到三点式,直到露点。这让两个懵懵懂懂的小男生、小女生耳热心跳加速。

当网络中的男战士抚摸着美女战士迷人的部位,为其包扎时,这样的场面让小玉香面带羞涩,让小嘉宝心里变得紧张。

课堂上,原本同属学习尖子生的张玉香和刘嘉宝,一起出洋相啦!

有几次语文课,原本十分简单的课堂提问,张玉香、刘嘉宝都答非所问,引来六班同学哄堂大笑。而这时,张玉香、刘嘉宝还有点莫名其妙,不知同学们为何哄笑。

这种状况,做老师的自然不能容忍,批评是免不了的。然而,更让刘老师惊讶的是,对老师的批评,同学们的哄笑,张玉香、刘嘉宝居然摆出一副无所谓的样子。

而一到放学,他们两个比哪个离校都快,甚至有点儿迫不及待。新版美女战士给张玉香、刘嘉宝带来的新奇与刺激,让两个少年有点儿欲罢不能。

几天下来，两个懵懂少年竟有些上瘾了。当张富贵中途从城里赶回香河村，想看看自己的丫头把新版游戏练习到何种程度时，他费尽心机想要看到的一幕，终于出现在他眼前。

那天傍晚，张富贵回来时，见家中没人，网吧外面挂着锁，心中非常不满，不知道死丫头又野到什么地方去了，再三关照她网吧不能关，还是关着，把穷老子的话当耳旁风了。可，当张富贵气呼呼地掏出自己身上的钥匙，打开网吧门时，只见自家的细丫头与刘德根家细小伙正搂在一起，准备有所动作呢。

"你们个细畜生，真是胆大包天，究竟想干什么？"张富贵近乎咆哮的喊叫，把两个孩子吓得惊慌失措，哇哇大哭着逃出了"富贵网吧"。

"富贵，富贵，你醒醒！这是在医院的病房，大声喊叫的什么事啊？做了什么不好的梦了吗？"身体还没有完全恢复的陆巧英，知道自己微弱的声音喊不醒丈夫，只得坐起身，边喊边用手推。

"嗜，我怎么趴在你床边睡着啦？"张富贵被妻子连推带喊，醒了之后，似乎面带愧色，有些不好意思。

原来，细丫头和刘嘉宝怎样迷恋更新版新美女战士的游戏，怎样在课堂上丢丑出洋相，怎样在网吧里被他发现疑似不雅之举，所有这一切，都只是出现在他的梦境之中。他被妻子从自己的吼叫中喊醒之后，真有点儿做贼心虚，害怕自己的恶毒心事被看穿。

于是，他连忙掩饰着对妻子道，既然刘德根请了专门护理员，自己在医院也起不了太大的作用。倒是细丫头跟刘国祯老爷子回村子上，他有些不放心。

陆巧英心里头本身就不放心细丫头，见丈夫这样说，也就同意他回去了。陆巧英当然不知道，张富贵着急回村子，还是要看个究竟。他迫切地想知道，细丫头和刘嘉宝是否如自己所梦到的那样？他迫切地想知道，自己费尽心机搞回网吧的更新版新美女战士网游，是否真正发挥了神奇效果？

十二

急急忙忙往香河村赶的张富贵，内心既充满期待，又有些紧张害怕。期待的是，当他回到"富贵网吧"时，能看到了自己梦中所见到的一切变成现实，也就是他的诱饵，让细丫头和刘嘉宝顺利上钩。如此一来，他张富贵也就报了这么多年来，刘德根给他的一箭之仇。让刘德根自己的儿子和姑娘在众人面前丢人现眼！

紧张害怕的是，细丫头和刘嘉宝上钩之后，果真干出什么太过出格的事来，一定会有人骂他张富贵伤天害理，畜生不如。他也不能保证自己的良心会不会不安。但是，有一点可以肯定，自己当然也会失去报复的快感。

让他更为紧张害怕的是，万一细丫头和刘嘉宝并没有上钩，村上旁人家的小孩子上了钩，那自己惹的麻烦就大了。他会变成村子上万炮齐轰的对象，很可能从此在村上再也抬不起头来。

回到香河村之后，张富贵被发生在"富贵网吧"门前的一幕惊呆了。他全然不顾地冲到几个陌生人跟前，大着嗓门叫道："你们是些什么人？这是在干什么？你们给我停下来，谁也不能封我网吧的门！"

只见其中一个人亮出自己的执法证，表情严肃地对张富贵说：

"你就是张富贵?我们正要找你呢!看清楚了,我们是县打非办的执法人员。有人举报,你这个网吧违法经营,涉嫌利用不健康网游诱导毒害未成年人,问题性质十分严重!"

张富贵眼睁睁地看着几个执法人员,继续给"富贵网吧"门上贴上封条,同时在网吧面向龙巷的一面墙上,贴上了处罚公告。公告中明确指出,"富贵网吧"违法经营,用不健康网络游戏毒害青少年,特别未成年人,影响很坏,现给予关闭,收回营业执照。同时,对"富贵网吧"经营者张富贵,处以罚款,并进行集中教育。

"我没有违法经营!我违什么法啦,就开个网吧,让小学生们上网学知识,长见识,有什么错?这不是你们上面鼓励倡导的吗?"张富贵脸上表情变得僵硬不自然,嘴头子还硬着,不服软。

"我们已经掌握了足够的证据,不容你狡辩抵赖。现在,积极配合我们的调查,如实说出你的错误,接受处罚,接受再教育,是你唯一的出路。希望你老老实实,跟我们走一趟!"刚才亮证的执法人员,看来是此次行动的负责人,继续与张富贵对话的口气,仍然十分严肃。

原来,张玉香和刘嘉宝一接触到更新版新美女战士,就觉得不对劲。

两个小学生,虽然也玩网游,但平时还是以上网了解千奇百怪的大千世界为主,什么北极之光啦,什么最密流星雨啦,什么蝴蝶振翅效应啦,什么非洲野生动物大迁徙啦……凡此等等。

让张玉香和刘嘉宝没想到的是,身为张玉香的爸爸,张富贵竟然给了他们一款明显不健康的网游。他俩在村小一帮学生中,年龄毕竟要大一些,对一些事物已经能够做出自己的判断。虽然说,不一定百分之百说得正确,不一定百分之百说得在点子上。

这一款更新版新美女战士,让张玉香和刘嘉宝想起了几天前,谭校长在全校晨会上关于"不良少年"的训话。他俩觉得,这个更新版,如果被低年级小学生迷恋上,很有可能沾染上不良习气,真的会成为不良少年。到那时候,问题就大了,不是像现在有的小学生,仅仅是贪玩,逃几堂课那么简单。

尽管张富贵是自己的父亲,张玉香还是在刘嘉宝的支持下,将父亲交给她的更新版新美女战士网游,直接上交给了谭校长。

谭校长一个电话,直接向县里的相关部门反映了"富贵网吧"违法经营,用不健康网游诱导毒害小学生的事实。

这下子,张富贵吃不了兜着走啰!

十三

张富贵的"富贵网吧",违法经营,企图用不健康网络游戏毒害腐蚀小学生!

消息一出,香河村炸锅了。

"这个张富贵,还是个农技员呢,怎么能做出这种事情呢?"

"做人做事要凭良心,张富贵的良心被狗吃掉了。"

"这哪是人做的事?畜生!哼,畜生都不如。常言说,虎毒不食子,他把那款游戏交给自己家的细丫头,明摆着连自己家的丫头都要害。"

"幸亏谭校长及时教育提醒细学生,让张玉香和刘嘉宝有了警惕性。要不然,扩散开来,像猪瘟病似的,一个传一个,村小六个年级都传下来,麻烦就大啰!"

/ 冤　家 /

"要是我家细小伙被传上了，我饶不了张富贵的狗命！"

"要是我家细丫头被传上了，我也饶不了！"

知道了事情的原委，知道了事情的危害性，村民们一个个气得肺都要炸开了。再怎么咬牙切齿地骂，也不解心头之恨。有性子急的，真的恨不得抓住张富贵本人，给他一顿好拳脚，也好让他以后少做这种畜生事。

村民们这样的愿望，看似简单，却实现不了。执法人员封了张富贵的网吧之后，并没有一罚了之，而是要让他知道违法经营的严重性，有针对性对其集中进行相关法规的教育，挽救他走上正路。张富贵被执法人员带进县城去了。

原本因为陆巧英在工地受伤，而对张富贵态度有所改变的刘德根，一卦就打到了张富贵的险恶用心。他似发怒的狮子一般，奔到医院，他先要跟陆巧英知会一声，这一次，他不想放过张富贵！他要借助这次机会，拔掉嵌在张富贵门缝里那么多年的"疼指头"。

在医院病房里听到这个消息的陆巧英，差点儿气晕过去："张富贵，你这个歹毒心肠的畜生！你哪里是想赚钱呀，你是想要了两个孩子的命啊！你就不想想，两个孩子跟你有什么恩怨呢？你就不想想，村上其他孩子如果因为这款不良游戏而学坏走歪了，人家家长会放你过身吗？你今后能够心安吗？"

陆巧英有气无力地哭泣着，她咬咬牙，一个决定在她心里萌生出来。

刊发于2010年第三期《长城》
2020年1月修订于天禧玫瑰园

相逢何必再相识

第一章

即便让柳成荫脑洞大开,他也不可能想到,自己和陆小英离开广陵大学校园之后的第一次相见,是在多年之后的一个下午,是在楚县县委、县政府那座古城堡一样的建筑门口,而且他俩的身份发生了翻天覆地的变化。

1988年9月16日,对于楚县绝大多数人来说,可能是个极普通的一日。可这一日,却是柳成荫意义非凡的一日。

今天,是他从清江调任楚县县委书记的第365个工作日,是他回家乡工作一周年。快呢,快呢,转眼间就一年了。柳成荫这样想着,话并没有出口。

早餐桌上,他只是关照刚上幼儿园的柳永,在机关幼儿园要听老师的话,不能调皮捣蛋,要尿尿记得提前举手向老师报告,不能尿裤子。小家伙夜里还有尿床的毛病,柳成荫有些着急,倒是妻子苏华不以为然,小孩子尿床是常有的事,过几年自然就不尿了。

苏华原本在清江一中做教师,柳成荫到楚县工作时,组织上安排把她调到楚县教师进修学校工作,说是让柳书记要有扎根思想,安心新岗位。

现时，眼睛向上的干部，大有人在。在一个地方、一个部门没干几年，头脑中就有了"动一动""调一调""升一升"的念头。因此上，制定的多为"××××两年行动计划"，抑或"××××三年行动计划"，跟上面颁布的5年为时间单元的《规划》，无法对应。

年轻的县委书记柳成荫当然不会如此想问题。我根在这儿，不在楚县扎根，对不起组织培养，更对不起家乡父老。一年前，柳成荫奉命来楚县时，就下定决心要在楚县干一番事业，向组织、向家乡父老交上一份满意的答卷。

今天是下乡，还是跑部门？中午饭回不回来吃？苏华边收拾餐桌，边向丈夫发问。一般这时，都是柳成荫主动交代妻子的，是回家吃午饭，还是不回来。柳永是在机关幼儿园吃午饭的。如果丈夫不回来，苏华中午也就不用回了。教师进修学校食堂伙食还不错，简单对付一下，也省事。但要是丈夫回来，她就必须回来。苏华重任在肩，当然不能让管着150多万人口的，堂堂县委书记饿肚子。

到阳山乡去，中午不回来。柳成荫头脑中想着一周年的事，回应慢了半拍。妻子的问话，倒提醒了他。对，到乡下去，到农民群众当中去，这样给自己"过周"才有意义。

临出门时，柳成荫亲了儿子一口，爸爸要下乡了，待会儿妈妈送柳永上学，傍晚放学如果妈妈不去接，陈爷爷就会去接的，不要乱跑，听到了吗？

这当口，苏华已经把柳成荫从清江带过来的"永久"推了出来。车龙头上，一如往常挂着装得颇有分量的大黑皮包。人们常说，书记的包，问题中的问题。书记整天都在研究各式各样的问题，所以书记的包中肯定装着不少问题。柳书记大黑皮包里装了些什么，苏华不知道。她从不碰丈夫的包。

跟爸爸说再见。柳成荫从妻子手里接过自行车,跟儿子摇了摇手,出门走了。

小金啊,今天收获可不小。阳山乡老百姓反映的"三农"方面的问题,特别是种子质量问题、化肥和农药价格及供应问题,都值得县委、县政府高度重视。中央在"三农"方面,连续几年都是"一号文件",我们要有政治敏感,不重视是要出问题的。当然,基层干部的作风、服务意识,也都存在问题,同样需要县委、县政府重视起来,抓起来。

从阳山回县城的路上,柳成荫和跟班秘书金爱国边骑行边交流着。"嘀铃铃——""嘀铃铃——"金爱国车龙头上,棕色小长包里的"大哥大"响了。

喂,哪位?我小金,金爱国啊,是找柳书记吗?

喂,喂,我们在从阳山回县城的路上,听不太清?可能是信号不太好。金爱国这才发现"大哥大"拉杆天线没拉开,连忙拉开天线。你说,老陈你说,现在听得清楚吧?

柳书记,是管理员老陈。说这会子县委、县政府大门口有上访的农民,让你如果这时回县政府的话,回避一下。金爱国捂住"大哥大"下端,转身向柳书记报告。

是哪里的农民上访?为什么事上访?事态严不严重?谁在处理?柳成荫的思绪被"大哥大"的铃声从遥远处拉了回来。他头脑中正谋划着楚县下一步农村改革方面几个动作呢。

老陈啊,喂,老陈,是哪里的农民上访?为什么事上访?事态严不严重?谁在处理?金爱国把柳书记的话复述了一遍。

什么?是俞垛镇两个村子的农民,为水面养殖发生群体性械斗？

还有人受伤了，伤得不算重？

暂时还没有县领导出面处理？只有信访局和俞垛镇的干部在做工作？

走！回县政府。我们有些领导同志就是学会了遇到矛盾、问题，怕接手，绕道走。小金秘书和县委办管理员老陈的通话，柳成荫听得清清楚楚，心中有些不痛快。

金爱国提到"俞垛"时，柳成荫内心被刺了一下。调到楚县后，他就知道了她的下落。该怎么和她见面？是选择一个场合合适？还是听从老天爷的安排？见了面该说些什么？凡此等等，这一年中，柳成荫不止一次地想过。没有满意的答案。于是，他只能采取一个态度：回避！

楚县四十五个区乡镇，柳成荫现在就剩下俞垛镇没有去过。跟往任县委书记比起来，他跑乡镇的速度拿不了冠军，肯定也是名列前茅。像俞垛这样的水网乡镇，地处楚县西北部，与宝应、盐城接壤，属三县交界，镇政府所在地尚未通公路，只有水路。县委书记一二年不来，属正常。

县政府大楼门口的上访，没有县领导出面协调，让柳成荫放弃了原本还想坚持的"回避"之策。既然没有人出面，他这个一把手就"回避"不成矣。万一那帮群众在县政府大楼门口"闹"将起来，会让楚城的老百姓看县委、县政府的笑话。说到底，不就是看楚县一把手柳某人的笑话？！

金秘书感到柳书记骑行速度明显加快，自己有些个跟不上。当他跟在柳书记后面，急匆匆赶到县政府大楼门口时，情况并非老陈说的那样。一群上访群众正熙熙攘攘从县政府大院内出来，既无过急的言辞，亦无过急举动。领着这群人往外走的，是一位剪着齐耳短发，看上去蛮干练的年轻女干部。

陆书记！金爱国一看，走在那帮群众前头的是俞垛镇党委副书记陆小英，便连忙上前打招呼。金爱国原本极正常的一声招呼，却让柳成荫和陆小英四目相对，发现了彼此。这个发现，多了些许意外的意味。金爱国看得出来，柳书记和陆书记几乎是同时，愣了一下。这一"愣"，看似多余，却迷幻。

柳书记，我是俞垛镇党委副书记陆小英。今天是镇里两个村为养殖水面划分，起了争执，闹到了县里，实在是我们工作没做好。问题已向朱县长作了反映。朱县长对这件事情有明确指示，我会把今天的事情处理好的。请柳书记放心。

陆小英说的朱县长，其实是副县长，主抓大农业，和陆小英一样，也是位女性。陆小英在与柳成荫四目相对的一瞬间，头脑中想的是，不能让这帮群众看出她和眼前这位年轻的县委书记之间有什么不正常。于是，主动上前，自报家门，并且汇报了上访事情的处理情况。尽管，她说这些话时，心头打翻了一只瓶子，五味杂陈，难以言说。

好，好。让我跟乡亲们说两句。跟陆小英分开多年之后，柳成荫怎么也想不到，会是这样一个见面的场合，会是这样一种见面的方式。自己内心原本想让陆小英带上访群众早点离开。可话一出口，竟完全反掉了。他自己也弄不清楚，为什么会说出这么一句来，鬼使神差，阴差阳错。

原本很顺从地跟着镇里陆书记往外走的上访群众，听县委书记这么一说，"呼啦"——瞬间给柳书记来了个众星捧月。这时，陆小英真的不知如何是好，狠盯了柳成荫一眼：你想干什么？

柳成荫此刻已无退路，只得让小金秘书把自己的黑永久推到一边，自己面对一帮上访的群众。他自然是感觉到了陆小英带刺的目光，此时也无法解释。

乡亲们，听说你们是为了村与村养殖水面来上访的。如果我没记错的话，应该在黑高荡上吧？那里水面可是大得很哪，乡亲们有积极性搞水产养殖，应当大力支持！这件事情，刚才听陆小英同志说，朱县长已经交代她协调解决。我看，大伙儿还是要相信你们陆书记，会把这件事处理好，不让你们的利益受损失。柳成荫毕竟出校门多年，在清江干了两年副书记，一上了台面，便显示出自身的领导才能。那初见陆小英时的头脑"真空"，很快变成了过去时。这刻儿，他面对陆小英交代道：陆小英同志，当着在场的乡亲们，我给你三天时间，把此事处理好，结果专题汇报。

"啪啪啪——"人群中响起一阵齐刷刷的掌声。县委书记对大伙儿的事如此重视，这是上访的这群人想不到的。

乡亲们先不要忙于鼓掌。今天不怕你们不高兴，我也要说你们两句。有什么问题，你们可以反映，找村里，找镇里，也可以找县里。但千万不能弄成群体性事件。我听说，你们还发生了械斗？这样影响就不好了。受伤了怎么办？再闹，出了人命怎么办？柳成荫说得有些动情，走到头上裹着纱布的村民跟前，问了句，伤得重不重？

头皮破了一点，不碍事。憨厚的村民见县委书记这么一问，有些不好意思，索性扯掉了裹在头上的纱布。原来，这纱布是为了引起县里领导重视才裹的。

"哈哈哈——"

想不到，你还会乔装打扮呢！是怕人家说你到县里上访不好听吧？柳书记和扯掉纱布的村民开了个玩笑，引来一阵哄笑。

柳书记，你的话我们信，要是万一我们一散，镇里不给我们解决问题怎么办？

是啊是啊，柳书记，到时我们还要到县里来，要直接找你！

金秘书，把我"大哥大"号码报给乡亲们，如果陆书记三天之内还没把问题解决好，你们也不要再动篙动桨地到县里来，只要哪位打个电话给我，我去俞垛，给乡亲们现场办公。怎么样？

柳成荫无意之中成了县级领导干部公开电话号码的典范，他的这一举动若干年后变成了领导者为官勤廉的重要举措之一，广为推行。这是他当时所不曾想到的。

柳书记的答复，乡亲们满意吗？小金秘书，一边从身边棕色包里掏"大哥大"，一边引导这帮群众"喊好"。他知道，不让这帮老百姓看到"大哥大"，他们心里不踏实。

满意！满意！听小金秘书这么一问，上访的群众齐声高喊，情绪一下子高涨起来。

陆小英在一旁看着，眼前站着个她不认识的柳成荫。

第二章

一辆黑色红旗轿车停在柳家前后两进的四合院前院门口时，院内响起了"噼噼啪啪"的鞭炮声。

紧接着柳春雨、杨雪花两口子满面春风地迎了出来，想帮着儿子、媳妇提行李时，司机小黄连连摆手，不用，不用。柳春雨顺势从苏华手里抱过小孙子，想爷爷了没有？整天吵着要下乡到爷爷奶奶这里玩呢。苏华替小柳永回了爷爷的问话。杨雪花往孙子嘴里塞了颗"大白兔"，小柳永咧着嘴笑了。糖吃多了，会蛀牙哟，小家伙！县委书记这刻儿一直忙着给登门的乡亲们发烟，也没放过跟儿子亲近的机会。

杨雪花此时转身回堂屋，连糖果盘子都端了出来，给看热闹的老人小孩发糖果。空气中飘浮着烟香，"大白兔"特有的奶香，愈加浓郁。

当上县委书记的儿子，头一次回香河，头一次回老家，柳春雨、杨雪花两口子高兴自不必说。家边邻居，一村人都为柳家高兴。有的念叨起柳成荫的爷爷来。

柳老先生在世时，经常曰个不停的是，香河村，真龙地，是个出能人的地方啊！村民们也听老先生曰过，还是柳安然开馆做私塾先生的时候，就曾听说香河来过个认族的"大学士"。"大学士"村民们无缘相见，这老邻居之子，县委书记柳成荫，大伙儿今儿算是见面了。这可是早年间戏台上的"县太爷"呀，柳老先生坟头上冒青烟唉！

虽然不过年，不过节，但杨雪花还是早给儿子、媳妇和小孙子准备了红糖茶。这可是香河一带，人们过春节时才有的礼节。寻常时日，没人给登门访客端红糖茶的。习俗如此，跟小不小气无关。尽管柳成荫早习惯了喝茶叶茶，他还是开心地从母亲手接过了红糖茶碗，给小儿子喂一口，自己喝一口。让母亲少倒一碗。他知道，做母亲的刻意这么做，是把他回家当作件大事，把他回家的这一天当作大日子。

爷爷，我回来了，回来看您老人家了。香河村垛田公墓上，柳安然的坟前，柳成荫带着妻儿，在爸妈的陪同下，给自己爷爷上坟。

秋天的垛田上，柳树叶子泛黄了，不时随秋风飘落下来，落在地上，落在爷爷的坟头上。柳条在秋风里吹得"飒飒"作响，让柳成荫心生悲意。毕竟爷爷不在了，柳成荫是多么希望爷爷能亲眼看到他所疼爱的孙子有了今天啊！

不远处，别人家墓地上，高大的老榆树枝杈间有个喜鹊窝，几只毛色灰白相间的花喜鹊，在窝的上方扑棱着翅膀，似飞非飞，"喳、喳喳、喳"，不时有喜鹊的鸣叫声传出。

妈妈，花喜鹊，树上有花喜鹊。很少下乡的柳永，见到榆树上的喜鹊，高兴地叫喊着，让苏华看。他自然不能领会爸爸此时此地的感受。

柳永，还不快给太爷爷磕头！柳成荫吩咐道。

来，小永，给太爷爷磕头。丈夫话一出口，苏华连忙拽着儿子跟在丈夫后面跪下。

爸爸嗳，你疼爱的宝贝孙子出息了，当上县里的县委书记啦！给您老，给柳家增光啦！在墓前烧着纸钱的柳春雨、杨雪花两口子，这时也在老父亲坟前跪下，念叨起来。

望着爷爷坟前新近刻立的石碑和修理一新的坟，柳成荫心里稍稍有些宽慰。这是去年，在他强烈要求下，父亲和大伯才答应的，修整祖坟的费用全由柳成荫一人承担的。

当初，柳成荫把这想法跟父亲通气时，父亲很为难。自己的儿子有这份孝心，做父母的当然很高兴。但这种事他得跟老大春耕商量，照旧时规矩礼，老大家也有个小龙，同样是柳安然的孙子。

老大柳春耕倒想得通，说是就随了大侄子的心愿。在柳家孙辈上，柳成荫是大孙子，想法又是他先提出的，让他先来修，情理上也说得过去。大不了过几年，再让他家柳小龙也单独修一次祖坟。

老大全家经营着一艘大吨位货船，常年在外边，走南闯北，难得回香河一趟。

香河村，真龙地，是个出能人的地方啊！爷爷的话，此刻又在柳成荫耳边响起。的确，柳安然在世时，劝诫自己的孙子好好念书，求上进，总会念叨这句话。自然也会给他讲"大学士认族"的故事。爷爷的故事再烂熟于心，柳成荫每回还是认真聆听。

香河村，已经不是早先的香河村了。

从垛田上给爷爷上过坟回来之后，妻子苏华和司机小黄就在家里帮父母忙饭。柳春雨、杨雪花两口子又是杀鸡，又是打肉（到村上屠宰点买肉，当地村民从不说"买肉"，而是说"打肉"。一个"打"字，再现的屠宰点师傅割肉时的动作过程，蛮形象的），忙得很开心。夫妻俩一定要给当县委书记的儿子做顿好吃的。

柳成荫只管让父母亲去忙。倒是苏华再三跟婆婆说，不要买这买那的，到家里自留地上挑几样蔬菜，比鸡鸭鱼肉都好。还说，每回从香河村带进城的蔬菜，一上桌子，柳永都会跟他爸爸吃得抢起来，打筷子仗呢。

清官难断家务事。今天这顿饭，全凭你们婆媳做主！你们做什么，我就吃什么。花不花钱，花多少钱，我没有发言权。走，柳永，陪爸爸到村子上视察视察。柳成荫心里明白，今天最重要的是让父母亲高兴。

柳成荫牵着小儿的手，走在他熟悉而陌生的龙巷上，面对如许变化，心里却高兴不起来。那些被岁月磨得滚光溜滑的碎砖不见了。现在平整的水泥路面，行走起来方便了许多。可，再也找不到脚踏碎砖的那种感觉了。那可是心里的感觉，童年时的感觉。

龙巷两旁的房屋也变了。上下两层的小楼多起来，四四方方，直上直下，与原先的平房相比，高爽倒是高爽了许多。在祖祖辈辈种田人看来，能住上这样的楼房，心满意足矣。可在柳成荫眼里，怎么看怎么像影视片里日本人修的碉堡。这跟早先绿树掩映中的村舍比起来，"意韵"二字全无。唉——

香河两岸那些抚风点水的杨柳不见了。在柳成荫眼前留下的，唯有一个又一个树桩，似裸露圩堤身上的疤痕。浓阴覆盖，抚风点水，只能在柳成荫的脑海中贮存。

还好，大队部（现在的村委会）倒是基本保持着原先的模样。红砖红洋瓦的房屋，前后两进。前屋的土墙上，那些洞儿眼儿，依然眼熟。柳成荫告诉小永，夏天，这里野蜜蜂多了去了，爸爸经常和儿时的玩伴们在这墙上捉蜜蜂，掏蜂蜜。那野蜂蜜甜得腻口，比糖担子上卖的泥膏糖要甜上百倍！

爸爸一番话，让小柳永的注意力集中到眼前的土墙上，眼睛紧盯着那些洞儿眼儿，轻易不肯眨。秋阳照着土墙，十分温暖。爸爸，爸爸，看，有蜜蜂！

柳永人小鬼大，跟在爸爸后面一路逛时，见爸爸脸色渐沉，便不敢过于顽皮。他自然弄不明白，出门时笑嘻嘻的爸爸，一路走来，没了刚回家时的好心情。幸好，眼前的这面土墙，让爸爸脸上又有了笑意，还跟自己讲了小时候的趣事。柳永一下子雀跃起来。

"嗡嗡嗡——"土墙上有野蜜蜂飞过来，小柳永欣喜地指给柳成荫看。这面土墙，让这对父子找到了各自的开心点。

喜子哥，这块洞口黄霜霜的，里边蜂蜜肯定多。不相信，你来掏掏看。是小英子在喊么？

哈哈喜子，今天可叫我逮到了。为了掏蜂蜜，你竟然折大队部屋檐口的芦柴！破坏集体财产，是要报告老师的！是摸鱼儿心灾乐祸的声音？摸鱼儿总是那么调皮。

爸爸，爸爸，我掏到蜂蜜了。你看，你看。柳永波斯献宝地捧着几粒蜂蜜，小手举到了柳成荫跟前。

哇，真是蜂蜜！小永真棒！做父亲的拍拍儿子的头，给小柳永一点鼓励。之后，继续着自己的故事。

河北高垛之上，一个小男孩和一个小女孩在铲猪草。

说起这高垛，真是孩子们的喜爱之地。喜爱的原因有二，其一，垛上的猪草，以兔子苗居多，花艳草嫩，猪之爱物。其二，垛上有成片的蚕豆地，捉"青虫"，小孩子们喜欢。

说起这"青虫"，实乃青年少年期的蚕豆耳。黑白相间，抑或紫红相间的蚕豆花，在枝叶间"蝶舞"一阵之后，蚕豆花落，"青虫"现身其间。乡里孩子，铲猪草时顺手牵羊，捉"青虫"者，十有八九。说句实话，这倒不能怪罪小孩嘴馋，实在是"青虫"新鲜诱人。

与捉"青虫"方便快捷不同，烤"青虫"则别有一番清香和情趣。

现在，柳成荫头脑中的小男孩子和小女孩，不是别人，正是小名叫喜子的自己，还有整天形影不离的小英子。他俩正铲猪草，捉"青虫"，两不误，两促进，情绪高涨得很。

突然，小英子"啊——"的一声，惊叫起来。在不远处铲猪草的喜子，敢忙奔到小英子跟前，怎么回事啦？蛇！小英子慌张得很。在哪呢？往河边溜了。胆敢吓唬你，那还了得！看我怎么收拾它。

喜子拿出了小小男子汉的气概。都溜走了，就别收拾了。怪怕人的。小英子劝自己的喜子哥。

不一会儿，喜子将一条水蛇提到小英子面前。喜子哥，还不快扔远一点，扔到河里去。怕人得扎实。小英子几乎在央求。有我在，别怕。这条水蛇，我让它上西天！这是它吓唬你的下场！喜子提着蛇尾，快速抖动起来。没多久，蛇便一命呜呼矣。喜子骄傲地告诉小英子，这叫"散蛇骨"。

为给小英子压惊，喜子捋枯草，挖土坑，架瓷片，这一切忙完之后，将之前剥好的"青虫"放置瓷片之上，盖上枯草点燃。不一会儿，只听得噼里啪啦作响，眼前缕缕白烟直升。片刻工夫，草尽豆熟。

喜子先拣一颗丢进小英子嘴里。小英子没防备，烫得嘶嘶的，给喜子一拳，也不肯松口。一嚼，热气一冒，豆香随之飘出。喜子见状得意得大笑，香么？真香。小英子点点头。于是，他俩你一颗，我一颗，快速消灭了这些烤熟的"青虫"。抬头一看，两个人便笑闹起来。只见小英子笑着，拍着手——

小小伢子，

长黑胡子，

娶新娘子。

柳成荫哪里肯放过小英子——

丫头片子，

长黑胡子，

出不了门子。

笑闹得时辰不早了，两个人到河边上，洗去嘴角上的黑灰，背了满网兜猪草，回家。夕阳把他俩的身影拉得长长的，印在田埂上。

小英子家这几年不知变成什么样子了？小琴阿姨能给我这个县委书记面子，让我进屋喝杯水么？要不是她当初那么拼死反对，今天……柳成荫仰天，长长吐出一气。回过头，再看看专注于掏蜂蜜的小柳永，他叫妈妈的人就该不是苏华了吧？！

荒唐！柳永是你和苏华生的，他不叫苏华妈妈，叫谁妈妈？如果……如果什么？你是想说，陆小英？就算还会有个小柳永，可此柳永非彼柳永啦！再说了，你说的如果，早已不存在。柳成荫同志，这个世界上哪有那么多如果？

小永，快回家吃饭啦！

柳成荫头脑中还在胡思乱想呢，一个脆甜的声音在他耳边响起。是妻子苏华沿着龙巷找了过来。

妈妈，妈妈，我掏了好多蜂蜜。你尝尝，真的好甜。小柳永依旧波斯献宝捧着小手掌，让爸爸妈妈看看自己的劳动成果。

真不少。真甜。走，回去让奶奶找个小瓶子装起来。苏华象征性地尝了一点儿子掏的蜂蜜，给予了一个大大的鼓励。

倒是柳成荫心中开了一回小差，想不到妻子这会儿会出现在自己面前，有点儿不自然。小柳永咱们走，和妈妈一起回家吃饭。爷爷奶奶肯定做了好多好吃的在等着我们呢。

一家三口，手牵着手，从大队部往回走。苏华发现，丈夫的心仍旧没有回到她和儿子身边。

第三章

　　楚县县委、县政府机关坐落在楚县县城中央，标志性建筑就是机关大门口古城堡似的四方楼。这座四方楼，整体四层，在楚县已经属高层建筑了。楼的最底层中间空成了一条过道，人们进出县委、县政府机关大院，正常情况下都得从此处经过。因此，这过道两边一边设立的是传达室，一边设立的是保卫科。这样的摆布再合适不过。

　　这四方楼底部一空，楼体又成四方形，让整座楼的造型显得与众不同，个性十足。再加之楼的墙体，用净一色的细长条青砖砌成，每条青砖之间缝隙极细，是传说中那种糯米汁调灰勾的缝，而不是现在房屋建筑通常所用的水泥灰。一看，便知有年头矣。

　　不论是刮风下雨，还是阳光明媚，四方楼顶上总会升起着一面五星红旗。人们一看到这四方楼上的五星红旗，便知道，此处是楚县县委、县政府之所在了。

　　楚县县委、县政府的大门为朝南向，四方楼坐北朝南。由四方楼进县委、县政府机关大院，有条宽阔的水泥路，把整个大院分成东西两部分。东边沿路排下来几幢平房，青砖黛瓦，古色古香。县委所属的组、纪、宣等重要部门，都在这些平房里办公。再往里，有个龙墙围成的院子，院内便是楚县的政治中心：县委书记、副书记等县委领导的办公室。

　　水泥路西有一幢两层的大楼，看上去楼的体量蛮大的，楼下靠近路边的办公室门口挂着长方形的木头牌子：秘书科。到过秘书科的人都知道，这秘书科不是哪个部门的秘书科，而是楚县县政府办公室下属的秘书科。整个这幢楼就是楚县县政府办公大楼,是楚县行政首长们办公的地方。大楼前后有些平房,安排的是计划、经济、财贸等县政府所属的主要部门。

如此泾渭分明的格局,倒是有一个好处,方便外来办事者。找县委及县委所属的部门,往东边部分;到县政府及县政府所属的部门,往西边部分。当然,也不是全都是这样分得清爽的。机关食堂、机关浴室怎么说也属政府的后勤部门,却都建在东边部分。

楚县是个有着150多万人口的大县,每天来县委、县政府机关办事的,不在少数。四方楼的大门口,进进出出,人来人往,熙熙攘攘。机关大院内,从外边进来办事的,原本就在里头办公的,往外赶着外出的,哪一个都显得脚步匆忙,让人觉着毕竟是县级机关,不一样呢,人人都忙着,一派高速运转的繁忙景象。

就是这样一个人人都忙碌着的机关大院,这些天竟有人在看"西洋景儿"。

  这是哪家的大白鹅,赶紧拿回去哟——

  嘎鹅——

  这是哪家的大白鹅,赶紧拿回去哟——

  嘎鹅——

只见机关大院里,一老一小一前一后走着,老的一手抓着一只"嘎鹅""嘎鹅"叫个不停的大白鹅,一手提着一篮子鸡蛋。这一老一小顺着水泥路边走边喊,一会儿往东边转几圈,走几趟,一会儿往西边转几圈,再走几趟,看上去像是在寻找鹅的主人。

这一幕出现在县委、县政府机关大院里,跟正在高速运转着的县级机关显然不那么协调。在通常情况下，四方楼里传达室、保卫科一定会有人出来干预，不能让这一老一小为寻找鹅的主人而影响机关大院正常秩序。

可问题是，眼前的这一老一小，让传达室、保卫科工作人员很难办。老的，他们再熟悉不过了，谁啊？县委办公室管理员老陈！小的，更是个特殊人物，县委柳书记的公子小柳永。更为特殊的是，这一老一小的举动是奉命行事。奉了谁的命？县委书记柳成荫的命！

刚开始，看"西洋景儿"的自然是丈二和尚摸不着头脑，不清楚这老陈带着柳公子唱的是哪一出。慢慢地，有人看出了门道。

原来，中秋节那天晚上，柳成荫要替儿子到幼儿园请假，让儿子为他办件事情，就是这件事。他要让老陈带着自己的儿子把收的人家的大白鹅和鸡蛋给送回去。问题是，这送礼之人是老陈领进柳家大门的，要熟悉也只有老陈熟悉。柳成荫两口子连送礼的长得什么模样都没见着，根本谈不上熟悉。小柳永倒是见到送礼的面了，可根本不认识。

老陈一下子成了能不能把大白鹅和鸡蛋退回去的关键人物。

等到柳书记把老陈叫到办公室（不是在机关大院柳书记的家里，而是在办公室，这意味着公事公办），老陈抖抖活活的，只有一个劲儿检讨的份儿。他是一时糊涂，同情了一个不认识的乡下来人，主要是那个送礼之人没有什么特别的用意，只是感谢柳书记替他们农民讲了话，帮他们解决了几件实际困难。当然，老陈并没有一开始就想帮着陌生人把礼收下，再三劝说没把送礼的劝走，反而被送礼的说得心软了。人家又没有什么事求柳书记，大老远地从乡下跑上城来，就为表达感激之情。再说，说是送礼，只不过一篮鸡蛋，家里鸡子生的，一只大白鹅，家里养的。要是真正给县委书记送礼，这点东西也拿不出手。见那送礼的说得言辞恳切，而小柳永在院门内警惕性特别高，没见到老陈之前，无论陌生人怎么敲门，他就是不开门。情急之下，老陈这才想到请朋友帮忙送菜过来的一套说辞。否则，小柳永也不会随随便便就把大白鹅和鸡蛋留下的。

对于老陈的行为，柳书记批评还是要批评的。这一点，老陈有思想准备。不过，事已至此，再批评也没有用。柳书记看似轻描淡写地给老陈交代说，礼你怎么收的，还怎么退回去。这事柳永守门不严，也有责任。让他和老陈一块退礼。

老陈本以为他一番解释，能让柳书记原谅自己。送礼这事就算过去了，以后注意，下不为例。好多领导都会这么说的。在县委、县政府机关大院里，老陈服务的领导不止柳书记一家，这样的情况也不是头一回碰到。一般来说，领导们都会通情达理，以后注意，下不为例就行了。可柳书记没有跟老陈说以后注意，下不为例。柳书记让老陈退礼的话一出口，老陈的心口上就像被蚂蚁咬了一口。你说有多疼，那倒不是，但的确是疼，是那种细细的钻心的疼。这回自己要在领导、同事、家人面前丢面子哎。柳书记这一手，是老陈没有思想准备的。不过，这也算是老陈为自己存有的私心付出点儿代价吧。这又是柳书记所未曾想到的。

几天下来，老陈带着小柳永在机关大院里转来转去，随着大白鹅"嘎鹅""嘎鹅"不停的叫声，不少人都在议论：

乖乖，柳书记要求也太严了，人家送只鹅都要退回去。

说的是啊，连个人都不认识，这让老陈怎么退呀？

哎呀，老陈也就罢了，连累细小伙也跟在老陈后头，游街呃似的，受罪哟。

楚县县城原本就算不得大，这县委、县政府机关大院里鹅叫声，很快就一传十，十传百，传出了机关大院，传得满城皆知了。

大街小巷，茶余饭后，市民们都在议论，究竟是谁给县委柳书记送了这只大白鹅？柳书记的赞扬声多了起来。这些平头百姓，平日里极少机会能跟县委书记打上交道，多半从县电视台的节目里见过柳书记，从他在电视上讲话、做报告，抑或是在基层检查工作的一言一行当中，来了解柳书记的。现在可是不一样了，中秋节有人给柳书记家送了一只大白鹅（鸡蛋不会叫，就被市民们忽略了），柳书记都让公勤员给退回去。这可是一件实实在在的事，让市民们有切身感受的一件事，不信你可以到县委、县政府机关大院里看，那只大白鹅还在"嘎鹅""嘎鹅"不停地叫呢！

不就一只鹅嘛，收下又何妨？这柳书记也太清廉啦。

非也，非也，古人云，勿以恶小而为之，勿以善小而不为。

大街小巷，茶余饭后，市民们的议论还在继续着……

第四章

陆小英一回到香河，就知道县委柳书记衣锦还乡，祭拜过了祖坟。

一时间，香河村的男男女女，老老小小，在巷头上碰见，庄稼地里一起干农活，大伙儿谈论的话题，都是柳安然老先生家的孙子，柳春雨、杨雪花家儿子。一连几天，柳家门口都是进进出出，人来人往。

陆小英还知道，柳书记还登门看望了自己的母亲。一个人来的，没带妻子、儿子，没带糕点茶食。不过，临走时留下了几百块钱。这钱，母亲怎么就收下了呢？！

柳成荫事隔多年登门看望王小琴，让王小琴意外。在王小琴看来，柳成荫应该是恨她的。当年，他和陆小英的事，就是身为陆小英母亲的王小琴拼死反对，他俩才痛苦地分手的。现在的登门看望，是不是想告诉我当年做错了？是不是要让我后悔，自己放弃了一个县委书记女婿？王小琴越想心里越难过，满腹的苦，只能往肚里咽。

柳成荫再三恳求，请小琴阿姨收下这信封里的几百块钱。不管怎么说，小琴阿姨是长辈，他柳成荫再当什么县委书记，在小琴阿姨跟前也是晚辈。来得匆忙，一盒糕点都没带，实在是做晚辈的不是，无论如何请小琴阿姨原谅。说到最后，如果小琴阿姨这几百块钱不收下的话，他这个县委书记也实在是没得面子。

陆小英的母亲，实在没办法再推，只好勉强收下那信封，再也没看一眼。不过，有一条是跟柳成荫讲明的，现在收只是顾全柳书记的面子。日后，一定会让小英子退还的。她王小琴绝对不会用，这看着心里都滴血的几百块钱。

妈——，看你做的这件事，你收了人家的钱，叫我去还。我才不替你还呢！陆小英说得气乎乎的，把母亲递给她装钱的信封，重重地摔在床头柜上。听着母亲的叙述，她禁不住浑身发抖，五味杂陈。

陆小英在生气，生柳成荫的气，也生自己的气。在县政府机关大楼门前的偶遇，让身为俞垛镇党委副书记的陆小英狼狈、难堪。

她得知柳成荫回楚县当县委书记之后，头脑里生发出若干场景不同的，与柳成荫相逢的悲情剧镜头。带着一群上访群众跟曾经的恋人、楚县现任最高领导见面。这在"若干场景"之外。狼狈，难堪，这柳书记奉上的两份大礼，陆小英想不收也不行。

与自己的狼狈、难堪相比，县委柳书记却十分自如地掌控着在陆小英想来，原本该是十分尴尬的场面。何止是"十分"？打分权如果在陆小英手上，她会打上"百分""千分"，不！直接打上"万分"，应当是"万分尴尬"！

他甚至抓住了一次机会，在陆小英面前展示了自己化解群众矛盾的高超本领。不止于此，他还在上访群众面前一下子就树立了很好的形象。她看不到自己在柳成荫心底的位置！一对曾经那么相爱的人，真的彼此心中一点痕迹都没有了么？你柳成荫就能把过去的一切删除了、清零了？

人们常说女人心细如发。这话，未必百分之百正确。那也是要具体情况具体分析的。面对分手多年的恋人，柳成荫如此收放自如的表现，让陆小英心生不满。生柳成荫的气，也生自己的气。但，平时一直很心细的她，没发现柳成荫在与自己四目相碰时内心的一"愣"。这一"愣"，无疑触到了柳成荫内心深处的隐秘部分，对于他跟陆小英而言，则是一种刺心的疼。柳成荫在那群上访群众面前所做的一切，其实都是在遮掩，为自己，更是为自己心爱的女人。只不过，这一切来得让陆小英毫无准备，她把柳成荫的一举一动，看成了一个县委书记的作秀。而这个"秀场"，却是她陆小英提供的。

内心的气还没有消，母亲又交给她一个难题：还钱。陆小英真的是气不打一处来！陆小英想不明白，柳成荫回香河村如此高调，是在展示？是在宣告？还是在示威？

这几年中，虽然与柳成荫已没什么联系，但自己心中一直存有念想。过来人都知道，有些东西忘是忘不掉的，除非自我屏蔽，狠一点地将大脑"格式化",不再进行"保存"操作。但这,无疑是件痛苦的事。

现在,柳成荫的举动,替陆小英完成了一次"清零"。他其实在告诉陆小英,那点念想,再无贮存之必要。还是一起面对现实吧!现实是,柳成荫早已不是你陆小英的恋人,他是苏华的丈夫,是柳永的爸爸,是你陆小英最高领导——你该叫一声:柳书记!这跟你单不单身,半毛钱关系都没有。

床头柜上那装有几百块钱的信封,在陆小英眼里变了。恶心,怜悯,施恩……一连串的词儿,被陆小英与柳成荫留下的几百块钱画上了等号。

说起来,现在的陆家,还真看不上这"几百块"。当上了镇党委副书记的陆小英,在村里人看来,真的很了不起。村民们质朴地想,一个姑娘家又没得后台,靠自己走到这一步,真正不容易。常言说得好,朝中无人莫做官。她陆小英就是个地地道道的香河村人,"朝中"自然没有"人",却做上了官,让左邻右舍的人都替中年守寡的王小琴高兴,年轻时吃了多少苦哟!现在姑娘出息了,总算是苦尽甘来,能享几年福啰!

陆小英的父亲陆根水,早年间是香河村的农技员。要论农业生产技术,陆根水还真是一把好手。选种育苗,施肥治虫,田间管理,只要是跟"农"字沾上边的,陆根水就成了香河上的群鸭,呱呱叫,连着呱呱叫。

就是这么一个"呱呱叫"的人,名声不大好。陆小英长大懂事之后,听村上人过耳传言,说是自己的父亲是在一个大型水利工地上,把母亲王小琴强奸了,之后他们才成的亲。在这之前,跟母亲要好的是另外一个人。这在香河村是公开的秘密。

村里人说起陆小英父母的事，给她父亲陆根水起了个绰号：霸王硬上弓。言下之意，如果不是陆根水玩霸王硬上弓这一出，王小琴根本不可能嫁给他的。有了这一出，对于一个乡里姑娘来说，还能怎么样？不嫁把陆根水，跟自己心爱的小伙子结婚，那将是一桩抹也抹不去的心病。日子过得顺还好，风平浪静，无话可说。要是日子过得不顺，不舒心，这心病就会发酵，弄不好会酿成灾难。说不定，到那时连日子都过不成，夫妻都做不成。

也有人说，王小琴尽管出了事，但拼死也不肯嫁把陆根水。是哥嫂做主，她万般无奈，只好屈从。所有这些传到陆小英耳朵里，她并不往心里去。父母亲的事，她陆小英一个姑娘家能说什么？在她的记忆里，从她来到人世，来到陆家，父母亲整天就吵个没完。两个大人的战争，总是会殃及年幼的小英子。最常见的情形便是，父亲陆根水一手拽住细丫头的细辫子，一拖多远，嘴里还骂骂咧咧的，小讨债鬼，投胎投到陆家来，自认倒霉吧！

奶奶在世时，有时实在望不下去，就会掰开儿子的手，把小孙女儿拉到自己怀里，一面哄小英子别怕，一面对自己儿子加以训斥：魔鬼附上身了，还是脑子进水了？对自己老婆孩子不是打就是骂，还算是男人，还算是老子吗？不把自己老婆孩子当人，让人戳脊梁骨呢！难不曾你陆根水一点脸面都不要了？

奶奶能做出这样的举动，多半是父亲把她们母女打得实在是望不下去了。更多时候，奶奶不会为孙女儿挨打挨骂出来护孤。所以，从小陆小英就有一个想法，自己尽管出生在陆家，陆根水好像不是她的亲生父亲，奶奶自然也不是她的亲奶奶。任何时候，不惜自己受家里男人的苦，挨家里男人的打，总要保护小英子的，只有妈妈。

妈妈，是陆小英内心真正的唯一的亲人。

因而，她读大学期间奶奶病逝了，自己并不太难过。再后来，父亲陆根水在一次水利工程事故中淹死了，她也没有太多伤心的感觉。有人说陆根水是遭到报应了。他在上"大型"时对陆小英的妈妈做了坏事，之后那么多年又折磨她们母女，最后是老天爷望不下去了，叫水龙王把他收走了。

不论陆小英对自己的父亲、奶奶怎儿没有感情，她总觉得他们不应该对自己的女儿、孙女那么薄情寡义。尤其是她长大成人，成为一名大学生之后，每每想起自己的父亲和奶奶，心中总有无法解开的困惑。这种困惑，直到自己最亲最亲的母亲，坚决阻止她和心爱的喜子哥的婚姻时，陆小英似乎才明白了一些。

第五章

柳成荫和陆小英在广陵大学那三年大学的时光是美好的。

也许有人会说，大学一般不是四年么？柳成荫和陆小英怎么会是三年呢？这你就有所不知了。这大学四年不假，可当年柳成荫并没有能和陆小英一起考上广陵大学。陆小英高中毕业第一年就考取了。柳成荫那年没考上，苦苦复读了一年之后，才追到了广陵大学。

坐落在小西湖畔的广陵大学，其中文系是国内知名的。柳成荫追随陆小英够彻底的，陆小英读了广陵大学中文系，他也读了中文系。

当年，柳成荫考上广陵大学，在香河村可算是件轰动的事情。尽管是复读一年之后才考取的。在村民们看来，这是祖祖辈辈种田的香河村人的骄傲。他们的下一代也有了进高等学府念书的大学生。

怪了吧，在柳成荫前面不是有了陆小英么？她才是香河村考上大学名副其实的第一人啊？这是你的看法。香河村人，不这么看。陆小英，女生外相，终究要嫁人的。只有儿子，才是为家族传延香火的。因而，柳成荫成为一名大学生，更被村民们所看中。其时，那个坐过私塾馆的柳安然老先生尚未仙逝，更是乐得合不拢嘴，好啊！古人云，学而优则仕。喜子将来学业有成，定会光宗耀祖！香河村，真龙地，是个出能人的地方啊！

传延香火也好，光宗耀祖也罢，这是老辈人的观念。柳成荫心里，只有小英子！考上广陵大学，能跟心爱的小英天天见面，在一起读书，这才是他最看重的。两个人之间的情感，有句现成的诗来描述，再恰当不过。草色遥看近却无。

柳成荫、陆小英他俩够得上一个词：青梅竹马。从小到大，陆小英对喜子哥的依赖，没断过。读高中之后，两个人也都到了情窦初开的年纪，那种说不清道不明的小感觉，似有似无。这分开了一年，让柳成荫心口上蹲了只小馋猫，既闹心，又嘴馋，想得慌。处在青春萌动期的小伙子，想归想，又失去了自信。人家现在是光鲜靓丽的大学生，在自己复读的这一年当中，说不定已经有了心上人。

从水乡走出来的陆小英，浑身透着股水灵灵的秀气劲儿，谁见了都会喜欢的。人家又不知道，你柳成荫喜欢陆小英。严格说来，你俩的喜欢，至今为止，只存在于彼此的心里，并不曾互表衷心，互吐心曲。人们不是说么，女孩的心，天上的云。飘浮不定，易变。

就在柳成荫自说自话，举棋不定的当口，陆小英来到了他的身边。她是为喜子哥终于考上大学，而且考的是和自己同一所大学而高兴、而开心。在她极力主张下，陆家也像村子上不少人家那样，专门请柳成荫吃了顿晚饭。陆小英的主张，妈妈肯定支持，爸爸肯定反对，奶奶这时站出来支持了孙女儿，说是不能被村上人笑话。现在，陆家也是个出大学生的人家呢！再说，当初小英子考上大学，柳家也请过小英子。这顿饭，一定要请！

陆小英要请柳成荫吃顿饭，意不在饭。柳成荫更是全然不顾及上辈人之间的恩怨，一听说小英子请吃饭，一口答应。他，意亦不在饭。两个年轻人，都有心事。于是乎，吃了晚饭，默契地坐到了香河边，垂柳丛中。澄澈天空中，一轮明月高悬，香河在流水潺潺之中，有了波光粼粼之意味。对两个年轻人而言，正应了"月上柳梢头，人约黄昏后"的意境。

喜子哥，恭喜你终于考上了。

也考到你那儿去，不曾想到吧？柳成荫不接反问，陆小英知道，这是在责怪她考上大学，跟他联系少了，似乎忘了他这个"喜子哥"。

其实，柳成荫应该清楚，陆小英盼望他能考上大学，甚至比他自己还迫切呢。这种迫切，毫无疑问，缘于一个字：爱！陆小英当然知道这一年的复读，对于柳成荫是多么关键，多么重要。她不想影响他，不想让他心里总有个人在打扰他，不想让他分心，哪怕是一点点分心。这样子是对喜子哥不利的。这一点，陆小英的体会太深了。

克制已经生根发芽的情感是多么的难！刚进大学校门的那些日子，喜子哥总在自己眼前晃，晃得来晃得去，赶也赶不走。苦恼的是，课堂上老师的讲授，自己一句都听不进去，不知师之所云。她知道，自己的心不在课堂上，飞了。课后，一个人沿着小西湖的长堤，漫无目的地走，思恋竟是如此折磨人。喜子哥把自己变成了个不折不扣的怀春女。

有情人终成眷属，无疑是件美事。有情人成不了眷属，想来不在少数。否则，王实甫在《西厢记》中的那一"愿"字句，也不会珍贵成千古名句，广为传诵。世间的有情人不能成为眷属，其中的原因肯定千差万别。有一条，相互之间把真心藏起来，再想方设法试探对方，悲剧便如影随形。自古以来这样子的事例不胜枚举，"宝黛"堪称典范。

我想得到，还是想不到，你真的不清楚么？陆小英为自己的"苦心"不被识，泪噙眼眶，挺委屈。

到现在都没来过一封信，谁知道你有没有被大学里的流行病传染上？！柳成荫和陆小英一样，都还没有让步的意思。

这倒怪了，我怎么没听说过大学有什么"流行病"，你说来听听，也让我长长见识。

喜新厌旧呗！你的身边，应该每天都在发生，都在传染。你没被传染？

你个坏蛋！你才喜新厌旧呢，不，忘恩负义！想说我什么？我是百毒不侵之身，那些小儿科病毒奈何不了本姑娘！哼！倒是你，臭喜子，把本姑娘苦心当作驴肝肺！想着柳成荫无端怀疑自己，看轻自己，陆小英情感的闸门轰然大开，瞬间将柳成荫淹没。随之而来的，是陆小英密集的拳雨，敲得柳成荫胸脯上"咚咚"直响。怪呢，这姑娘越敲，小伙子胸脯越挺。这刻儿，两张火热的唇，紧紧重叠在一起矣。两个年轻人，陶醉在爱的海洋之中。

广陵大学校园里，陆小英终于可以跟心爱的喜子哥成双成对了，那一年形单影只的日子，那一年苦苦相思的日子，那一年牵肠挂肚的日子，一去不复返矣。那浓密的林荫道上，那芬芳的花圃旁，那安静的图书室内，那熙攘的餐厅中……都留下了他俩的美好身影。他俩与其他校园恋人不一样呢。通常的情形，多半是男生照应着身边的女生。而他们之间,多数时候,是陆小英照应她的喜子哥。

说来也是,毕竟陆小英早柳成荫一年进广陵大学,校园里的教学楼,宿舍楼,图书馆,报告厅,还有浴室,食堂,凡此等等,都是陆小英领着柳成荫一一熟悉的。校园外紧挨着的小西湖,也是陆小英带着她心爱的喜子哥去的。

两个人漫步在长长的柳堤上,看湖中的水,水是那么碧透。抬头望天,天空是那么纯蓝。偶或有几只不知名的小鸟,从柳丛间,从头顶上,叽叽喳喳地飞过,叫声都那么悦耳。

喜子哥,真的跟以前来的时候不一样了呢。陆小英幸福地依偎着柳成荫。她告诉柳成荫,以前来是因为没心思听课,一个人来想借此排解心中苦思,可眼睛出现那些成双成对的身影,自己越发苦,越发思。

是你喜子哥不好,小肚鸡肠,错怪你了!

哼!这都猴年马月了,才跟人家道歉,不答应,就是不答应!除非你好好补偿我。

好,好!我现在就好好补偿你!陆小英第一次享受到了喜子哥双手的不老实。

大学校园生活对于柳成荫来说,是新奇的。能再次跟自己心爱姑娘一起读书,又让他很是兴奋。尽管他晚陆小英一年,有些小课不能一起上,但因为同专业,好多大课都能一起听。何况,大学里自主支配的时间不知比中学时代多出了多少倍。于是乎,他俩成了图书馆的常客。偶尔也溜到校门外一家录像厅里看看当下比较火的录像片。让他轻松了许多的是,他所有的换洗衣服,几乎都由小英子承包了。不仅如此,柳成荫和五六个男生同住的寝室,小英子都要隔周打扫一次。弄得其他男生怪不好意思的。大家伙儿都不愿意让漂亮的女生为他们干脏活儿,一个个小懒虫,变成了勤快的小蜜蜂。

这样一来,柳成荫的日子又不好过了。他成了全寝室攻击的主要目标。其他几个室友都恨他恨得咬牙切齿,凭什么这漂亮水灵还这么勤快的姑娘做你柳成荫的女朋友?不行,不能让你稳坐钓鱼台。只要你俩没有谈婚论嫁,咱们机会均等。我们哥儿几个也有追求陆小英的权利和自由。

这帮坏东西,听上去像是开玩笑。可谁能保证,他们内心不是这样想的呢?柳成荫一下子有了危机感。

"英子,我们定亲吧。"柳成荫在他升到大二时,正式向陆小英提出了这样的要求。

第六章

柳成荫决定去一趟俞垛镇,将唯一的空白点补上。

当然,他的想法在县政府大楼门口与陆小英意外相遇之后,也发生了变化。自己既然到楚县担任书记一职,她陆小英也已经是一个镇的副书记,就算能做到"八小时以外"不见面,这"八小时以内"呢?稍有点机关工作经验的都知道,一个县委书记,一个镇党委副书记,工作上总有见面的时候。"回避"既非良策,也非长久之策。有些事,有些人,尽管不想面对,但很多时候,还是必须面对。这不以个人的意志为转移。

一望无际的水,是俞垛镇给柳成荫的第一印象。因为第一次来,从县城出发,上了县委交通组的小轮船之后,柳成荫几乎一直站在轮船前甲板上,十分关注地察看着沿途的自然风貌和水面利用情况。

轮船沿下官河向西北方向行驶着,开船的小黄极细心。碰到有农船迎面而来时,都会主动放慢船速,并且轻声鸣笛,示意来船注意。小黄的这一举动,得到了柳书记的点头赞许。

跟其他为领导干部开车的司机不一样,小黄既为柳书记开车,又为柳书记开船。车,是辆旧红旗,前任县委书记留下来的。柳成荫到任时,县委办公室准备给他添置辆新皇冠,被柳成荫制止了。平时,柳书记骑自行车居多,路途远时才用一下那辆旧红旗。要是陆路交通不方便,那还得用轮船。像这次到俞垛镇检查水面利用情况,只能坐船。小黄就放下轿车方向盘,握起小轮船方向盘。有一点,那辆红旗轿车是固定为柳书记服务的,而小轮船则不固定。

此次,与柳书记同行的还有水产局、农业局、水利局的局长们,财贸办、人行、农行的头头们。见柳书记一直在轮船前甲板站着,这些人也都挤到了书记身边。一时间,小轮船头重尾轻,失衡了。驾驶员小黄只得高喊一声,请领导们别都挤在船头,有安全隐患。柳成荫连忙跟大家打招呼,我这是第一趟,情况不熟。你们诸位不会也是第一次吧?

不是,不是,当然不是。听柳书记这么一问,同行的局长、主任、行长们几乎异口同声。他们自然不想在县委书记面前留下不深入基层的印象。

柳书记一声反问,缓解了船头的压力,安全隐患瞬间排除。部门负责人都进了船舱之后,船头上,只有跟班秘书金爱国,提着个棕色的"大哥大"包,站在柳书记身边。防止书记有什么要问,有什么要布置。这时,柳成荫才让金爱国叫了水产局局长李得水,让他上来说说俞垛镇的水产养殖情况。

航行了两个多小时，船驶进了一片芦苇荡。柳成荫望着航道两侧大片芦苇，不比城郊的乌金荡范围小，一眼望不穿。便转身询问，李局长，这就是黑高荡吧？有多少亩啊？

是的，书记。这就是黑高荡。水面有三四千亩呢。李得水见柳书记问话，身子朝柳书记跟前靠了靠，脸上堆满了笑意。

入冬时间不长，荡子里才开始有人收割芦苇。苇絮霜白，在芦苇上覆盖了厚厚一层。柳成荫对身边的金爱国、李得水说，这可是老天对俞垛的恩赐啊，现在是不是太浪费了？柳书记伸手指了指远处几个割芦苇的村民。

柳书记说的是，这么几千亩水面，每年只收几捆芦柴，效益确实低。小金秘书顺着柳书记的意思，往下接了一句。

放着这么好的资源不充分利用，可惜啊！不久前，俞垛镇还有村民为这黑高荡的水面养殖吵到了县里。如果这么大片大片的水面都开发出来，哪里还用得着吵嘛！现在看来，还是开发成熟的水面少，而群众的眼睛就只盯着成熟的水面。这就需要我们党委、政府鼓励引导农民，动员他们搞湖荡开发。我看不是没有水面，是我们思想要解放！

柳书记有所不知，开发黑高荡，沙沟区委、区公所，以及俞垛等跟黑高荡有关联乡镇，都在动脑筋，可这几千亩芦荡要开发成鱼池，不要说工程组织难度不小，单就资金投入一项，他们也无能为力。这可得一笔巨额资金做保障才行啊！李得水也算是在其位谋其政，对全县水产养殖方面的情况，还是清楚的。

得水同志啊，畏难情绪可要不得啊。对于沙沟地区，对于俞垛镇，我看就是要做好一个字的文章。年轻的柳书记给水产局李得水局长换了个称呼。他可是柳成荫手上提拔起来的少壮派，没有点虎气，没有点闯劲，哪肯定不行！

"水"文章。金秘书破口而出。

对！就是"水"文章。老辈人说什么，靠山吃山，靠水吃水。这是有道理的。我们可不能捧着金饭碗去讨饭噢！柳书记慷慨激昂地指点着沙沟地区的江山，让站在近旁当听众的小金和李得水心生敬佩。

可这"水"文章怎么做，"水"怎么"吃"？是要有智慧的。我这次到俞垛镇来，就是要让他们围绕"水"动脑筋，以此带动整个沙沟区，一起大做"水"文章。这可是能做出大文章来的呀。或许有人会说，沙沟到处都是水，你这水文章如何破题？柳成荫把手一挥，说出了三个字：

黑高荡！

柳书记来俞垛镇的第一次调研座谈会安排镇政府举行。

因为是第一次，镇党委书记方国鉴亲自挂帅，并且明确一名分管农村工作的副书记具体负责柳书记此行的整个事务性工作，主要是接待安排。现在，不少地方领导人意识到了这一点，接待无小事。也有同志进一步强调，接待也是生产力。其中奥妙，无须细言。

就俞垛镇而言，柳书记也不等于对俞垛方方面面的情况不了解，方国鉴就亲自向柳书记汇报过几次，柳书记也专门询问过。作为县委一把手，柳成荫当然知道胸怀全局，掌握全局之重要。但毕竟耳听为虚，眼见为实。留给县委一把手一个什么样的第一印象，这太重要了。方国鉴不重视能行吗？重视怎么体现？两个字：亲自。一度时间，"亲自"一词被揶揄。说领导"亲自吃饭""亲自如厕"，不胜枚举。如果因此而轻视"亲自",远离"亲自",那你的政治生命就将危乎哀哉!

显然,方国鉴深知其中奥妙。柳书记一来,他亲自了。不仅他亲自,而且配备了得力副手。细心的读者朋友应该知晓,俞垛镇分管农村工作的副书记,不是别人,正是陆小英。方国鉴这样的安排,看上去合规合矩,没毛病。柳书记此次调研主题一个"水"字,主要是加快芦荡开发,发展水产养殖。陆小英在镇里主抓这方面,被方国鉴委以重任,理所应当。不过,就柳书记的身份而言,他一来,排在副书记第一位置的党委书记,也是可委以重任的呀!

这就看出来,方国鉴在接待柳书记这件事情上,是做了功课的。他可能已经有了陆小英是柳书记的大学同学这样的信息贮存。柳书记现在仍是"帅"气盈身,其风度不亚似青春偶像剧的男星。时光机器回转到大学时代,那时的柳书记,不,那时的柳成荫,定然帅气爆棚,身边美女如云。哇塞,陆小英就是这云中一朵,况且这朵云,一直飘在柳帅哥身边。难道就不擦出点火花?年轻人看重的是,为君引得百花开,结不结果,并不重要。现在看来,他俩还真没结出所谓的"正果"。"OUT"了不是?有句话怎么说的,不求天长地久,但求曾经拥有。退一万步讲,让柳书记在这偏远的水乡小镇,几天当中都有位美女同学相陪,总会给他一个好心情,给第一次的俞垛之行留下好印象。当然,如果能留下点美好的回忆,就更OK了。

这个方国鉴,聪明反被聪明误。把自己升格为"乔太守"了,也想点什么"鸳鸯谱"。在柳陆两人的关系问题上,他是只知其一,不知其二。就说安排陆小英负责柳书记此行的事务性工作,在陆小英心里其实很是不舒服、不痛快。从接待县委书记角度,她尽责尽力，会标啦，席卡啦，茶叶啦，住宿的酒店啦，就餐的菜品搭配啦，等等，事无巨细，一一照应安排到位，实乃职责之所在。况且人家书记是第一次来，让他对俞垛镇留下个好印象，自己无论多辛苦，都值得。问题是，陆小英鞍前马后，波斯献宝去服务的，不只是县委书记那么简单，实在说来，他是陆小英的负心人！

即便如此，陆小英在心里，还是强迫自己，做好方国鉴书记要求的一应事务，细之又细，到位再到位。跟方国鉴，她有些话不能说，也不想说。

在乡镇党委副书记岗位上干了也有几年了，这公私要分开的道理，陆小英自然是懂的。柳成荫曾经是她的恋人不假，现在人家是县委书记。我陆小英不是为那个曾经伤透了自己心的人而忙，是为了迎接县委柳书记在做镇党委分派的工作。因此上，在旁人看来，她不仅忙得那么带劲，还忙得那么开心。

正如在来的途中，县委书记柳成荫对李得水、金爱国说的那样，来俞垛镇的调研主题就一个：如何做"水"的文章。

俞垛镇党委、政府的班子成员，听了柳书记充满激情的讲话，一下子兴奋起来。整天在他们眼里流淌回旋的水，早就熟视无睹，视而不见矣。经县委柳书记一指点，真是一语点醒梦中人，谁曾想，这"水"里还真有大文章呢。

在方国鉴看来，俞垛镇水产养殖在沙沟区不数一，也数二。鱼池养殖面积大的，在全县都位居前列，镇里不仅有专业的水产村，还有专业的水产养殖场。现在不行了，柳书记有新要求，俞垛镇的"水"文章，要从黑高荡开发破题。这三四千亩的水面，要综合开发利用，搞多种模式的特种水产养殖。

柳书记思路一出，水产局局长李得水和俞垛镇的书记、镇长们算起了效益账。因为有县委一把手的指示，参加调研的财贸办主任以及人行、农行的行长们，纷纷表态，在黑高荡开发这一重点项目上，一定给予资金支持。

黑高荡水面主要在俞垛镇所属地域，一经开发，俞垛镇新增水产养殖面积可达两千多亩，如果按柳书记要求搞特种水产，效益将是普通水产养殖的好几倍。想不到，每年只有端午节前，打粽箬热闹几天，还有入冬后，进荡收割芦柴有点儿人气的黑高荡，在县委柳书记指点之下，变成了个聚宝盆。

方国鉴眼前似乎出现了黑高荡特种水产养殖场建成后的繁忙景象：一片片整齐的鱼池，整塘整塘的特种水产品，出水装上了增氧车。一辆一辆装满了特种水产品的增氧车，从黑高荡出发，分头驶向上海、南京等大城市。与此同时，大把大把的人民币汇成一股巨大的资金流，汩汩地流进了俞垛这块风水宝地。

因为上面有大领导要来楚县视察，这让柳书记原本想再多待几天的想法落了空。第一次俞垛之行，仅在俞垛住了一个晚上就离开了。柳成荫还有重要的事情没有做，心里不免有些遗憾。

临离开时，镇里班子的主要成员都在镇政府前的码头上，跟柳书记一一握手话别。轮到一直默默陪在自己身旁的陆小英了，他主动伸出手去：小英书记，你作为分管大农业的副书记，接下来在黑高荡开发中的担子可不轻啊。因为行程变化，原本想好好和你，还有镇里其他副书记、副镇长个别聊一聊，听听你们内心真实的想法。现在看来，这只有待下次啦！请放心，我还会再来的。柳成荫握陆小英手的时候，流露出了关切的语调。

在与柳成荫目光相遇的一刹那，陆小英内心不经意地一颤。她似乎感觉到了什么。因为，柳成荫没有称呼她同志，也没有摆出县委一把手的架势直呼其名，当然也不可能像以前那样叫她小英，而是开口叫了声"小英书记"，又不是严格为"小英副书记"。

　　是的，作为一个女性，陆小英感到了某种东西的存在。这，让她心颤。

第七章

　　黑高荡开发工程顺利上马，芦荡里摆战场。几千亩的水面上，人声鼎沸，马达轰鸣。抽水机有了群组，竞相吐出长长的水龙。民工们簇拥在各自施工界面上，锹挖担挑，把自己忙碌成了"蚁族"。这时的黑高荡，失去了往日的宁静与悠然，几乎是一夜之间繁忙、热闹起来。

　　作为全县的重点工程，县委、县政府调集了全县的民工力量，在成立总指挥部的基础上，以区设立分指挥部，以乡镇建团，各村建营，实施准军事化管理模式。在作业区划分上，一个区构成独立作业片区，一个团一个大作业区，一个营一个作业点。芦荡里，地理情况各有差异，不尽相同。各个片区之间，需要相互协调作业，共同推进。这就增加了总指挥部、分指挥部，以及各团营负责人的工作量和工作难度。

　　黑高荡开发工程，有了点"改造自然"的意味。要通过人力，将几千亩天然蓄水池，开发成格网式养殖场，鱼池实现方格化，标准化。构建整体骨架，方能分片区作业，有利排水筑堤。除少量滩地可以作业之外，大部分的作业地段，水汪汪一片，无从下手。

然而，要让黑高荡来个底朝天，几乎是不可能的。抽水机再多，也不知要抽到猴年马月。费力，费财，费时，得不偿失。对黑高荡里的水，必须科学处置。工程初始阶段，并不是工程进度越快越好。片区之间，协调并进才是关键。否则，倒坝频发，总指挥部不就成了消防总队？忙于"扑火"，而工程无法向前推进。

这项工程的复杂性，还不止于此。柳成荫在县委常委扩大会上，就自己亲自出任黑高荡开发工程总指挥一职，曾经点到过。黑高荡开发，对于改变楚县"大西北"落后面貌，有着决定性意义。需要提醒同志们注意的是，黑高荡开发除了工程施工组织难度大，资金需求量大以外，还有个对原有生态环境的改变问题。说实在的，这是存在一定风险的。可是，我们不能眼睁睁地看着自己的老百姓，守着个聚宝盆过穷日子。那白花花的水面不能当饭吃，那再多的芦苇卖不出好收益。改造它，才能让沙沟地区的老百姓过上好日子。承担这点儿风险，我看是值得的。这个总指挥我来当，有什么风险我第一个承担。

在黑高荡开发工程指挥部，总指挥柳成荫，常务副总指挥县长梁尚君，见到副总指挥、副县长朱蕊时，差点儿都认不出来了。

柳书记呀，这哪是我们那位漂亮高雅的朱女士？早听说这黑高荡的风厉害，不曾想到如此厉害。几天不见，把我们的副总指挥那张白嫩的脸吹得无影无踪了。一贯老沉持重的梁县长，对自己的女副手半开玩笑，半怜惜。

梁县长有所不知，这大冬天的，黑高荡的风跟刀子没有两样，吹在脸上刀削似的，生疼生疼的。在俞垛镇工作几年了，对黑高荡这一带的情况，陆小英还是有发言权的。

朱蕊同志确实辛苦了。这也是改变红颜为黎民啊！黑高荡特种规模养殖真正搞起来，这一带老百姓，都会记得你做出的牺牲。我和老梁今天一起来，主要目的不是检查工作，是来看望看望朱蕊同志！看看工作上还有哪些方面，需要县委、县政府给予支持的。平时在部属面前，尤其是在漂亮的朱蕊面前，不苟言笑的柳成荫，望着她干暗的面色，确实有些感慨，来了句"改变红颜为黎民"酸词儿。

三位领导在拿朱蕊的脸说事儿的时候，陆小英忙着给他们泡茶，倒茶。

两位县太爷请坐下说话，本指挥部不收板凳钱。既然你们来了，我还是把工作上的情况简要汇报一下，有些事情还要请领导们定夺。朱蕊好容易，把话题从自己的脸上扯开。

好好好，我们言归正传，先谈工作。梁县长口风一转，从随身的公文包里掏出了工作笔记本和钢笔。

顺便说一句，俞垛镇的党委副书记陆小英，在朱蕊进驻黑高荡之后，就被抽调到工程指挥部，担任办公室主任一职。指挥部内部，大事也好，小事也罢，朱蕊吩咐一声，陆小英都能办得干净利索。这让她这个副总指挥省了不少心，腾出更多的精力考虑开发工程上的一些关键问题。这一段时间下来，朱蕊有点儿离不开这位年轻能干的副书记了。

在领导们准备谈工作前，陆小英开口询问朱副县长，领导们晚饭如何安排？是在工地上吃，还是到俞垛镇上吃？

我看就在工地上吃吧，简单一点。不过酒是要喝几杯的。我们总得给奋战在一线的副总指挥敬个酒，慰问慰问。老梁，你看呢？柳书记态度明朗地做出了安排。

听书记的。梁县长表态十分简洁干脆。

那好，我们就按梁县长说的，言归正传，听朱蕊同志介绍情况。柳成荫朝陆小英微微点了下头，算是招呼，也算是示意她离开。他们几个领导，看来要商量什么重要工作。

陆小英正好去安排领导们的晚饭。

随着黑高荡开发工程全线铺开，工程要协调决策的工作量加大，柳成荫这个总指挥，靠前指挥，来俞垛镇的次数多起来。这也意味着，他与陆小英见面的机会，愈益频繁。

柳成荫和梁尚君来黑高荡看望朱蕊的那次，陆小英被朱蕊副县长拽着喝了不少酒。看起来，梁县长想借机测试一下年轻的柳书记酒量。虽说柳成荫来楚县工作也一年多了，但他们之间同席喝酒时，多为礼节性应酬。那晚，面对同席的敬酒，柳成荫是来者不拒。梁县长他们看到的是，年轻县委书记不拿架子、平易近人。他们自然不知，柳书记想"近"者何人。

或许是多了几份酒意，当晚餐桌上，柳成荫公布了他和陆小英的同学关系。弄得后来，再敬酒时，陆小英躲都躲不掉，被绑成了陆柳组合。要么接受他人敬酒，要么两个同学一块儿给别人敬酒。陆小英心里清楚，柳书记意不在酒。

既然是同学，且分别多年，柳成荫到陆同学宿舍看一看，再正常不过。正常归正常，人家两个同学之间走动谈心，且又是男女同学，其他人当然自觉回避。就连平日里跟前跟后的小金秘书，也和驾驶员小黄，先去了镇政府小招待所。

陆小英的宿舍，是农村乡镇干部常见的那种办公带住宿的格局。她住的是一排平房最顶头的一间。整栋建筑为"人"字形屋顶，门前带宽阔的外走廊。室内，进门是陆小英的办公桌，有一张藤椅供她办公之用。办公桌后是一排文件柜子，木制的，玻璃门。分门别类地放着"上级来文""县委县政府文件""部门文件""区乡发文"，一个一个文件夹。还有些材料汇编、政治读本之类的书籍。此时，文件柜子一物二用，成了房间的隔断。内侧是一张床，一张小书桌。因空间所限，一只红皮箱放在了床铺里边，上面还放着折叠得整整齐齐的衣服。看来是陆小英平时随手可拿来穿的。

小书桌上放的是日常洗漱用品，当然也有镜子、梳子，及护肤霜之类。小书桌旁边是个高脚脸盆架子，脸盆、毛巾、香皂各居其位。"卧室"与办公区之间除了有文件柜隔断外，还有一个布帘，穿在铁丝上。布帘一拉上，"卧室"便更为私密。

刚进来，陆小英就把办公桌后的藤椅拖了拖，示意柳成荫落座。自己则坐在另一张椅子上，一言不发。餐桌上的热闹，宿舍里的冷淡，显得突兀，缺少过渡。尽管事情早已成为过去时，柳成荫结婚当爸爸都四五年了。然而，陆小英心里的这个结，始终没能解开。面对着关键时候选择放弃，辜负了自己情感的男人，她的心里有说不尽的伤，说不尽的痛。

柳书记开了一天的会，还是早点回招待所休息吧。陆小英尽管喝了好几杯酒，头有些发烫，有些发胀，但还算清醒，没醉。礼貌而冷冷地说了一句，也没给柳成荫倒茶。

难不成，到你这里，连杯水都喝不上？柳成荫甩掉了官腔，想回到过去的语境。他当然知道陆小英的故意。这故意，根子通在哪，他也十分明了。可问题是，造化弄人，柳成荫自己满腹的委屈，也无人倾诉。

英子，你不要以为和你分开，就是你一个人痛苦，就是你一个人委屈，就是你一个人伤心。这么多年来，我什么时候忘记过你的？刚到清江工作时，头脑子里整天整天都是你的影子，根本做不成事。痛苦，烦躁，想打人。我跟哪个去说？小琴阿姨明明白白告诉我，你是她和我父亲相爱的结晶，你我只能做兄妹，不能做夫妻。这突如其来的变化，你受不了，我就受得了么？我有多爱你，你不是不知道。可小琴阿姨求我，离开你，不能把事情真相告诉你。说这事情要是你真的知道了，也接受不了。更何况知道了也改变不了什么，事情牵涉两个家庭，会出乱子的。还让小琴阿姨颜面扫地。面对这种情况，我不听你妈的，还能怎么办？英子，你倒是说话呀，告诉我呀？柳成荫借着酒力，腾地从椅子上站起来，一步跨到陆小英面前。

你这个哥哥，我不接受，就不接受！泪水从陆小英眼眶里流淌出来，她满腹的委屈一直没机会向自己朝思暮想的男人诉说。可她这刻儿，再也做不出从前那样亲昵的举动了。因为喜子哥说的一切，前些天，她已经从母亲那里得到了证实。

前些天，她回一了趟香河。母亲让她把柳成荫留下的几百块钱退回去。为此事，陆小英还和母亲斗了几句嘴。那天深夜，她终于从母亲王小琴嘴里了解到，当初母亲拼命不让她和柳成荫走到一起，是因为母亲一直担心她和柳成荫是同父异母的兄妹。

当母亲还被村上人喊着"琴丫头"的时候，她跟柳成荫的父亲柳春雨已经深深相爱，这是香河村公开的秘密。双方已在谈婚论嫁矣。是陆根水的霸主硬上弓，硬生生把跟琴丫头的拜堂对象，换成了自己。

琴丫头当年怀上小英子的时候，由于心里排斥自己的丈夫陆根水，一直希望自己怀上的是心爱的春雨哥的孩子。琴丫头一腹尽知，她和春雨哥早已生米煮成了熟米饭了，怀上春雨哥的孩子再正常不过。而霸王硬上弓的陆根水跟她，只不过在车路河工地上有过一回，而且属非正常行为，怎么可能怀上呢？结婚之后，很长时间，陆根水亲近不了琴丫头。当然，他也没有再来一回霸主硬上弓。

如此一来，若干年后，当柳成荫和陆小英提出要结合在一起时，身为母亲的王小琴只有反对的份儿，别无选择。

陆小英根本没想过，柳成荫在多年之后的出现，再一次扰乱了自己，扰乱了自己的生活。在她内心深处，根本无法接受母亲所认为的，她和柳成荫是同父异母的兄妹。原来这是母亲心里的一道坎，一道不能让她和柳成荫缔结姻缘的坎。

为了解开埋藏在自己心中多年的心结。陆小英背着母亲，私底下走访了当年熟悉车路河工地上"强奸事件"的村民，掌握了事情发生的确切时间。由这个时间点往下推，与自己来到这个世界的时间，十分吻合。也就是说，陆小英正是因为那次意外而降临人世的。自己的亲生父亲，并不是母亲期盼的，父亲在世时一直猜疑的那个人：柳春雨。

尾 声

俗话说，世上没有不透风的墙。陆小英跟柳书记曾经在大学里谈过恋爱的事，朱蕊很快就知晓了。她没动用具有性别优势的"第六感"，就从大、小书记眼神交流中，感觉到了故事的存在。因而，每回柳书记来工地时，朱蕊有意无意地，制造些让柳书记和陆小英单独相处的机会。

柳成荫自从上次把积压在心底多年的话，当面跟英子说了之后，心里倒是轻松了许多。自己已是娶妻生子的人了，又是县委书记，还能跟英子怎么样？兄妹就兄妹吧，今后能在其他方面，多给她一些关爱，也不枉她爱了这么多年。

　　在柳成荫看来，自己多往陆小英宿舍跑几趟，没什么不妥。他们除了一个是县委书记，一个是镇党委副书记，彼此还有兄妹之谊呢。再说，他每回去，也就是稍座片刻，喝口茶，谈也多数谈工作，别无其他。

　　其实，柳成荫错也。你这样想，陆小英根本没这样想。尤其是她费心费神，真正弄清了自己和柳成荫不存在同父异母关系之后，内心升腾起了新的期望。陆小英知道，这是自己此生最大的心愿。

　　然而，陆小英并没有将这一切立即告诉柳成荫。她还要观察，还在等待。她要的是，一切水到渠成。

刊发于2020年第3期《西部》

后 记

《香河四重奏》这部中篇小说集，原本不在我今年的出版计划之内。

不在"计划之内"的，还有突发的新冠疫情。正如我在一则"抗疫"短文中所写："2020年的春节，如约而至。庚子鼠年，一个新的开始，一个新的轮回。满怀欢欣的人们，就这样走进时光的轮回里，走进生命的轮回里。家家户户曈曈日，总把新桃换旧符。在这样一个新春，让新的期盼与憧憬，在春风里放飞。然而，一场突如其来的疫情，改变了这一切。是的，新型冠状病毒感染的疫情，改变了这个初春的颜色，也改变了人们的面部表情。

"在这个庚子鼠年的春天，新型冠状病毒疫情肆虐华夏大地，确诊病例、疑似病例，每天都有增加。举国上下正在打一场抗击疫情的人民战争。我虽然没机会奔赴抗击疫情第一线，每天却总是被来自一线的那些原本也是和我一样的普通人的举动感动着，他们的故事深深感染着我。"为此，我写出了一组"抗疫"散文:《庚子之春三章》。

春节前，新冠疫情尚未大面积爆发。友人问我，手头有没有现成的作品，有的话发给他。我说，暂时手头没有。2019年10月，作家出版社刚出了我的短篇小说集《香河纪事》，15个系列短篇，既各自独立，又多有互文，构成一个整体。这是继长篇小说《香河》之后，我对"香河"这一文学地理，一次更深情地挖掘和书写。还是

/ 后 记 /

产生了一定影响。有论者这样评价《香河纪事》：

> 《香河纪事》中的每一篇小说都是一个自足的小世界，这一个个小世界又互为关联，互相映射，当它们最终融为一体的时候，便形成了一个特殊的世界，呈现出一段特殊的历史。这个历史是人的历史，作者把它放回到自然史中去，让自然与人类历史结合在一起，产生一种奇怪而独特的结合，从而体现出人类社会的自然史特征。

作为一个在基层，从事地方性写作的作家，评论家的文字，对于我还是挺宝贵的。我还是希望能从别人对自己作品的评论中获取养分，获得有价值的东西。这是我真实的想法，是我的心里话。我也知道，相当多的作家，对评论家并不怎么看重，甚至不屑去阅读评论家关于自己作品的评论。尤其是一些名家大家，上述现象较为普遍。

几十年来，我挖掘"香河"这一文学地理的脚步，走走停停，就是有意给自己的创作留下点间隙，听听评论家的意见、建议，当然也包括那些可爱的读者们的意见、建议，进而调整、修正自己的创作之路。

说实在的，对评论家，可谓见仁见智。就我个人而言，也未必在听了某位的评论意见之后，自己后面的创作就跟了那意见走。我可以肯定地说，不会的。然而，我不得不说，有些评论文章，对我还是有所触动，令我心头一亮，抑或心头一颤。这样的文章，自然对我是有帮助的。我之所以直接说评论文章，而没说评论家，是因为写我作品评论的，并不全是评论家，有不少是我的作家朋友。这样的朋友，自己活跃在创作一线，有创作实践，有切身感受，当然，也有一定理论功底。他们的评论文章，不艰涩，不炫技，不虚空，读来感同身受，易消化。

在2019年即将过去，2020年鼠年尚未到来之际，我给自己留下了一段间隙。这段间隙，是我预留下给《香河纪事》后面的故事的。这后面的"香河故事"，该有怎样不同的演绎和表达？我需要作短暂而集中的思考。诚然，对于《香河纪事》之后的创作，我是有了新的设想的。只是我希望这设想，能够更加成熟一些，再投入创作也不迟。毕竟我是个业余作家，没有专业作家普遍存在的焦虑，也没有专业作家身上过大的压力。

关于这一点，我是有某著名作家案例为证的。我曾亲耳听其诉说过，创作给他带来的焦虑和压力。要知道，他在中国文坛可是个响当当的人物，尤其是他的短篇，依我看是应写进中国当代文学史的。这样看来，似乎我创作的专业度，还没到那样的高度，因而"焦虑""压力"两兄弟，还没找上我。

是友人的约稿，让我的计划悄然改变。一切都没有刻意，极自然。原本没有动笔的我，开始了中篇小说《月城之恋》的创作。我的创作习惯，与多数作家不同。我是愿意打歼灭战的。在相对集中的时段内，完成自己的创作，这在我极常见。我曾创下用40个业余写作日，写出32万字的《香河》，这样的实例。说是"业余写作日"，是因为那是一种边工作边写作的状态，不是只干写作一件事儿。其时，我在一家地级市党报负责编辑和新闻采访，每天的工作量是不小的。然而，我还是顺利完成了自己的创作任务。关于《香河》已不用我多说什么了，"香河"文学地理由此产生。

我用10天左右的时间，新近完成了中篇《月城之恋》的创作。

/ 后　记 /

《月城之恋》中当然也会有"香河"元素。不止于此，从2019年12月1日，到2020年1月25日之前，这段时间内，我对中篇小说《谎媒》和《冤家》进行了修订。同时，新创作了中篇《相逢何必再相识》。我之所以借此次中篇小说集出版之机，对差不多10年前发表了的两个中篇动了一些手脚，其目的，还是想尽可能将自己作品，以较好的面貌呈现出来。

值得一提的是，《月城之恋》甫一完成，便得到了编辑友人的认可与肯定，这让我有了选取几个中篇合成一集的想法。

国人大多讲缘分。两三年前，陈武先生曾询问过我，最近有没有出作品集的打算？说是他在谋划一套江苏紫金山文学奖获奖作家作品系列。我给回掉了，说暂时没有这样的打算。其时，我的两本书，书稿都已交给了出版社，不可能再转交给陈武先生。其实，当时出个中篇小说集也是挺好的。可，当时没有这样的想法。想来，还是让几个中篇聚集在一起的缘分未到吧。

陈武先生是江苏省知名作家，几年不见搞起了出版，有声有色。他策划的纪念汪曾祺先生逝世20周年丛书，得到了较高评价，给"汪迷"们以巨大慰藉。这中间，有一册《汪味小说选》，还选用了我一个短篇。这件事，一晃两三年过去了。

可，就在春节前几天，陈武先生告诉我，他正在策划为汪曾祺文学奖获奖作家出一套丛书:《汪曾祺文学奖获奖作家文库》。问我这一次能否参加？有了之前一次的抱歉，陈先生不计前嫌，仍旧把我放在心上，令我感动。面对陈武先生再次的邀约，我几乎没作思考，就一口应承下来。这才有了《香河四重奏》这部中篇小说选集的出版。

为此，我要感谢陈武先生，感谢让《香河四重奏》得以出版的出版社。其实，这里所选 4 个中篇，均已在《大家》《钟山》《长城》《西部》期刊发表。在此，我也要感谢这些期刊，感谢这些期刊的责编们！

　　此次意外结集出版，无意中，还填补了我作品出版的一个空白。此前，我的出版物中，有小说，有散文。我主要是从事这两种体裁的创作。就小说而言，出版过长篇小说，出版过短篇小说集。现在有了中篇小说集，我无端地觉着，这是冥冥之中的缘分。

　　正是新冠疫情迅猛蔓延，让我们节后返岗推迟了，不止于此，我们的行动范围也限制了。我在关注"抗疫"形势变化，写点有感而发的关于"抗疫"中普通人的故事外，相当一部分精力用在了《香河四重奏》的梳理、润色上。正如这期间网上所流传的，哪有什么岁月静好，只不过有一群人，在关键时候冲在了我们前头。基于此，我内心充满感恩之情，无以为报，唯继续努力前行，不负韶华。

　　是为后记。

刘仁前
2020 年 3 月 23 日写于天禧玫瑰园